Günter Frisch

Das Geheimnis des Drachensteins

Bibliografische Information der Deutschen National-bibliothek:
Die Deutsche Nationalbibliothek verzeichnet diese Publikation in der Deutschen Nationalbibliografie; detaillierte bibliografische Daten sind im Internet über http://dnb.dnb.de abrufbar.

TWENTYSIX – Der Self-Publishing-Verlag
Eine Kooperation zwischen der Verlagsgruppe Random House und BoD – Books on Demand

© 2019 Günter Frisch

Herstellung und Verlag:
BoD – Books on Demand, Norderstedt

ISBN: 978-3-740-75299-6

Illustration: Günter Frisch

1

Leicht fröstelnd stand Lucas vor dem alten Bahnhof von Eisenberg. Er war der einzige Fahrgast, der an diesem wolkenverhangenen Sommerabend in dem kleinen Städtchen am Rande des Nordpfälzer Berglandes ausgestiegen war. Nun stand er etwas verloren auf dem leeren Bahnhofsvorplatz herum. Das sonst so lebhafte Städtchen wirkte wie ausgestorben, keine Menschenseele weit und breit. Ungewöhnlich war das eigentlich nicht. Abends kurz nach halb zehn an einem normalen Wochentag war hier eben tote Hose, das hätte er schließlich wissen müssen. Nach der langen Bahnfahrt streckte und dehnte er sich erst einmal ausgiebig, wuschelte sich kurz durch seine dunkelbraunen Locken und zog seinen grauen Kapuzenpulli über, um sich vor dem unangenehm kalten Wind, der vom Donnersberg her wehte, zu schützen. Ein Empfangskomitee hatte er zwar nicht gerade erwartet, aber dass ihn seine Tante nicht vom Bahnhof abholte, wunderte ihn schon ein bisschen.

„Ziemlich kühler Empfang", dachte er.

So hatte er sich das auf seiner langen Anreise aus Nürnberg nicht ausgemalt. Als es nun auch noch leicht zu nieseln begann, streifte er sich die Kapuze über und machte sich mit seinem ratternden Trolley auf den Weg zu seiner Tante. „War 'ne echt bekloppte Idee, die Ferien bei Tante Lilo zu verbringen", seufzte er, während er durch die dämmrige Bahnhofstraße Richtung Stadtmitte trottete.

Drei Jahre war es nun her, dass sein Vater vom Mainzer Landesmuseum ans Germanische Nationalmuseum in Nürnberg gewechselt war. Lucas hatte damals gerade die Grundschule in Eisenberg beendet, als sich mit dem Umzug nach Nürnberg alles für ihn änderte. Obwohl sich seine Eltern die größte Mühe gaben, ihm die Vorteile der Großstadt schmackhaft zu machen, gelang es ihnen lange Zeit nicht, sein Heimweh nach der Pfalz und seinen Freunden zu lindern. Heute Abend aber erschien ihm hier alles plötzlich seltsam fremd, von heimatlichen Gefühlen keine Spur.

Hinzu kam das eigenartige Gefühl, beobachtet zu werden. Er kannte dieses unangenehme Gefühl, wenn sich ein fremdes Augenpaar in den Rücken zu bohren scheint. Er wusste, dass er sich auf seinen Instinkt verlassen konnte. Irgendjemand schien ihm seit seiner Ankunft zu folgen, da war er sich sicher. Doch jedes Mal, wenn er sich umsah, war da nur die menschenleere Bahnhofstraße. Aber was war das? Ganz deutlich hörte er jetzt das Knirschen von Kies und das Knacken eines Astes direkt hinter sich. Mit einem Ruck drehte er sich um und erschrak, dass sich ihm die Nackenhaare fühlbar stellten. Eine dunkle Gestalt, schwarze Klamotten, Baseballmütze tief ins Gesicht gezogen, lehnte da ganz lässig am Stamm einer Birke.

„He, du Penner, was willst du von mir?", schrie ihn Lucas an.

„Hi Lucas!", prustete die dunkle Gestalt los. „Bist ja ganz schön schreckhaft geworden!"

„Oh nee, Marie, du bist das, ich hätt's mir denken können! Einen alten Mann so zu erschrecken! Ich hätte 'nen Herzinfarkt kriegen können!"

„Ach, du Ärmster!", flötete Marie mit gespieltem Mitleid. „Aber keine Angst, ich hab gerade in der Schule einen Erste-Hilfe-Kurs gemacht, so mit Herzmassage und Mund-zu-Mund-Beatmung und so…"

„Igitt! Da hab ich ja gerade noch mal Glück gehabt!", zischte Lucas zurück.

„Deine Tante schickt mich, sie konnte nicht zum Bahnhof kommen, weil sie zu einem Feuerwehreinsatz gerufen wurde. Du weißt ja, dass sie Einsatzleiterin bei der Freiwilligen Feuerwehr ist. Sie hat wohl mehrmals vergeblich versucht, dich auf deinem Handy zu erreichen."

„Konnte sie auch nicht, der Akku hat schon heute Nachmittag schlapp gemacht", gab Lucas kleinlaut zu.

„Tja, ich sag's ja, die Jugend von heute, immer nur auf dem Handy zocken, und wenn's mal drauf ankommt, kein Akku", spottete Marie altklug. „Na, dann mal los, vielleicht ist deine Tante ja inzwischen von ihrem Einsatz wieder zurück."

Als sie nun zusammen loszogen, warf Lucas ab und zu einen verstohlenen Blick auf Marie. Marie hatte mit ihm die gleiche Grundschulklasse in Eisenberg besucht und war seine beste Freundin gewesen. Er hatte sie zuletzt bei einem Besuch vor eineinhalb Jahren zu Gesicht bekommen und fand, dass sie sich inzwischen ziemlich verändert hatte. Sie war kein kleines Mädchen mehr, bewegte sich anders und wirkte irgendwie ziemlich cool mit ihrer Baseballmütze, unter der ihre zu einem Pferdeschwanz zusammengebundenen braunen Locken hervorquollen. In ihrem schwarzen Outfit mit Jeans im Used-Look sah sie ziemlich abgefahren aus.

„Jetzt erzähl mal! Was war denn das für ein Feuerwehreinsatz, zu dem meine Tante gerufen wurde? Weißt du etwas Genaueres darüber?"

„Ja klar, heute Nachmittag war richtig was los in unserm Städtchen und deine Tante mal wieder mittendrin."

„Wo hat es denn überhaupt gebrannt? Jetzt erzähl doch mal!", drängelte Lucas ungeduldig.

„Die alte Bude bei deiner Tante schräg gegenüber, die schon seit Jahren leer steht, die ist komplett abgefackelt. Hat lichterloh gebrannt, da war nichts mehr zu retten. Die Feuerwehrleute hatten alle Hände voll zu tun, um zu verhindern, dass das Feuer auf die umliegenden Häuser übergegriffen hat."

„Weiß man schon, wie es zu dem Brand gekommen ist?", wollte Lucas wissen.

„Nee, keine Ahnung, aber da fragst du am besten deine Tante. Wenn das jemand weiß, dann sie. Wir sind sowieso gleich da."

Als sie in die Hauptstraße einbogen, lag bereits deutlicher Brandgeruch in der Luft, der mit jedem Schritt beißender wurde. Da sahen sie auch schon Tante Lilo in voller Feuerwehrmontur vor dem abgebrannten Haus stehen. Sie gab den beiden Feuerwehrmännern, die als Brandwachen noch einige Zeit vor Ort bleiben mussten, letzte Anweisungen, bevor sie Lucas begrüßte.

„Ach Lucas, mein Junge, es tut mir so leid, dass deine Ankunft hier in diesem Chaos völlig untergegangen ist. Ich schätze, du wirst Hunger haben. Jetzt kommt erst mal rein in die gute Stube."

„Ich würde ja gerne noch mitkommen", bedauerte Marie, „aber ich muss dringend nach Hause, sonst kriege ich echt Ärger. Ich habe meiner Mutter zwar Bescheid gesagt, dass es später wird, weil ich Lucas vom Bahnhof abhole, aber jetzt geht nichts mehr. Ich schau morgen früh mal vorbei und küss den Kleinen da wach."

Sie deutete einen Kuss an und lief davon.

„Pass bloß auf, könnte leicht passieren, dass ich mich dann in einen Frosch verwandle!", rief ihr Lucas hinterher.

Marie drehte sich noch mal kurz um und zeigte ihm lachend den Mittelfinger.

„Ich glaube, sie mag dich", kommentierte Tante Lilo Maries Aktion. „Ich hab ein Auge für so was."

„Nee, echt jetzt? Dann hab ich das wohl bisher ganz falsch gedeutet", entgegnete Lucas mit nicht zu überhörender Ironie.

„Tja, kannst halt schon noch was lernen, von deiner Tante!", lachte Lilo. „Aber jetzt komm rein, bestimmt knurrt dir der Magen nach deiner langen Anreise. Leider kann ich dir nichts Vernünftiges anbieten, der Einsatz hat alles durcheinandergebracht. Ich könnte uns höchstens schnell eine Pizza in den Ofen schieben. Morgen mache ich dir dafür dein Lieblingsessen, versprochen!"

„Super, Pizza geht immer, Tante Lilo! Aber jetzt erzähl mal, wie das war heute. Hast du den Brand selbst entdeckt? Du wohnst ja schließlich nahe genug dran!"

„Nee, nee, ich war ja gar nicht zu Hause, als der Brand ausgebrochen ist, ich muss ja schließlich arbeiten. Zum Glück war ich mit meinem letzten Patienten in der Physiotherapie gerade fertig, als der Notruf kam. Das war so kurz vor vier Uhr heute Nachmittag. Ich bin sofort mit dem Auto zur Feuerwache gedüst, wo gerade auch schon ein paar Kollegen eintrafen. Als ich hörte, wo es brennt, war ich allerdings einigermaßen beunruhigt, wie du dir denken kannst. Ein paar Minuten später waren wir dann auch schon am Brandort, fast vor meiner eigenen Haustür."

„Zum Glück wohnt in dem alten Haus schon ewig keiner mehr", meinte Lucas. „Das stand ja schon leer, als ich noch hier zur Schule gegangen bin. Ich weiß noch genau, als Marie und ich einmal nach der Schule versucht haben, in das Haus reinzukommen. Das war mal wieder so eine dieser schrägen Ideen von Marie gewesen. Als wir gerade versuchten, die Tür zu öffnen, hat auf einmal einer von den Fensterläden geklappert. Wir sind natürlich sofort getürmt, weil wir dachten, es spukt. Zu Hause hat Mutti ziemlich geschimpft, als ich ihr davon erzählt habe, und hat mir ein für alle Mal verboten, einen Fuß auf dieses Grundstück zu setzen."

„Da hat meine liebe Schwester aber ausnahmsweise mal recht gehabt, mein Junge", lachte Tante Lilo.

„Wieso?", fragte Lucas verwundert. „Was ist denn so gefährlich an dem ollen Spukhaus?"

„Na ja, als Spukhaus würde ich es nun nicht gerade bezeichnen, aber mit dem Besitzer ist jedenfalls nicht zu spaßen, mit dem will hier im Ort keiner was zu tun haben."

„Wer ist denn dieser Besitzer? Weiß der schon, dass sein Haus gebrannt hat? Muss ja wohl ein ziemlicher Schock für den sein!"

„Schock, haha", lachte Lilo schrill heraus, „ich schätze, der hat einen Freudentanz aufgeführt, als er das gehört hat!"

„Wieso das denn, das musst du mir jetzt aber genauer erklären."

„Okay, ich schieb aber zuerst mal unsere Pizza in den Ofen, sonst wird das nichts mehr, und du meldest dich mal zu Hause! Ich wette, deine Mama macht sich schon Sorgen."

„Oh, sh…, das hätte ich jetzt beinahe vergessen, und mein Handy muss ich auch noch aufladen."

„Okay, dann mach das mal und bring auch deine Sachen ins Gästezimmer. Ich zieh mir jetzt endlich mal meine Feuerwehrkluft aus! Die Geschichte von dem Haus gegenüber erzähle ich dir nachher bei unserer Mitternachtspizza."

Als Lucas kurze Zeit später wieder in die Küche kam, duftete es schon herrlich nach Pizza.

„Na, was hat mein Schwesterlein zu der Katastrophenmeldung gesagt, oder hast du ihr etwa gar nichts von meinem Einsatz heute erzählt?"

„Doch, hab ich, und weißt du, was sie gesagt hat? Du sollst dich auf keinen Fall mit dem Immobilien-Kressler aus Battenberg anlegen. Ist das der Besitzer von dem Haus? Jetzt erzähl doch mal!"

„Ja, gleich, aber zuerst kommt die Pizza aus dem Ofen. Für heute habe ich genug von Verkohltem!"

Lilo holte die beiden Pizzas aus dem Ofen und zerteilte sie in handliche Stücke. Dazu stellte sie für jeden eine Flasche Bionade hin und prostete Lucas aufmunternd zu. Nachdem beide ihren Heißhunger fürs Erste gestillt hatten, begann sie endlich zu erzählen.

„Wenn ich dir die ganze Geschichte von der alten Villa erzählen wollte, dann würden wir vermutlich morgen früh noch hier sitzen, denn es ist - ich meine natürlich, es war - vermutlich das älteste Haus in der ganzen Nordpfalz. Auch wenn von dem ursprünglichen Gebäude, das angeblich aus dem frühen Mittelalter stammt, höchstens noch ein paar Mauerreste erhalten waren, galt es als schützenswertes Kulturgut und stand schon seit langer Zeit unter Denkmalschutz. Aber über die Geschichte des Hauses weiß der alte Dennerlein viel, viel mehr als ich."

„Meinst du den ehemaligen Rektor der Grundschule?", fragte Lucas dazwischen.

„Ja, genau", fuhr Lilo fort, „der kennt die Geschichte der Nordpfalz wie kaum ein anderer. Aber jetzt erst mal zu unserem Bauunternehmer und Immobilienhai aus Battenberg. Das alte Haus gehörte bis vor etwa sechs Jahren Fräulein Friederike von Falkenstein. Sie war die letzte Nachkommin aus einem alten Adelsgeschlecht. Schon als junge Frau hatte sie sich dazu entschlossen, als Missionarin nach Afrika zu gehen, und hat jahrzehntelang in Tansania gearbeitet. Irgendwann hat sie sich allerdings mit ihrem Missionsorden überworfen, ist aus dem Orden ausgetreten und hat danach fast völlig mittellos in sehr bescheidenen Verhältnissen in München gelebt. Schließlich hatte sie aber doch noch Glück und hat von einem Onkel ein beträchtliches Vermögen und das alte Haus da drüben geerbt. So konnte sie als ältere Dame ein sorgenfreies Leben führen. Sie lebte zwar recht zurückgezogen, war aber wegen ihrer freundlichen und bescheidenen Art bei allen Nachbarn sehr beliebt, besonders auch bei den Kindern der ganzen Umgebung. Bis zu ihrem 80. Geburtstag war sie ausgesprochen rüstig und hat gerne auch mal auf die Kinder der Nachbarn aufgepasst, wenn Not am Mann war. Die Kinder durften dann in dem wunderschönen verwilderten Garten hinter dem Haus spielen, bis ihre Eltern sie wieder abholten. Für ihren 80. Geburtstag hatte sie sich etwas Besonderes einfallen lassen. Sie lud alle Nachbarn mit ihren Kindern zu einem Gartenfest ein. Tagelang hatte sie gekocht, gebacken und alles vorbereitet. So glücklich und gelöst wie bei diesem Fest hatte man sie noch nie zuvor erlebt.

Doch schon am nächsten Tag geschah das Unglück. Sie stürzte auf der steilen Treppe zum Obergeschoss des Hauses so schwer, dass sie nach einem sehr langen Krankenhausaufenthalt stark gehbehindert blieb. Weil sie auf keinen Fall in ein Pflegeheim wollte, organisierten die Nachbarn alle möglichen Hilfsdienste, und ich will nicht verschweigen, dass sich einige von denen sicher Hoffnungen auf das Erbe der alten, alleinstehenden Dame gemacht haben.

Alles hat wunderbar funktioniert, bis er auftauchte, unser charmanter Immobilienhai. Keine Ahnung, wie der Wind davon gekriegt hat. Aber eines Tages rauschte er in seiner englischen Edellimousine hier an, überreichte ihr einen riesigen Blumenstrauß und einen Geschenkgutschein für ein festliches Diner in einem Nobelhotel in Deidesheim. Er machte ihr weis, sie hätte den Gutschein bei einem Gewinnspiel gewonnen, das seine Firma aus Anlass des 50. Firmenjubiläums veranstaltet hatte. Natürlich hatte die alte Dame keine Ahnung davon, denn sie hatte noch nie an einem Gewinnspiel teilgenommen.

Aber kein Problem für Eugen Kressler. Der hat sie so überrumpelt und mit seinem Charme eingeseift, dass sie sich doch tatsächlich am nächsten Tag von ihm ins Nobelhotel zum Essen kutschieren ließ. Von da an hat sich alles geändert. Dem fiesen Kerl ist es in kürzester Zeit gelungen, sich das Vertrauen von Friederike von Falkenstein zu erschleichen. Er war jetzt fast täglich bei ihr, versorgte sie mit allem Nötigen und lud sie auch ab und zu zu einer kleinen Spazierfahrt in seinem Bonzenauto ein.

Das scheint mächtig Eindruck auf die alte Dame gemacht zu haben. Kressler verstand es außerdem, die Nachbarn geschickt abzuwimmeln und sie sogar bei Friederike als Erbschleicher madigzumachen. Über kurz und lang waren die Nachbarn völlig ausgeschaltet.

Der Rest ist schnell erzählt. Eines Tages ist er dann wohl mit ihr nach Mannheim zu einem windigen Notar gefahren und hat sie da ein Testament unterschreiben lassen, das ihn als alleinigen Erben ihres gesamten Vermögens auswies.

Das gutmütige alte Mädchen war wie Wachs in seinen Händen, was bei seinem dominanten Wesen nicht weiter zu verwundern braucht. Mit einer Vorsorgevollmacht, die er sich ebenfalls erschlichen hat, konnte er nun schalten und walten, wie er wollte."

„Echt kriminell!", entfuhr es Lucas, der sich gerade ein großes Stück Pizza in den Mund schob.

„Das kannst du laut sagen", pflichtete ihm Lilo bei.

„Aber es kommt noch dicker. In der folgenden Zeit hat man die alte Dame kaum noch zu Gesicht bekommen. Wie man hörte, kränkelte sie immer stärker, und Nachbarn, die sie manchmal von weitem sahen, behaupteten, sie habe mehr und mehr einen verwahrlosten Eindruck gemacht.

Es dauerte kein halbes Jahr, dann war sie tot. Kressler, dessen Auto in den letzten Tagen vor ihrem Tod ständig vor dem Haus abgestellt war, hatte sie angeblich gepflegt und sie eines Morgens tot in ihrem Bett aufgefunden.

Dr. Kiesling, der damals immer noch praktizierte, obwohl er bereits auf die 80 zuging, stellte den Totenschein aus: Herzversagen. Ich gehe nicht davon aus, dass der alte Doktor sich die Tote gründlich angeschaut hat. Ob da alles mit rechten Dingen zugegangen ist, wurde jedenfalls nicht weiter untersucht.

In der Nachbarschaft brodelte natürlich sofort die Gerüchteküche. Kressler hätte ein bisschen mit einem Kissen nachgeholfen und die alte Dame im Schlaf erstickt, wurde behauptet. Als dann auch noch bekannt wurde, dass Friederike ihr Haus und ihr gesamtes Vermögen an Kressler vererbt hatte, war der Skandal im Ort natürlich perfekt. Aber niemand getraute sich, öffentlich Vorwürfe gegen ihn zu äußern. Mit Friederikes Vermögen soll er dann sein völlig überschuldetes Bauunternehmen saniert haben."

„Netter Typ!", sagte Lucas mit ironischem Unterton.

„Kann man wohl sagen", lachte Tante Lilo. „Aber in einem Punkt hatte er sich dann doch verrechnet."

„Mach's nicht so spannend und erzähl weiter", protestierte Lucas, als Lilo eine lange Kunstpause einlegte. „Was meinst du mit ‚verrechnet'?"

„Keine drei Wochen nach Friederikes Beerdigung", fuhr Lilo endlich fort, „rückten schon die Bagger an, die das alte Haus abreißen sollten. Es wurde gemunkelt, dass Kressler auf dem Grundstück ein großes Wellnesshotel bauen wollte.

Da hatte er aber die Rechnung ohne den alten Dennerlein gemacht. Der ließ sofort die Polizei anrücken und die Arbeiten stoppen, noch bevor sie richtig begonnen hatten. Er hatte wohl schon damit gerechnet, dass Kressler das Haus abreißen lassen würde, und hatte beim Denkmalschutzamt sofort eine Verfügung erwirkt, die den Abriss untersagte.

Kressler hat geschäumt vor Wut, konnte aber nichts machen. Seine neue Strategie war aber ganz einfach. Ab diesem Zeitpunkt tat er alles, was den Verfall des ohnehin renovierungsbedürftigen Hauses beschleunigte. Da fehlten plötzlich Dachziegeln, Fensterscheiben waren zerbrochen, ja an der Wetterseite waren sogar Mauerteile mutwillig herausgebrochen worden.

Im letzten Jahr sind dann ein paar Obdachlose in das Haus eingebrochen und haben den Winter über dort gehaust. Es war eine Frage der Zeit, bis das Haus endgültig ruiniert war. Auf diese Art wollte er erreichen, dass der Denkmalschutz den Abriss des Hauses wegen irreparabler Schäden doch noch erlaubt."

„Langsam dämmert es mir", sagte Lucas, „du meinst also, dass ihm der Verfall des Hauses nicht schnell genug gegangen ist und dass er den Brand selbst gelegt hat, um die Sache ein bisschen zu beschleunigen?"

„Der Kressler war das ganz bestimmt nicht. Der würde sich doch niemals selbst die Hände schmutzig machen, dazu ist er viel zu gerissen. Jemand wie Kressler kennt sicher bessere Methoden, um seine Ziele zu erreichen. Mal sehen, was der Brandsachverständige dazu sagt, wenn er die Ruine morgen unter die Lupe nimmt."

„Ach, da kommt jemand und sucht nach der Brandursache, ist ja spannend! Darf ich denn da mitkommen? Das würde mich sehr interessieren!", bettelte Lucas.

„Geht leider nicht! Solange der Brandort nicht von der Feuerwehr freigegeben ist, darf ich dich da nicht reinlassen."

„Aber du bist doch die Feuerwehr, Tante Lilo!"

„Haha, sehr witzig, du weißt genau, dass ich das nicht alleine entscheiden kann. Morgen früh um neun Uhr findet die Begehung des Brandortes statt. Da wird der Sachverständige dabei sein und Fritz, unser Feuerwehrkommandant, und ich und der Kressler natürlich auch. Ich bin sehr gespannt, was dabei herauskommt. Wenn wir feststellen, dass keine Einsturzgefahr mehr besteht und der Sachverständige keine Einwände hat, wird die Sperrung der Brandruine möglicherweise morgen schon aufgehoben. Dann darfst du mit mir rübergehen und mal reinschauen."

„Das wäre super, so was hab ich noch nie gesehen. Könnte ich da mit meiner neuen Kamera auch ein paar Bilder schießen? Ich hab doch zu meinem Geburtstag so eine High-Tech-Kamera bekommen. Die ist so hochauflösend, dass ich aus 20 Metern Entfernung eine Mücke gestochen scharf ablichten kann."

„Meinetwegen, es könnte vielleicht gar nicht schaden, wenn man ein paar Bilder vom Brandort hätte. Die könnte die Freiwillige Feuerwehr beim nächsten Tag der offenen Tür sicher gut gebrauchen."

„Ja klar, die Bilder könnt ihr gerne verwenden."

„Ach du heiliger Strohsack, schau mal auf die Uhr, Lucas, es ist ja schon halb eins! Ich hab morgen zwar Urlaub, aber um halb neun treffe ich mich mit unserm Feuerwehrkommandanten vor der Brandruine. Also ab in die Falle! Gute Nacht! Du kannst morgen ruhig ausschlafen!"

„Ruhig ausschlafen, dass ich nicht lache, Marie hat mir angedroht, dass sie mich wachküsst! Das muss ich auf jeden Fall verhindern, da stehe ich lieber früher auf. Gute Nacht!"

Lucas ging nach oben, machte sich in Windeseile bettfein und fiel dann todmüde ins Bett.

2

„Hey, du Schlafmütze, wach auf, die Prinzessin ist da, jetzt wird wachgeküsst, hahaha."

Marie trommelte mit beiden Fäusten an die Tür des Gästezimmers.

„Oh nein, total verschlafen", murmelte Lucas genervt vor sich hin, kroch aus dem Bett und strubbelte sich kurz durch die Haare. Da fiel sein Blick auf einen kleinen Koffer, der oben auf dem Schrank lag. „Das ist doch Tante Lilos Verkleidungskoffer", schoss es ihm durch den Kopf.

„Moment, ich komm ja schon", rief er, während er in dem Koffer wühlte. „Wow, eine super King-Kong-Gummimaske, genau was ich jetzt brauche!", flüsterte er. Er stülpte sich das Ding über, schlich zur Tür und riss sie mit einem Original-King-Kong-Gebrüll auf.

„Iiiii!", kreischte Marie völlig hysterisch los. „Du blöder Affe! Da könnte man ja einen Herzinfarkt kriegen!"

„Kleine Revanche für gestern Abend, haha", prustete Lucas los und zog die Gummimaske ab.

„Jetzt beeil dich mal, du verpennte Schlafmütze!", nölte Marie genervt. „Ich warte unten in der Küche auf dich. Deine Tante ist übrigens gerade zu ihrem Termin drüben in der abgebrannten Villa gegangen und hat dir Kakao und Brötchen fürs Frühstück hingestellt. So 'nen Service würde ich mir auch gerne mal gefallen lassen."

Keine drei Minuten später saß Lucas am Frühstückstisch.

„Wie wär's mit einem zweiten Frühstück, Marie?", versuchte er Marie wieder etwas versöhnlicher zu stimmen.

Marie ließ sich nicht lange bitten, und Lucas stellte ihr eine Tasse und einen Teller hin.

„Was hast du denn heute vor?", fragte Marie mit halbvollem Mund.

„Weiß noch nicht genau", gab Lucas etwas nebulös zurück, während er sich eine zweite Tasse Kakao einschenkte. „Ich werde vielleicht ein paar Fotos von der Brandruine drüben machen, wenn die Feuerwehr die Sperrung dort aufhebt."

„Klingt ja echt verlockend!", gab Marie in ziemlich spöttischem Tonfall zurück. „Hast du schon mal nach draußen geschaut heute Morgen? Das schönste Badewetter! Und du willst allen Ernstes da drüben in dem ollen Haus rumkriechen? Das ist ja wohl 'ne völlig bescheuerte Idee! Was hast du denn mit der Ruine am Hut?"

„Ich will da ja nicht den ganzen Tag zubringen, sondern nur ein paar Fotos machen", versuchte Lucas sie zu beschwichtigen. „Lilo will die vielleicht für den Tag der offenen Tür der Feuerwehr verwenden und außerdem ist die Sache mit dem Brand viel spannender, als du denkst."

In aller Kürze erzählte er Marie, was er in der Nacht über das Haus und Kresslers Machenschaften erfahren hatte.

„Boah! So ein gemeiner Mistkerl!", entrüstete sich Marie, nachdem Lucas ihr alles erzählt hatte. „Ihr nehmt mich doch mit, wenn ihr rübergeht?", fragte Marie plötzlich total interessiert.

„Das musst du Lilo fragen", antwortete Lucas. „Ich glaube, die kommt sowieso gerade zurück."

Tatsächlich schloss jemand die Eingangstür auf, und gleich darauf hörte man Lilo leise vor sich hin schimpfen.

„Das darf doch einfach nicht wahr sein!", verstanden Marie und Lucas gerade noch, als Lilo auch schon zur Küche hereinkam.

„Was darf nicht wahr sein?", fragt Lucas sofort.

„So einen Brandsachverständigen habe ich ja noch nie erlebt. Der hatte das Haus kaum betreten, da war er mit der Ermittlung der Brandursache auch schon fertig: technischer Defekt. ‚Technischer Defekt', dass ich nicht lache. Der hat sich die Sache ja kaum angeschaut! Woher will er denn das wissen! Kressler hat sich natürlich gefreut. Für den heißt das, dass es keine weiteren Ermittlungen gibt, dass ihm seine Versicherung eine fette Entschädigung zahlt und dass die Ruine in kürzester Zeit zum Abriss freigegeben wird."

„Ja, wie sah es denn für dich aus, Tante Lilo, könnte es denn ein technischer Defekt gewesen sein, der zu dem Brand geführt hat?", hakte Lucas nach.

„Möglich ist vieles, ich bin kein Sachverständiger. Aber ich wüsste schon gern, was er mit ‚technischem Defekt' konkret gemeint hat. Hat es einen Kurzschluss gegeben, oder hat da ein Kabel geschmort? Oder, na ja, irgendetwas halt. Also, für mich sah das viel eher so aus, als ob da jemand nachgeholfen hätte. Beweisen kann ich das aber nicht, und gegen die Aussage des Sachverständigen habe ich eh keine Chance."

„Lucas hat gesagt, dass du mit ihm rübergehst, damit er Bilder von der Brandstelle machen kann. Darf ich da vielleicht auch mitkommen?", fragte Marie.

„Der Kommandant und ich haben alles überprüft. Akute Einsturzgefahr besteht nicht mehr, aber natürlich müsst ihr sehr vorsichtig sein und immer hinter mir bleiben. Am besten gehen wir gleich jetzt. Ich habe im Keller noch für jeden von euch einen Bauhelm, ohne den könnte ihr nicht in die Ruine. Außerdem kriegt ihr alte Stiefel, denn da drinnen ist alles voll schwarzer Schmiere vom Ruß und vom Löschwasser."

„Und ich hole meine Kamera!", rief Lucas voller Eifer und war mit ein paar Sätzen oben im Gästezimmer.

Wenige Minuten später schlappsten Marie und Lucas in ihren etwas zu groß geratenen Gummistiefeln hinter Tante Lilo zur Brandruine. Als sie davorstanden, schärfte ihnen Lilo nochmals ein, dass sie sich immer dicht hinter ihr halten sollten.

Noch immer lag beißender Brandgeruch in der Luft. Lilo schob die provisorische Absperrung, die die Feuerwehr vor den wenigen Resten der völlig zerstörten Eingangstür aufgebaut hatte, zur Seite, so dass man gerade so vorbeischlüpfen konnte.

Drinnen sah man ein einziges Trümmerchaos. Die Balkendecken der beiden Geschosse und der Dachstuhl waren fast völlig ausgebrannt und in sich zusammengestürzt. Verkohlte Balkenreste türmten sich zwischen den Resten der Außenwände und ein paar mächtigen tragenden Säulen, die das gesamte Obergeschoss gestützt hatten. Das Obergeschoss war wohl eine Konstruktion aus Holz und Lehm gewesen. Das meiste davon war verbrannt, die Reste waren herabgestürzt. Während die drei sich sehr vorsichtig einen Weg durch das Chaos suchten, machte Lucas zahllose Fotos. Er versuchte dabei einigermaßen systematisch vorzugehen, damit man die Bilder später den einzelnen Gebäudeteilen wieder zuordnen konnte. Ab und zu bückte sich Lilo und nahm mit einer kleinen Metallschaufel, wie man sie zum Blumenpflanzen verwendet, ein bisschen verbranntes Material auf und steckte es in kleine Plastiktütchen, die sie in der Tasche ihres Feuerwehranzuges hatte.

„Was machst du denn da die ganze Zeit?", fragte sie Marie.

„Tja, ich mache das, was heute Morgen der Brandsachverständige hätte tun sollen, ich sammle Materialproben."

„Wozu soll das gut sein?", mischte sich Lucas nun in das Gespräch ein. „Heißt das, dass du doch den Verdacht hast, dass das Feuer absichtlich gelegt wurde?"

„Verdacht! Was heißt schon Verdacht? Der Sachverständige hat seine Arbeit nicht ordentlich gemacht, und das ärgert mich eben! Es muss doch geklärt werden, ob jemand mit Brandbeschleuniger nachgeholfen und das Feuer gelegt hat. Nachweisen kann man das in so einem Fall nur, indem man Proben nimmt und diese untersuchen lässt."

„Also doch Verdacht!", bohrte Lucas nach.

„Na, dass mir die Sache nicht ganz geheuer ist, das hast du doch gestern Abend schon bemerkt, oder etwa nicht?", gab Lilo zu.

Nach und nach hatten sie sich bis zum Gartenausgang des Hauses vorgearbeitet. Dort hatte sich ursprünglich die Treppe ins Obergeschoss befunden. Viel war von der Treppe nicht übrig geblieben, nur die Steinstufen im unteren Bereich waren noch völlig intakt. Ab dem ersten Treppenpodest aber war die Holztreppe, die hier begonnen hatte, fast vollständig niedergebrannt. Nur einige verkohlte Stützen ragten noch aus dem Schutt heraus.

Hinter den Steinstufen war eine Tür erkennbar, die vermutlich in einen Keller führte. Diese Tür war vom Feuer nur geringfügig beschädigt worden, weil sie durch die Steintreppe etwas geschützt gewesen war. Lucas, der auf die Tür zusteuern wollte, wurde sofort von Lilo zurückgepfiffen.

„Immer hinter mir bleiben, hatte ich gesagt!"

„Ich will doch nur mal sehen, wo es da hingeht!", nölte er ungeduldig.

„Na gut, ich schau mal, ob sich diese Tür überhaupt öffnen lässt", gab Lilo zurück. Sie rüttelte am Türgriff, doch die Tür gab nicht nach.

„Nichts zu machen, die ist abgeschlossen!", rief Lilo, und man merkte ihrem Tonfall an, dass sie erleichtert war.

„Schaut mal her, was da in der Ecke auf dem Boden liegt, das könnte doch der Schlüssel für die Tür sein!", rief Marie.

Tatsächlich lag da ein großer, ziemlich antik aussehender Schlüssel, der vermutlich unter der abgebrannten Treppe gehangen hatte. Bei dem Brand war er wohl heruntergefallen.

„Gib ihn mir mal rüber, Marie, ich probier aus, ob er passt." Der Schlüssel passte, und mit lautem Knarren ließ sich die Tür öffnen. Ein modriger Geruch schlug den dreien entgegen, als sie ins Dunkel des Treppenabganges schauten, der in einen Keller hinabführte.

„Endstation!", rief Lilo und wollte die Tür sofort wieder zumachen.

„Oh nee, du willst doch jetzt nicht Schluss machen, wo es gerade spannend wird?", jammerte Lucas.

„Du glaubst doch nicht im Ernst, dass ich in dieses Verlies runtersteige! Was wird's da wohl zu sehen geben außer ekligen Spinnen und was weiß ich für netten Tierchen?"

„Och bitte, lass mich doch nur ein paar Stufen runtergehen, nur um zwei, drei Bilder zu schießen!", bettelte Lucas.

„Deine Mutter bringt mich um, wenn dir was passiert, und im Moment hänge ich noch ein bisschen am Leben", gab Lilo trocken zurück. „Da unten ist es stockfinster, keine Ahnung, was da ist und wie tief es runtergeht."

„Marie könnte ja mit ihrem Handy wenigstens mal runterleuchten, damit wir sehen, wo die Treppe hinführt."

„Klar, kein Problem", sagte Marie, schob sich an Lilo vorbei und leuchtete mit der Taschenlampe ihres Handys in den Keller hinunter.

Man konnte erkennen, dass der Kellerraum nicht sehr hoch war. Es ging etwa zehn Stufen auf einer tief ausgetretenen Steintreppe hinunter. Unten sah man Wasserpfützen auf einem mit unregelmäßigen Sandsteinplatten belegten Boden. Vermutlich war Löschwasser auch bis hierher geflossen.

„Okay, du gibst ja sonst doch keine Ruhe", seufzte Lilo. „Du bleibst aber auf der Treppe, wo wir dich sehen können! Keinen Schritt weiter!"

„Aye, aye, Frau Oberfeuerwehrhauptkommandantin!", salutierte Lucas mit einem breiten Grinsen im Gesicht.

Vorsichtig tastete er sich im Lichtstrahl von Maries Handy Stufe um Stufe die Treppe hinunter. Seine Augen gewöhnten sich nur langsam an die Dunkelheit. Maries Handy und das bisschen Tageslicht, das von oben durch die Tür kam, reichte gerade aus, dass er die Ausmaße des Gewölbekellers erkennen konnte.

Der Keller war rechteckig, nicht sehr groß und gerade mal etwas mehr als mannshoch. Die niedrigen Seitenwände bestanden aus grob behauenem Sandstein und dienten als Fundament für ein kunstvoll gemauertes Tonnengewölbe. Spinnweben hingen von der Decke und am Fuß der Treppe lag eine verendete Ratte. Der Keller hatte wohl vor langer Zeit zur Vorratshaltung gedient, war aber sicher schon seit Jahrzehnten nicht mehr genutzt worden. Er war völlig leer, nicht einmal ein Verschlag oder ein altes Holzregal war zu sehen. Behaglich war es hier unten jedenfalls nicht. Obwohl der modrige Geruch nicht gerade angenehm war, übte der Raum eine gewisse Faszination aus. Lucas fühlte sich wie ein Zeitreisender, der viele Jahrhunderte in die Vergangenheit versetzt worden ist. Auch hier unten machte er Bilder aus allen nur erdenklichen Blickwinkeln. Da hörte er von oben Tante Lilo aufgeregt nach ihm rufen.

„Lucas, was um Himmels Willen treibst du denn da unten? Draußen ist gerade ein Auto vorgefahren, ich glaube, der Kressler rückt gleich an. Mach, dass du raufkommst!"

Das wirkte! Lucas schoss noch ein letztes Bild und beeilte sich dann, die rutschigen Stufen so schnell wie möglich wieder nach oben zu steigen. Als er oben war, schloss Lilo sofort die Tür wieder ab, gab den Schlüssel Marie und bat sie, ihn wieder genau dahin zu legen, wo er vorher gelegen hatte. Kaum war das erledigt, da hörten sie auch schon, wie jemand draußen vor sich hin schimpfte:

„Welcher Idiot hat denn da schon wieder die Absperrung weggeschoben? Fehlt bloß noch, dass da jemand drin rumschnüffelt!"

Im gleichen Augenblick kam Kressler auch schon herein und sah Lilo mit Lucas und Marie.

„Sie schon wieder? Was machen Sie hier noch? Und was soll dieser Kindergarten, den Sie dabeihaben? Die haben hier ja wohl gar nichts verloren!"

„Anschauungsunterricht, Herr Kressler! Die beiden gehören zur Jugendfeuerwehr von Eisenberg, und ich bin für ihre Ausbildung zuständig. Dazu gehört auch so eine Brandortbesichtigung. Seien Sie doch froh, dass sich die jungen Leute so engagieren!"

„Meinetwegen, aber ohne meine Einwilligung betritt hier niemand mehr das Gelände! Haben Sie das verstanden?"

„Kein Problem, Herr Kressler, die beiden haben fürs Erste genug gelernt", gab Lilo ziemlich smart zurück.

Im gleichen Moment zwängte sich ein kräftig gebauter Mann in Arbeitskleidung an der Absperrung vorbei.

„Komm rein, Danilo, ich zeig dir, wie ich mir den Abriss nächste Woche vorstelle", sprach ihn Kressler sofort an.

Lilo, Lucas und Marie waren froh, dass Kressler sich jetzt ganz dem Mann zuwandte, und schlüpften an der Absperrung vorbei nach draußen.

„Nicht übel! Den hast du ja ganz schön gelinkt, alle Achtung!", sagte Marie anerkennend und lachte.

„Ich hatte ganz schön Bammel, dass der jetzt richtig Stress macht", gab Lucas zu.

„Ja, ich glaube, wir hatten Glück, dass dieser Danilo, oder wie der hieß, gekommen ist, sonst hätte es vielleicht wirklich noch Ärger gegeben, vor allem, wenn er mitbekommen hätte, dass du Fotos gemacht hast."

„Wenn er rausgekriegt hätte, dass du die Taschen voller Materialproben von der Brandstelle hast, ja wohl noch mehr", sagte Marie.

„Da hast du allerdings recht", gab Lilo kleinlaut zu.

„Ach Lucas, da fällt mir ein, dass ich heute ja dein Lieblingsessen, Dampfnudeln und Kartoffelsuppe, machen wollte. Aber schaut mal auf die Uhr, es ist inzwischen schon halb eins. Dampfnudeln, das dauert, und mir knurrt jetzt schon der Magen. Wie wär's, wenn ich für uns 'ne Runde Döner beim Türken um die Ecke besorge?"

„Coole Idee, Tante Lilo, da bin ich sofort dabei!"

„Für mich bitte einen vegetarischen", bat Marie.

„Okay, ich muss nur kurz meine Feuerwehrkluft loswerden, und ihr könnt in der Zwischenzeit eure verdreckten Stiefel sauber machen und anschließend draußen im Garten den Tisch decken."

Zehn Minuten später saßen sie auf der Terrasse in Lilos Mini-Garten und mampften ihre Döner.

„Was habt ihr denn heute noch vor?", fragte Tante Lilo nach einer Weile. „Das Rumkriechen in der Ruine da drüben reicht ja wohl fürs Erste."

„Also, ich fand's super spannend", sagte Lucas sofort.

„Ja, spannend fand ich es auch", stimmte ihm Marie zu. „Aber heute Nachmittag gehe ich jedenfalls ins Schwimmbad. Da treffe ich sicher 'ne Menge Leute aus meiner Klasse."

„Nimmst du mich mit?", fragte Lucas. „Vielleicht kenne ich ja noch ein paar von denen aus der Grundschule."

„Wenn du dein Badehöschen dabeihast und Lilo dir ein Fahrrad leiht, kannst du gerne mitkommen", lachte Marie.

„Abgemacht! Aber vorher möchte ich mir noch die Bilder von heute Morgen anschauen, besonders die aus der Kellergruft, würden mich brennend interessieren. Kann ich denn ein Fahrrad von dir bekommen, Tante Lilo?"

„Klar, kannst du haben, ist zwar optisch nicht der Brüller, läuft aber super."

„Dann düse ich jetzt mal nach Hause, mein Fahrrad und meine Badesachen holen", sagte Marie. „Inzwischen kannst du dir die Bilder ja anschauen. In einer halben Stunde bin ich wieder da. Vielen Dank übrigens für den Döner, Lilo!"

„Dann richtest du jetzt am besten auch gleich deine Badesachen, und ich hole inzwischen das alte Fahrrad aus dem Schuppen. Die Bilder kannst du dir danach anschauen", kommandierte Lilo. „Aye, aye, Tante!"

Lucas salutierte und spurtete nach oben ins Gästezimmer, um die Badesachen zusammenzusuchen und in seinen Rucksack zu stopfen. Schon wenige Augenblicke später war er mit den Vorbereitungen fürs Schwimmbad fertig, stürmte die Treppe hinunter und fragte Lilo:

„Ist es okay, wenn ich die Bilder auf deinen Rechner lade? Dann kannst du dir ein paar für den Tag der offenen Tür bei der Feuerwehr raussuchen."

„Oh ja, super! Mach das!", antwortete Lilo.

Schnell hatte er alles auf den Rechner übertragen und klickte sich durch die Masse an Bildern, die er gemacht hatte. Auf die Bilder vom Keller war er besonders gespannt, da er hoffte, dass sie durch die Verwendung des Blitzes mehr zeigten, als er in der Dunkelheit dort unten hatte erkennen können. Als er die Bilder sah, war er begeistert. Sie zeigten gestochen scharf, wie es in dem Keller aussah.

Der leere Raum besaß eine eigentümlich erhabene Atmosphäre. Die Seitenwände wirkten noch wuchtiger, als es ihm in der Dunkelheit erschienen war. Das Tonnengewölbe zeugte von der großen handwerklichen Kunst der Erbauer. Lucas war beeindruckt.

Auf dem letzten Bild, das er geschossen hatte, war die hintere Wand des Kellers zu sehen. Beim Betrachten des Bildes fiel ihm an der oberen Seite der Mauer ein Stein auf, der im Gegensatz zu den anderen Sandsteinen absolut regelmäßig zugehauen war. Als er näher heranzoomte, sah er auf der stark verwitterten Oberfläche des Steines die schemenhaften Umrisse eines Tierkopfes, vielleicht eines Drachenkopfes. Darunter konnte man mit einiger Mühe und etwas Fantasie die fast völlig ausgewaschenen Überreste eines Wappens mit einem Kreuz und zwei Eichenblättern an der Seite erkennen.

Dieser Keller musste uralt sein, so viel war klar. Auch Lilo hatte das ja schon gesagt. Eine Schande, dass das Haus in die Hände eines rücksichtslosen Geschäftemachers wie diesem Kressler gefallen war. Und nun war durch die Zerstörungen, die der Brand angerichtet hatte, an eine Rettung des denkmalgeschützten Gebäudes nicht mehr zu denken.

Lucas hatte eine Idee. Er lud das Bild von dem Stein auf sein Handy und beschloss, es seinem Vater zu schicken, schließlich war der doch Spezialist auf diesem Gebiet. So konnte er vielleicht mehr über das Haus und seine Geschichte erfahren.

Kaum war er fertig, da kam auch schon Marie zurück.

„Ich hab's geahnt, da sitzt er noch am Rechner! Immer das gleiche mit euch Jungs. Ich hoffe, du hast wenigstens schon dein Badehöschen gepackt!", nölte Marie.

„Keine Panik!", gab Lucas zurück. „Ich hab alles gepackt. Ich muss nur noch kurz meinem Papa eine WhatsApp-Nachricht schicken, dann können wir sofort starten."

Lucas tippte noch kurz auf seinem Smartphone herum und rief dann nach Tante Lilo.

„Ich glaube, die ist draußen im Schuppen mit dem Fahrrad beschäftigt, das sie dir geben will", sagte Marie.

„Ach ja, stimmt, das Fahrrad, daran habe ich gar nicht mehr gedacht. Mal sehen, was für einen Renner sie für mich hat."

Beide gingen zum Schuppen, wo Lilo gerade noch dabei war, das Hinterrad des Fahrrades aufzupumpen.

„Da schaut ihr, was?", rief Lilo, als sie die beiden kommen sah.

„Das ist mein bestes Pferd im Stall!"

„Frühes 20. Jahrhundert würde ich mal schätzen!", prustete Marie los.

„Das gute Stück hat mal deiner Uroma gehört, Lucas. Dass du mir ja darauf aufpasst, hörst du!"

„Bin begeistert, ganz schön oldschool das Ding!", gab Lucas mit leicht ironischem Unterton zurück.

„Jetzt stell dich nicht so an!", schnauzte Marie Lucas an. „Die Dinger sind jetzt total in Mode. Ich kenne viele, die dich darum beneiden würden."

„Na, das meine ich aber auch!", stimmte Lilo Marie zu. „Und jetzt fort mit euch ins Schwimmbad! Um halb sieben gibt's Abendessen, da seid ihr doch wieder da, oder?"

„Geht klar, Tante Lilo! Bis heute Abend!", rief Lucas. Und los ging's. Marie fuhr vorneweg. Lucas hatte zuerst ein bisschen Mühe, sich an sein antikes Gefährt zu gewöhnen, doch es lief viel besser, als er befürchtet hatte.

Nach einer knappen Viertelstunde kamen sie am Bad an. Schon beim Reingehen traf Marie alle möglichen Freunde und Bekannte und wurde schließlich von einem Mädchen aus ihrer Klasse zu einem Platz auf der Liegewiese abgeschleppt, an dem sich viele ihrer Klassenkameraden aus dem Grünstadter Gymnasium zusammengefunden hatten. Lucas, der hinter Marie hergetrottet war, kannte keinen von denen, denn sie stammten teilweise aus den umliegenden Dörfern oder waren in der Eisenberger Grundschule nicht mit ihm in der gleichen Klasse gewesen.

„Hey Marie, ist das dein neuer Lover?", amüsierte sich einer der Jungs.

Lucas nahm's locker, aber Marie war sichtlich versäuert.

„Lass Lucas in Ruh und benimm dich, Kevin, sonst gibt's Stress! Lucas war mit mir in der gleichen Grundschulklasse und wohnt jetzt in Nürnberg. Er ist in den Ferien bei seiner Tante in Eisenberg zu Besuch", erklärte sie an die ganze Gruppe gewandt.

„Ich glaub, ich brauch jetzt erst mal 'ne Abkühlung! Kommt jemand mit ins Wasser?", fragte sie in die Runde.

„Jippie! Wasserschlacht!", brüllten Paul und Henry fast gleichzeitig, und schon stürmte die ganze Meute zum Schwimmbecken.

Lucas war ein guter Schwimmer und mischte bei der Wasserschlacht kräftig mit. Kurze Zeit später war Kevins feindselige Begrüßung vergessen, und Lucas wurde von allen akzeptiert. Nach der Wasserschlacht ging's zu den Sprungtürmen. Paul und Henry sprangen auf die ulkigsten Arten vom Dreimeterbrett, und als die Mädchen damit begannen, sie lautstark anzufeuern, versuchten sie, sich gegenseitig zu überbieten. Auch Lucas verschaffte sich anerkennenden Beifall, als ihm ein perfekter Salto vom Fünfmeterturm gelang. Marie war begeistert und klopfte ihm auf die Schulter: „Coole Aktion, Lucas, hätte ich dir gar nicht zugetraut." Schließlich ging es wieder auf die Liegewiese. Man plauderte über Schule, Freundinnen und

Freunde, und natürlich wurde Lucas auch über seine Schule in Nürnberg ausgefragt. Mit Paul verstand er sich auf Anhieb besonders gut. Paul war gut und gerne einen Kopf größer als die meisten seiner Klassenkameraden. Nach den wilden Aktionen im Schwimmbecken stand sein kurzes, strohblondes Haar wirr in alle Richtungen und verlieh seinem mit Sommersprossen übersäten Gesicht ein pfiffiges Aussehen. Vermutlich wegen seiner Größe hatte er die Angewohnheit, sich betont lässig zu bewegen, was manchmal etwas komisch wirkte. Doch wenn einer seiner Klassenkameraden versuchte, ihn deshalb auf die Schippe zu nehmen, hatte er sofort einen schlagfertigen Spruch parat. Wie sich schnell herausstellte, war Paul ein ebenso großer Technikfreak wie Lucas, und als der von seiner neuen Kamera erzählte, kamen die beiden aus dem Fachsimpeln nicht mehr heraus.

Marie, die sich ein bisschen vernachlässigt fühlte, ging das Technikgefasel der beiden nach einiger Zeit gehörig auf die Nerven, und deshalb unterbrach sie die beiden kurzerhand:

„Ach Paul, du musst das Feuer gestern ja aus nächster Nähe mitgekriegt haben."

„Feuer - äh -, welches Feuer? Ach so, du meinst die Falkenstein-Villa", reagierte Paul noch etwas geistesabwesend. „Klar hab ich das mitgekriegt, ich hatte schließlich einen Logenplatz."

„Wieso Logenplatz?", fragte Lucas verwundert.

„Na, unser Garten grenzt direkt an den Garten der Villa. Zum Glück ist unser Haus weit genug von der Villa entfernt, aber ein bisschen mulmig war mir schon, als die Funken geflogen sind."

„Lucas' Feuerwehr-Tante hatte alles im Griff, da musstest du dir nicht ins Höschen machen", spöttelte Marie.

„Wie, die Lilo von der Feuerwehr ist deine Tante?", fragte Paul überrascht.

„Ja klar, woher kennst du sie?", fragte Lucas zurück.

„Als ich noch in der Grundschule war, haben wir mal die Feuerwache besichtigt. Da hat sie uns alles gezeigt, und ich durfte sogar mit ihr eine Runde im Feuerwehrauto mitfahren. Das fand ich damals ziemlich cool. Außerdem wohnt sie ja ganz in unserer Nähe. Dann müsstest du das Feuer gestern ja wohl auch hautnah miterlebt haben."

„Nein, ich bin gestern Abend erst spät hier angekommen, da war schon alles gelöscht", entgegnete Lucas.

„Was hältst du denn von der ganzen Sache?", fragte Marie.

„Von alleine ist das Haus sicher nicht in Flammen aufgegangen. Jedenfalls sagt das mein Opa. Der ist sich ziemlich sicher, dass das Brandstiftung war."

„Der Brandsachverständige heute Morgen war da aber anderer Meinung", warf Lucas ein. „Der meinte, ein technischer Defekt sei die Ursache gewesen."

„Und was für ein technischer Defekt soll das gewesen sein?", wollte Paul wissen.

„Das fragt sich Lilo allerdings auch", sagte Marie. „Sie hat uns heute Morgen erzählt, dass die Untersuchung des Sachverständigen mehr als oberflächlich war. Ich hatte den Eindruck, dass sie glaubt, der sei von Kressler bestochen worden."

„Na klar, Kressler wartet doch seit Jahren darauf, dass er die Villa abreißen kann. Deshalb hat der übrigens auch 'nen ziemlichen Hass auf meinen Opa."

„Was hat er denn gegen deinen Opa?", fragte Lucas.

„Mein Opa hat vor Jahren den Abriss stoppen lassen, indem er das Denkmalschutzamt alarmiert hat."

„Ach, dann ist dein Opa wohl der alte Dennerlein, die Geschichte hat mir Tante Lilo schon erzählt."

„Genau, und ich bin der junge Dennerlein", lachte Paul.

In diesem Augenblick vibrierte Lucas' Smartphone. Er holte es aus seinem Rucksack und schaute nach, wer ihm eine Nachricht geschickt hatte. Die Nachricht kam von seinem Vater.

Lieber Lucas,
ich hoffe, du treibst dich nicht die ganze Zeit in dunklen Kellern herum, sondern erholst dich in der gesunden Pfälzer Luft. Aber vielen Dank für das Foto, das du mir geschickt hast, das ist wirklich hochinteressant. Das Wappen kann ich ganz klar dem heiligen Valerian zuordnen, der im 5. Jahrhundert in der Region gelebt und gewirkt hat. Er soll sich besonders als Wohltäter der Armen und Kranken einen Namen gemacht haben. Der Drache soll vermutlich dem Betrachter des Steines Angst einflößen, denn er wird oft mit dem Teufel gleichgesetzt, er steht also für das Böse. Ungewöhnlich an dem Stein ist die Kombination aus dem Wappen des Heiligen und dem Drachen. Den Sinn dahinter kann ich mir nicht so recht erklären. Du solltest das Bild mal dem alten Dennerlein zeigen, er ist

absoluter Spezialist für die Geschichte des Donnersberggebietes. Ich vermute, der kann dir mehr dazu sagen als ich. Aber halte mich bitte auf dem Laufenden. Die Sache interessiert mich brennend.
Liebe Grüße, dein Papa

„Was ist los?", fragten Marie und Paul wie aus einem Mund.

„Kann ich euch hier nicht sagen", raunte Lucas den beiden zu, „kommt mal mit!"

Marie und Paul schauten einander verständnislos an und folgten Lucas, der sie zu einer entlegenen Stelle der Liegewiese führte.

„Muss nicht jeder hören, was ich euch zu erzählen habe", sagte er geheimnisvoll.

„Na, dann schieß mal los, hier hört dich keiner", forderte ihn Marie etwas genervt auf, da sie glaubte, Lucas wolle sich nur wichtig machen mit seiner Geheimniskrämerei.

„Also", begann Lucas bedeutungsvoll, „bevor du mich zum Schwimmbad abgeholt hast, hab ich mir doch noch die Bilder von der abgebrannten Villa angeschaut."

„Moment mal!", unterbrach ihn Paul. „Willst du damit etwa sagen, dass du in der abgebrannten Villa Bilder gemacht hast?"

„Ja, hat er", mischte sich Marie ein. „Lilo hat uns heute Morgen in die Ruine mitgenommen, aber jetzt mach mal weiter, Lucas, was ist mit den Bildern?"

„Na, die Bilder vom Keller, die sind richtig super geworden!"

„Ist das alles?", rief Marie enttäuscht. „Und deshalb schleppst du uns hierher?"

„Jetzt wart's halt ab, Marie! Ich bin ja noch nicht fertig. Ich hab auf dem letzten Bild, das ich geschossen habe, etwas Besonderes entdeckt, einen besonders gestalteten Stein mit einem Drachenkopf und einem Wappen. Das Bild hab ich meinem Papa geschickt, damit er sich das mal genauer anschaut, schließlich ist er ja Experte für solche Dinge."

„Ja, jetzt komm schon, was ist nun damit?", fragte Marie ungeduldig.

„Mein Papa hat mir gerade zurückgeschrieben, dass er den Stein für eine interessante Entdeckung hält und dass ich das einem Kenner der regionalen Geschichte zeigen soll, und jetzt ratet mal, wen er gemeint hat."

„Meinen Opa natürlich, wen sonst!", rief Paul lachend. „Aber im Ernst, der kennt sich da richtig gut aus. Wenn du willst, kann ich dir eine Audienz bei ihm verschaffen."

„Oh, das wäre super!", freute sich Lucas.

„Aber jetzt zeig uns endlich mal diesen komischen Stein, von dem du die ganze Zeit faselst!", raunzte Marie Lucas ungeduldig an, da sie dieser Geschichte nicht allzu viel abgewinnen konnte. „Du hast das Bild doch sicher noch auf deinem Smartphone."

„Ja, klar, das müsst ihr euch anschauen!", gab Lucas begeistert zurück.

Marie warf einen kurzen Blick auf den Stein und ätzte dann verärgert los:

„Hey Lucas, ich glaub, du hast echt 'n Rad ab. Wegen dem ollen, kaputten Stein machst du so 'nen Aufstand? Ich glaub's einfach nicht!"

„Keine Ehrfurcht vor der Geschichte, diese jungen Leute!", konterte Lucas etwas eingeschnappt.

Paul sah sich das Bild gründlich an und meinte nach einer Weile:

„Irgendwie kommt mir das Wappen bekannt vor, wenn ich nur wüsste woher!"

„Mein Papa hat mir geschrieben, dass es das Wappen des heiligen Valerian ist, vielleicht hilft dir das ja auf die Sprünge."

„Ja, genau, jetzt erinnere ich mich. Mein Opa war mal mit mir bei einer uralten Kapelle hier in der Nähe. Da hat er von einem Einsiedler erzählt, der die gebaut hat. Ich glaube, dort hab ich dieses Wappen gesehen. Bestimmt kann uns Opa weiterhelfen, den würde das auf jeden Fall sehr interessieren. Ich wette, ich muss ihn nicht zweimal bitten, dass er sich deine Bilder mal anschaut."

„Ich glaube, wir sollten jetzt langsam wieder zu den anderen zurückgehen, die schauen schon die ganze Zeit her. Auf die blöden Witze von denen bin ich wirklich nicht scharf", drängelte Marie.

„Okay, du hast recht, gehen wir", stimmte ihr Paul zu.

Maries Befürchtungen waren nur zu berechtigt. Es hagelte nur so von blöden Bemerkungen, bei denen sich vor allem Kevin mal wieder besonders hervortat.

„Ich geh jetzt mal eine Runde schwimmen, wer kommt mit?", fragte Marie schließlich, um dem Geflachse ein Ende zu bereiten.

Das wirkte. Mit Gejohle stürmten alle zum Schwimmbecken, wo sich bei den Sprungtürmen ein wilder Splashdiving-Contest entwickelte.

„Du, schau mal rüber zur Uhr!", rief Lucas Marie nach einiger Zeit zu. „Schon zehn vor sechs, wir sollten jetzt langsam aufbrechen. Ich hatte Lilo versprochen, dass ich rechtzeitig zum Abendessen wieder da bin."

„Okay", gab Marie zurück. „Aber warte mal kurz, ich frag Paul, ob er auch mitkommt."

Zwanzig Minuten später verließen die drei das Bad und gingen zu ihren Fahrrädern.

„Geiles Teil!", kommentierte Paul beeindruckt, als er Lucas' antikes Fahrrad sah. „Fährt das Ding auch, oder sieht es nur cool aus?"

„Bis jetzt läuft es eigentlich erstaunlich gut", erwiderte Lucas.

„Wenn es auch eine größere Strecke durchhält, könnten wir morgen 'ne kleine Fahrradtour machen. Wie wär's?"

„Super Idee, ich bin dabei!", stimmte Marie sofort zu.

„Klar, ich bin auch dabei", sagte Lucas. „Aber wie ist das jetzt mit deinem Opa? Ich wollte ihm doch die Bilder zeigen und ihn einiges fragen?"

„Kein Problem", meinte Paul. „Am besten treffen wir uns morgen um halb elf bei mir. Mein Opa wohnt ja im gleichen Haus. Ich frag ihn, ob er Zeit für uns hat. Danach können wir dann losfahren. Abgemacht?"

„Abgemacht!", riefen Lucas und Marie gleichzeitig und schwangen sich auf ihre Räder. Bei Lilos Haus angekommen, verabschiedeten sie sich, und Marie und Paul fuhren nach Hause.

„Pünktlich, auf die Minute, ich bin völlig geplättet!", rief Lilo aus der Küche Lucas zu.

„Tja, der Hunger treibt mich! Gibt's denn bald was zu essen?"

„Pfälzer Leberknödel mit Sauerkraut und Kartoffelpüree, das magst du doch, oder?"

„Mmh, lecker!", freute sich Lucas.

"Dann deck doch schon mal den Tisch, ich bin gleich so weit!"

Ein paar Minuten später saßen die beiden am Tisch und aßen. Lucas erzählte von seinen Erlebnissen im Schwimmbad und von Paul, den er dort kennengelernt hatte. Lilo kannte Paul und wusste, dass er der Enkel vom alten Dennerlein war.

„Ach, hast du dir eigentlich schon mal die Bilder von heute Morgen angeschaut, Tante Lilo?", fragte Lucas.

„Ja klar hab ich das! Die sind super geworden! Wer weiß, wozu wir die noch mal brauchen werden."

„Wie meinst du das?", fragte Lucas.

„Tja", begann Lilo. „Ich habe heute Nachmittag mit Fritz, unserem Kommandanten von der Feuerwehr, gesprochen. Der war ja heute Morgen auch dabei, als der Sachverständige da war. Er war absolut meiner Meinung, dass man die Untersuchung, die dieser Herr durchgeführt hat, nur als schlechten Witz bezeichnen kann. Als ich ihm dann von den Bildern und den Proben erzählt habe, hat er mich natürlich gewarnt. Der Kressler könnte ganz schön unangenehm werden, wenn man sich mit ihm anlegt. Zu meiner Überraschung hat er mir aber dann doch angeboten, die

Materialproben aus der Brandruine in einem Labor in Grünstadt untersuchen zu lassen. Er hat mich aber dringend gebeten, nichts auf eigene Faust zu unternehmen und erst mal die Untersuchungsergebnisse abzuwarten. Deshalb sollten wir alles tun, dass niemand von den Bildern und den Proben erfährt, sonst kriegt am Ende dieser Kressler Wind davon, und das könnte ziemlich ungemütlich werden."

„Ups, ich hoffe, Marie plaudert das nicht weiter aus, und dem Paul haben wir heute Nachmittag auch schon davon erzählt", gab Lucas kleinlaut zu. „Außerdem wollte ich die Bilder morgen Pauls Opa zeigen, vor allem das letzte, wo das Wappen und der Drache drauf sind."

„Das kannst du ruhig machen, Pauls Opa wird dem Kressler bestimmt nichts weitererzählen. Dass der den Kressler nicht ausstehen kann, brauche ich wohl kaum zu betonen. Aber was meinst du eigentlich mit ‚Wappen' und ‚Drache'? Mir ist auf dem letzten Bild nichts aufgefallen."

Paul kramte sein Smartphone heraus, zeigte Lilo die Vergrößerung des Steins und erzählte ihr, was er von seinem Vater erfahren hatte.

„Tja, dann bin ich ja mal gespannt, was der alte Dennerlein dazu zu sagen hat. Ich glaube nicht, dass der bisher etwas von dem Keller in der Villa wusste."

„Ach übrigens, Marie, Paul und ich wollen morgen eine Fahrradtour machen. Leihst du mir dafür noch mal dein Fahrrad?", fragte Lucas.

„Wenn du damit klarkommst, kannst du es gern haben."

„Ja, hat super geklappt mit dem guten alten Stück!"

„Bist du denn auch satt geworden, oder passt noch ein kleiner Nachtisch rein?", fragte Tante Lilo überflüssigerweise.

„Satt bin ich, aber Nachtisch geht immer. Was gibt's denn?"

„Schokoladenpudding mit Vanillesoße, schau mal in den Kühlschrank."

„Wow! Macht echt Laune, so verwöhnt zu werden." Lucas holte den Pudding aus dem Kühlschrank und löffelte ihn genüsslich.

„Du siehst aber ganz schön müde aus, mein Junge", sagte Lilo nach einer Weile. „Ich glaube, wir sollten heute nicht so spät ins Bett gehen wie gestern.

„Bin völlig k. o.", gab Lucas zu. „Im Schwimmbad war's ganz schön anstrengend!"

„Na, dann mal gute Nacht."

Mit letzter Kraft schlich Lucas die Treppe hoch, schaffte es gerade noch, seine Zähne zu putzen, und fiel dann todmüde ins Bett.

3

Am nächsten Morgen wurde Lucas früher wach als am Tag zuvor. Als er nach unten in die Küche kam, war von Lilo noch keine Spur.

„Heute ist ja Samstag, da wird sie wohl ausschlafen wollen", dachte er, deckte schon mal den Kaffeetisch und beschloss, anschließend beim Bäcker Brötchen zu holen.

Gerade als er losgehen wollte, kam ihm Lilo entgegen. Sie war früh aufgestanden und hatte schon den größten Teil ihrer Einkäufe fürs Wochenende gemacht.

„Stell dir vor, was ich gerade erfahren habe!", rief Lilo etwas außer Puste und wuchtete ihren Einkaufskorb auf einen Küchenstuhl.

„Beim Bäcker habe ich Frau Binder getroffen. Die wohnt im übernächsten Haus, direkt gegenüber der abgebrannten Villa. Sie behauptet, sie hätte vor drei Tagen einen von den Landstreichern gesehen, die im letzten Winter in der Villa gehaust haben. Der Typ hätte sich den ganzen Tag in der Nähe des Bolzplatzes herumgetrieben. Schon am nächsten Tag sei er dann wieder verschwunden gewesen."

„Und du meinst, der hätte vielleicht etwas mit dem Brand zu tun?", fragte Lucas.

„Möglich wär's doch, Frau Binder jedenfalls ist fest davon überzeugt."

„Aber warum sollte denn so jemand das Haus abfackeln? Ich kann mir nicht vorstellen, was der für ein Motiv haben sollte."

„Das weiß ich auch nicht, aber merkwürdig ist es schon, dass der gerade jetzt wieder aufgetaucht ist."

„Und was willst du mit deinem Verdacht nun anfangen? Nach dem Untersuchungsergebnis des Sachverständigen wird es jetzt ja wohl keine weiteren Ermittlungen mehr geben!"

„Ich werde das auf jeden Fall mit Fritz besprechen. Mal sehen, was der dazu meint. Aber jetzt sollten wir endlich frühstücken, ich bin schon seit Stunden auf den Beinen!"

Während beide frühstückten, fragte Lilo:

„Habt ihr denn schon einen Plan, wohin eure Radtour heute gehen soll?"

„Paul wollte sich etwas überlegen, ich kenne mich hier zu wenig aus."

„Bin mal gespannt, was du heute Abend zu erzählen hast. Ich mach dir auf jeden Fall ein paar Brötchen für unterwegs, und was zu trinken musst du dir auch mitnehmen."

„Oh super, daran hatte ich überhaupt nicht gedacht."

Kurz vor halb elf kam Marie und holte Lucas ab, der diesmal schon fix und fertig mit gepacktem Rucksack auf sie wartete. Zwei Minuten später standen sie vor dem Haus, in dem Paul wohnte. Als sie klingelten, machte ihnen ein älterer Herr auf.

„Ihr seid bestimmt Pauls Freunde. Kommt rein, Paul ist oben und packt noch seinen Rucksack für eure Radtour."

Das also war Pauls Opa. Lucas glaubte, sich noch von früher an ihn erinnern zu können. Obwohl er ihn wegen seiner schlohweißen, wellig nach hinten gekämmten Haare auf über siebzig schätzte, wirkte der ältere Herr sehr rüstig. Seiner schlanken, aber kräftigen Figur sah man noch immer den leidenschaftlichen Sportler an. Er führte sie ins Haus und rief nach oben:

„Paul, deine Freunde sind da, beeil dich mal ein bisschen!"

Paul stürmte die Treppe runter und begrüßte die beiden.

„Hi, bin reisefertig, aber zuerst müssen wir noch deine Bilder anschauen. Ich hab Opa alles erzählt und glaube, er kann es kaum erwarten, deine Fotos zu sehen."

„Das ist allerdings wahr", stimmte ihm Herr Dennerlein zu. „Paul hat mir von einem Keller in der alten Villa erzählt. Und du hast tatsächlich Bilder von dort?"

„Klar!", sagte Lucas. „Sind alle hier auf diesem Speicherstick. Wenn es hier irgendwo einen Rechner gibt, können wir die gerne anschauen."

„Na, dann kommt mal mit in mein Arbeitszimmer", forderte sie Pauls Opa auf.

Er führte sie durch ein großes Wohnzimmer in ein kleineres Zimmer, in dessen Mitte ein schwerer eichener Schreibtisch stand. An den Wänden standen Regale, die vor lauter Büchern fast zu bersten drohten. Der Rechner auf dem Schreibtisch war bereits hochgefahren, und so dauerte es nur wenige Augenblicke, bis die Bilder geladen waren. Pauls Opa klickte sich zügig durch die Bilder, bis er zu den Bildern vom Keller kam.

„Donnerwetter, ich hatte keine Ahnung, dass das Haus einen so wuchtig gebauten Keller hat. Das Tonnengewölbe ist sehr eindrucksvoll. Aber wo ist denn nun der Stein mit dem Wappen, von dem mir Paul erzählt hat?"

„Darf ich mal kurz an den Rechner?", fragte Lucas.

Nachdem Herr Dennerlein ihm Platz gemacht hatte, klickte er sich bis zum letzten Bild durch und vergrößerte den Stein soweit wie möglich. „Oh, das ist allerdings bemerkenswert!", rief Dennerlein überrascht aus. „Dass hier das Wappen des heiligen Valerian eingemeißelt ist, wundert mich zwar nicht so sehr, aber die Kombination mit dem Drachen erstaunt mich schon!"

„Ja, das hat mein Vater auch gesagt, aber was bedeutet das denn nun?", fragte Lucas.

„Da muss ich etwas weiter ausholen", sagte Dennerlein. „In einer Chronik aus dem Jahr 713 nach Christus wird das Wirken des heiligen Valerian im 5. Jahrhundert beschrieben. Da alles, was wir über den Heiligen wissen, zunächst mündlich überliefert worden ist und erst etwa zwei Jahrhunderte später in der Chronik aufgeschrieben wurde, kann man sich vorstellen, dass viel von dem, was wir hier erfahren, nur Legende ist. So soll er zunächst als Einsiedler am Fuße des Donnersberges gelebt haben. Wo genau, darüber macht die Chronik keine Angaben. Dort wollte er den christlichen Glauben verbreiten, denn der Einfluss des alten germanischen Götterglaubens auf die einfache Bevölkerung war noch sehr groß. Durch seine große Redekunst gelang es ihm, die Menschen in seinen Bann zu ziehen. Vor allem aber war er als Heilkundiger weit und breit bekannt, weshalb viele Menschen seine Hilfe suchten. Er selbst lebte in größter Armut. Eine Legende besagt nun, er habe eines Tages einen schwer verletzten adligen Herrn behandelt und ihn so vor dem sicheren Tod bewahrt. Dieser hohe Herr habe ihn reich belohnt. Mit diesem Vermögen sei er von dieser Zeit an zum Wohltäter der ganzen Region geworden. Er habe in den größeren Siedlungen Zufluchtshäuser für Arme und Kranke bauen lassen und dort mit vielen Helfern, die er um sich geschart hat, zum Wohle der Menschen wahre Wunder vollbracht. Für sich selbst habe er nichts behalten. Auf einer seiner Missionsreisen, die er regelmäßig unternommen hat, soll er im Jahre 447 von Räubern überfallen und auf grausame Weise getötet worden sein."

„Das ist ja alles sehr interessant, aber wie kommt denn nun das Wappen in das alte Haus da drüben?", wollte Lucas wissen.

„Genau darauf wollte ich gerade zu sprechen kommen. Ich hatte schon lange die Vermutung, dass dieses Haus ursprünglich eine solche von Valerian gebaute Zufluchtsstätte war. Einige wenige Reste der Außenmauern dieses Gebäudes stammen vermutlich aus dem 5. Jahrhundert, das hat mir ein Archäologe vom Denkmalschutzamt bestätigt. Wie es ursprünglich einmal ausgesehen hat, lässt sich heute nicht mehr sagen, denn im Laufe der Jahrhunderte ist es mehrfach zerstört und anschließend verändert wieder aufgebaut worden. Das Wappen im Keller, der vermutlich als einziger Gebäudeteil die Jahrhunderte unbeschadet überdauert hat, weist nun ziemlich sicher darauf hin, dass an dieser Stelle eines dieser Häuser für Arme und Kranke gestanden hat. Das ist schon eine kleine Sensation."

„Aber Opa, wäre es da nicht möglich, den Abriss des Hauses wieder zu stoppen? Du hast das doch schon mal hingekriegt", schaltete sich Paul ein.

„Hab ich gestern schon versucht, mein Junge, aber Kressler hatte beim Denkmalschutzamt mit dem Gutachten des Brandsachverständigen schon alles für den Abriss klargemacht. Als ich dort angerufen habe, hat mir der Beamte sofort gesagt, die Genehmigung für den Abriss sei schon erteilt worden, da sei nichts mehr zu machen. Ich schätze, dass am Montag bereits die Bagger mit dem Abriss beginnen."

„Der Mistkerl hat es ja ganz schön eilig!", zischte Marie, die sich inzwischen mehr und mehr für die Sache zu interessieren schien.

„Schön, dass wir wenigstens deine Bilder haben!", sagte Pauls Opa.

„Aber was hat denn nun der Drachenkopf auf dem Stein zu bedeuten?", fragte Lucas.

„Ich vermute, der Drachenkopf stellt eine Warnung dar und soll dem Betrachter Angst einflößen, aber warum und wovor, das wüsste ich auch gerne. Dazu müsste man den Stein genauer untersuchen."

„Und wie soll das gehen?", fragte Marie. „Der Kressler hat das Grundstück inzwischen vollständig mit einem Bauzaun absichern lassen, da kommt keiner mehr rein."

„Da müssen wir uns eben was einfallen lassen!", rief Paul.

„Tja, dann denk mal scharf nach, mein Junge, hast ja sonst immer die besten Ideen", lachte Pauls Opa.

„Ich will ja nicht drängeln", sagte Marie, „aber wollten wir nicht noch 'ne Radtour machen?"

„Okay, Marie hat recht, im Augenblick können wir eh nichts gegen diesen Kressler unternehmen", sagte Lucas.

„Dann satteln wir mal unsere Pferde und reiten los. Was für eine Route hast du dir denn ausgedacht, Paul?"

„Ich? Wieso ich?", fragte Paul verwundert. „Davon war nie die Rede!"

„Na, wer hat denn den Vorschlag mit der Radtour gemacht?", schaltete sich Marie ein.

„Wenn ihr noch kein Ziel habt, dann mache ich euch einen Vorschlag", sagte Pauls Opa. „Fahrt doch nach Bockenheim, da kann ich euch eine schöne Strecke empfehlen. Ihr fahrt zuerst am Eisbach entlang bis nach Ebertsheim. Von dort aus geht's auf der Landstraße nach Quirnheim und dann auf dem Feldweg nach Bockenheim. Hier hab ich für jeden von euch fünf Euro, damit könnt ihr euch in Bockenheim im Café Adria ein Eis gönnen."

„Wow, vielen Dank!", riefen die drei wie aus einem Mund.

„Sag mal, Opa, ist das nicht die Tour, die wir letztes Jahr im Sommer gemacht haben?", fragte Paul. „Da kommt man doch in der Nähe dieser kleinen Kapelle vorbei, die der heilige Valerian gebaut haben soll. Du hast mir damals in der Kapelle sein Wappen gezeigt."

„Ja genau, und ganz in der Nähe ist der Katzenstein, den solltet ihr euch auch nicht entgehen lassen."

„Was ist denn das?", wollte Marie wissen. „Katzenstein, klingt jedenfalls ziemlich witzig, da will ich hin."

„Witzig ist das eigentlich eher nicht, denn das war ein heidnischer Opferaltar", erklärte ihr Herr Dennerlein, „die Kapelle und der Katzenstein stehen übrigens nicht zufällig so nahe beieinander. Die frühen Missionare haben solche Kapellen oft als christlichen Gegenpol in der Nähe heidnischer Kultstätten gebaut, um die Menschen von ihren heidnischen Ritualen abzubringen. Vermutlich war es das, was Valerian veranlasst hat, gerade dort diese Kapelle zu bauen."

„Und warum heißt diese Opferstätte Katzenstein?", wollte Marie wissen.

„Wenn man sich den Felsblock aus einiger Entfernung anschaut, dann sieht er mit ein bisschen Fantasie wie ein Katzenkopf aus", erklärte Pauls Opa. „Hier, die Landkarte könnt ihr mitnehmen, da habe ich die Kapelle und den Katzenstein schon markiert."

„Aber Opa, Karte ist ja ziemlich oldschool, dafür habe ich doch mein GPS-Gerät am Fahrrad. Damit finde ich den Katzenstein", meckerte Paul. „Na gut", gab sich Herr Dennerlein zufrieden. „Dann seid ihr ja bestens ausgerüstet." Er begleitete die drei noch hinaus zu ihren Fahrrädern und rief ihnen „Gute Fahrt!" hinterher. Als sie gleich darauf an der abgebrannten Villa vorbeikamen, sahen sie, dass dort gerade ein mächtiger Bagger von einem Tieflader abgeladen wurde. Lucas erkannte im Vorbeifahren

Danilo wieder, der am Tag zuvor mit Kressler in der Villa gewesen war. Bald darauf erreichten sie den Eisbach und fuhren auf holprigem Feldweg in Richtung Ebertsheim.

„Hey Paul, kann uns dein GPS-Teil vielleicht mal einen weniger anstrengenden Weg suchen?", schimpfte Lucas.

„Hör bloß nicht auf Lucas!", lachte Marie. „Endlich wird mein Mountainbike mal so richtig gefordert, das macht echt Laune!"

„Yee-haw!", schrie Paul und riss sein Bike mit dem Lenker hoch. „Das ist hier wie beim Rodeo im Wilden Westen!"

„Unfair!", beschwerte sich Lucas. „Lilos antikes Rad kriegt gleich 'nen Herzkasper!"

Während die beiden anderen sichtlich Spaß hatten, kämpfte sich Lucas tapfer hinterher. Hinter Ebertsheim ging's dann auf die Landstraße, wo es auch für Lucas wieder besser lief. Nach einer halben Stunde erreichten sie den Abzweig Richtung Bockenheim, der an der Kapelle vorbeiführt.

„Nicht schon wieder so ein mieser Feldweg!", protestierte Lucas sofort, aber der Weg war entgegen seinen Befürchtungen gut befahrbar. Schon nach kurzer Zeit sah man von weitem eine kleine Baumgruppe, zwischen der ein Türmchen herausragte. Als sie näher kamen, konnten sie ein kleines Kirchlein erkennen.

„Ist das die Kapelle da drüben?", fragte Marie.

„Ja klar, das ist sie! Kleines Wettrennen gefällig? Wer zuerst an der Kapelle ist!", rief Paul und zählte auf drei.

„Das ist nicht fair!", protestierte Lucas, der mit Tante Lilos Fahrrad natürlich keine Chance hatte. Das kümmerte die beiden anderen jedoch wenig, und im nächsten Augenblick jagten sie mit Gejohle davon. Lucas machte sich erst gar nicht die Mühe, den beiden zu folgen, und fuhr einfach entspannt weiter. Als er an die Kapelle kam, war von Marie und Paul weit und breit keine Spur, auch ihre Fahrräder waren nirgends zu sehen.

„Was ist das jetzt wieder für ein blöder Spaß! Das sieht mal wieder ganz nach Marie aus, aber darauf falle ich nicht mehr rein", dachte Lucas, stellte sein Fahrrad ab und setzte sich auf die Treppenstufe vor dem vergitterten Eingang der Kapelle. Erst jetzt wurde er auf das leise Plätschern einer Quelle aufmerksam, die wenige Schritte vom Eingang der Kapelle entfernt entsprang. Sie war in einem Metallrohr gefasst und ergoss sich in ein aus Sandsteinquadern gebautes viereckiges Becken. Lucas genoss für einen Augenblick die Ruhe dieses idyllischen Platzes und schloss die Augen.

Er saß noch keine zwei Minuten, da hörte er hinter sich ein leises Knarren und Quietschen, das aus dem vergitterten Vorraum der Kapelle zu kommen schien. Erschrocken schaute er sich um und sah, wie sich das schwere eichene Eingangstor langsam, ganz langsam, öffnete. Eine Gestalt in einem langen, weißen Gewand schien sich zögernd durch den geöffneten Spalt der Tür zu schieben. Lucas überlief es eiskalt. „Konnten Marie und Paul dahinterstecken? War das mal wieder einer ihrer blöden Scherze? Aber wie hätten

sie ins Innere der Kapelle gelangen sollen?", schoss es ihm durch den Kopf.

„Marie, Paul, seid ihr das, ihr Schwachköpfe?", schrie er in deutlich genervtem Tonfall, um sich seine Angst nicht anmerken zu lassen.

Im nächsten Augenblick hörte er ein leises, unterdrücktes Kichern.

„Jetzt kommt raus, ihr Deppen, auf eure dämlichen Späße falle ich nicht rein!", rief er nun verärgert.

Sofort öffnete sich das Tor ganz, und Paul und Marie standen im Eingang und wollten sich ausschütten vor Lachen. Marie hatte sich ein weißes Messdienergewand übergezogen und Gespenst gespielt.

„Wie seid ihr denn da reingekommen?", fragte Lucas, nachdem sich die zwei beruhigt hatten.

„Als wir letztes Jahr hier waren, hat mir mein Opa den Innenraum der Kirche gezeigt. Er ist Mitglied im Verein für Kulturgeschichte der Nordpfalz und hat vor einigen Jahren mitgeholfen, die Kapelle zu renovieren. Deshalb kennt er den geheimen Platz, wo der Schlüssel zum Seiteneingang der Kapelle versteckt ist. Als wir hier waren, hab ich mir gemerkt, wo er ihn geholt hat. Das ist mir vorhin wieder eingefallen."

„Und woher hast du diese Kutte, Marie?", fragte Lucas.

„Die lag auf einer der Kirchenbänke, hat wohl ein Messdiener hier liegen lassen."

„Steht dir gut, solltest du öfter tragen", konnte sich Lucas nicht verkneifen.

„Jetzt schwätz nicht so kariert!", gab Marie schnippisch zurück. „Wenn du den Innenraum sehen willst, dann komm jetzt zur Rückseite der Kapelle, da ist der Seiteneingang. Für das eiserne Gitter hier vorne haben wir keinen Schlüssel. Beeil dich, ich mach dir auf!"

Kurz darauf betrat Lucas den Kirchenraum. Obwohl man bereits von außen sehen konnte, dass die Kapelle nicht sehr groß war, überraschte es Lucas doch, wie klein der Innenraum tatsächlich war. Der Raum war kaum größer als sein Kinderzimmer zu Hause in Nürnberg, wirkte aber aufgrund der massigen Sandsteinquader, aus denen die Wände gemauert waren, recht wuchtig. Sofort musste er an den Keller der Villa denken. Dazu trug vor allem auch das Tonnengewölbe bei, das dem des Kellers sehr ähnelte, nur dass der Raum hier deutlich höher war. An der Rückwand des Raumes befand sich ein schlichter Altar aus rötlichem Sandstein, darüber war die Wand weiß gekalkt. Der Altarraum war nur durch eine Stufe vom übrigen Raum abgesetzt. An der rechten Seitenwand innerhalb des Altarraumes war etwa in Kniehöhe Valerians Wappen zu sehen. Lucas war überrascht, wie sehr der Stein in Form, Größe und Gestaltung des Wappens dem Stein im Keller der Villa glich.

„Schaut euch das an! Sieht so aus, als ob dieser Stein vom selben Steinmetz hergestellt wurde wie der im Keller der Villa", rief Lucas begeistert. „Nur der Drachenkopf fehlt."

„Na ja, ein Drachenkopf gehört ja auch nicht in eine Kirche", sagte Marie. „Drachen symbolisieren doch das Böse."

„Stimmt, die findet man höchstens außen am Dach als Wasserspeier", bestätigte Paul.

„Aber als Untier, das vom heiligen Georg besiegt wird, könnte man es auch auf einer Darstellung in der Kirche finden", wandte Lucas ein, während er sein Smartphone aus seinem Rucksack zog und ein paar Bilder von der Kapelle und von Valerians Wappen machte.

„Hey, hört ihr das?", rief Marie plötzlich.

Sofort waren alle drei mucksmäuschenstill und lauschten angespannt in die Stille. Und tatsächlich ließ sich ein metallisches Klirren hören.

„Ich glaub, da macht sich irgendjemand draußen am Gitter vor dem Haupteingang zu schaffen, flüsterte Paul.

„Mensch, da kommt jemand!", zischte Lucas aufgeregt. „Schnell raus hier!"

Im nächsten Augenblick stürmten Paul und Lucas auch schon zum Seiteneingang.

„Hey, wartet auf mich!", jammerte Marie. „Ich muss noch aus dem verdammten Fummel raus!"

Vor lauter Aufregung hatte sich Marie in dem Messdienergewand verheddert.

„Mach schon, Marie!", bettelte Paul, der draußen am Seiteneingang auf Marie wartete.

Schon hörte man, wie jemand den Schlüssel in die Tür des Hauptportals steckte. Endlich hatte sich Marie aus dem Gewand befreit, pfefferte es auf den Altar und stürmte zur Seitentür hinaus. Sofort machte Paul die Tür zu, schloss ab und legte den Schlüssel wieder auf seinen alten Platz.

„Das war knapp!", seufzte Lucas und atmete erleichtert auf.

„Möchte bloß wissen, wer da gekommen ist", knurrte Paul.

„Interessiert mich kein bisschen!", protestierte Marie. „Ich würde sagen, wir hauen jetzt schleunigst ab!"

Maries Vorschlag kam leider einen Augenblick zu spät, denn im nächsten Moment stand ein ganz in Schwarz gekleideter Herr vor ihnen.

Der etwa 40-jährige Mann hatte die breitschultrige Statur eines Mittelgewichtsboxers. Sein schwarzes, seitlich hochrasiertes und oben streng nach hinten gegeltes Haar, sein akkurat getrimmter Kinnbart, die kantige Gesichtsform und die markante, leicht gebogene Nase, vor allem aber seine dunklen, stechenden Augen verliehen ihm eine düstere, ja beinahe Furcht einflößende Ausstrahlung.

„Was treibt ihr denn hier?", schnauzte er sie an.

„Oh mein Gott, der Gerwald!", zischte Paul den anderen beiden leise zu.

„Jetzt raus mit der Sprache, wieso drückt ihr euch hier hinter der Kapelle rum?", fragte der Mann ungeduldig und baute sich bedrohlich vor ihnen auf.

„Ähm …, äh, … wir suchen Kräuter … für meine kranke Oma", stotterte Marie. „Kamille, Johanniskraut, Bärlauch und so."

„Ach, dann bist du wohl das Rotkäppchen, wie? Und wo hast du dein Körbchen mit Kuchen und Wein gelassen? Du willst mich wohl veräppeln?", pflaumte der Mann Marie an. „Verschwindet, und zwar augenblicklich, sonst mach ich euch Beine!"

Das ließen sich die drei nicht zweimal sagen, schnappten sich ihre Fahrräder und düsten los. Nachdem sie das Wäldchen hinter sich gelassen hatten, lachten Lucas und Paul fast gleichzeitig laut los.

„Kräuter, hihihi, Johanniskraut, hihi, für die, hihihi, kranke Oma! Hihihiii, ich kann nicht mehr, ich platze gleich!", brüllte Paul vor Lachen und hielt an.

Lucas ging es nicht besser, auch er japste nach Luft vor Lachen.

„Lacht nicht so blöd, ihr Doofköppe!", motzte Marie die beiden eingeschnappt an. „Ich hab wenigstens versucht, uns da rauszuhauen. Ihr habt ja bloß dagestanden wie die begossenen Pudel."

Schließlich wurde aber auch Marie vom Gelächter der Jungs angesteckt und lachte kräftig mit. „Das war echt cool von dir, den Gerwald so anzuschmieren, Respekt, Marie, ganz großes Kino!"

„Was faselst du denn die ganze Zeit von ‚Gerwald', kennst du den etwa?", wollte Lucas wissen.

„Zum Glück nicht persönlich!", antwortete Paul, der immer noch Mühe hatte, sein Lachen unter Kontrolle zu bringen. „Karl Gerwald ist ein Antiquitätenhändler aus Bockenheim. Er ist wie mein Opa Mitglied im Verein für Kulturgeschichte der Nordpfalz. Mein Opa hat immer mal wieder mit dem zu tun, daher habe ich ihn schon ein paar Mal gesehen. Opa ist nicht besonders gut auf den zu sprechen, besser gesagt, er kann ihn nicht ausstehen. Er meint, dass der illegal mit archäologischen Fundstücken handelt. Er sagt, der wäre nur zur Tarnung seiner krummen Geschäfte Mitglied im Verein geworden. Außerdem würde er die Forschungsergebnisse der Vereinsmitglieder dazu verwenden, um an neueste Erkenntnisse über bedeutsame historische Orte heranzukommen, denn er ist im ganzen Pfälzerwald als Sondengänger unterwegs."

„Was ist denn ein Sondengänger?", wollte Marie wissen.

„Sondengänger sind Leute, die mit Metalldetektoren nach verborgenen Gegenständen im Boden suchen", erklärte Paul.

„Genau", bestätigte Lucas, „ich hab schon mal gelesen, dass jemand einen richtigen Schatz mit antiken Gold- und Silbermünzen gefunden hat."

„Sind das also Schatzsucher? Das finde ich ja richtig cool", meinte Marie.

„Ja, interessant ist das schon, aber man braucht dafür eine Genehmigung vom Denkmalschutzamt", erklärte Paul. „Und behalten darf man die Fundstücke übrigens auch nicht. Was man findet, muss man abgeben. Trotzdem sind viele von denen ohne Genehmigung unterwegs und versuchen die gefundenen Gegenstände unter der Hand zu verhökern. Das ist allerdings eine Straftat."

„Dieser Typ, der Gerwald oder wie der heißt, sah jedenfalls verdammt ungemütlich aus", sagte Marie. „Ich will mir lieber nicht vorstellen, was passiert wäre, wenn er mich im Messdienergewand in der Kapelle überrascht hätte!"

„Das kannst du laut sagen", stimmte ihr Paul zu.

„Wisst ihr was?", sagte Lucas plötzlich, „mir knurrt der Magen! Was haltet ihr von 'nem Picknick?"

„Oh ja, super!", stimmten Paul und Marie zu.

„Wie wär's da vorne beim Katzenstein?", fragte Lucas.

„Prima Idee, aber wo ist denn der ‚Katzenstein'?", wollte Marie wissen.

„Na, da sind wir doch vorhin schon vorbeigekommen. Habt ihr das Hinweisschild nicht gesehen?", fragte Lucas. „Das kommt davon, wenn man immer nur blindlings durch die Gegend rast!"

„Okay, Herr Oberlehrer, dann fahr du voraus und zeig uns den Weg!", forderte ihn Paul auf.

Keine drei Minuten später sahen sie den Wegweiser, der zwischen den Weinbergen hindurch in Richtung einer idyllischen Wiese zeigte, auf der eine kleine Gruppe von Büschen, alten Obstbäumen und niedrigen Hecken stand.

Die drei legten ihre Fahrräder ins Gras, schnappten ihre Rucksäcke und liefen hin. Etwa in der Mitte des Geländes war hinter einem Baum und ein paar Büschen versteckt ein weißgrauer Felsblock zu sehen. Das musste der Katzenstein sein.

„Könnt ihr da etwa einen Katzenkopf erkennen?", fragte Lucas etwas skeptisch, nachdem er den Felsblock eine Weile betrachtet hatte.

„Ja klar!", behauptete Marie sofort. „Schau doch", erklärte sie, „hier unten, die kleine Höhle, das ist das Maul, und hier, diese Ausbuchtung, das ist die Schnauze, und da an der rechten Seite, das könnte doch ein Auge sein."

„Hm, du hast recht, jetzt sehe ich es auch", bestätigte Lucas, nahm einen kleinen Anlauf und saß im nächsten Moment oben auf dem Felsblock. „Kommt rauf, ist echt gemütlich hier!", rief er den anderen zu, während er ein leckeres Brötchen aus seinem Rucksack auspackte.

Im Nu saßen die anderen neben ihm. Einen besseren Platz für ein Picknick konnte man sich kaum vorstellen.

„Höchste Zeit, dass ich was zwischen die Zähne kriege", murmelte Paul und mampfte sein Käsebrötchen.

„Oh, das sieht ja lecker aus, Marie!", rief Lucas, als Marie ein Döschen mit Salat öffnete und dazu einen Gemüse-Muffin auspackte.

„Aber Marie, der Muffin war doch für deine arme, kranke Oma, den wirst du ihr doch nicht einfach so wegessen!", neckte sie Paul und begann schon wieder zu kichern.

Marie fand das wenig witzig und reagierte etwas versäuert. „Jetzt lass mich endlich in Ruhe, ich finde das nicht mehr lustig!"

Für einen Moment wurde es still und die drei ließen es sich erst mal schmecken. Doch schon nach kurzer Zeit konnte es Paul einfach nicht lassen, Marie aufzuziehen.

„Schau mal da drüben, Marie, ist das nicht Johanniskraut und dort, wow, wunderbare Kamille. Willst du die nicht für deine liebe, kranke Oma pflücken?", witzelte Paul ziemlich unbeholfen.

„Kannst du jetzt vielleicht endlich dein albernes Geschwätz lassen? Der Witz ist doch längst durch, merkst du das nicht?", rief Marie nun ziemlich erbost und stand beleidigt auf, um sich von Paul wegzusetzen. Sie drehte sich nach hinten und setzte sich schmollend mit dem Rücken zu den beiden auf die gegenüberliegende Seite des Felsblocks.

„Wie wär's mit 'ner Entschuldigung, Paul?", versuchte Lucas den kindischen Streit der beiden zu schlichten.

„Okay, tut mir leid, Marie, war echt blöd von …".

Weiter kam Paul nicht, denn er wurde durch einen schrillen Aufschrei Maries unterbrochen.

„D…d…da unten liegt einer!", stotterte sie entsetzt.

„Oh nee! Das ist doch schon wieder einer von deinen doofen Späßen, Marie!", knurrte Lucas ungläubig.

„Dann komm doch rüber und schau nach!", rief Marie aufgebracht. „Der regt sich nicht, ich glaube, der ist tot!"

Lucas und Paul drehten sich auf die andere Seite des Felsblockes und schauten runter, wo Marie aufgeregt hinzeigte. Tatsächlich! Da lag in unmittelbarer Nähe des Felsblocks ein Mann völlig reglos im Gras. Er lag auf dem Bauch, das rechte Bein leicht angewinkelt. Beide Arme hatte er neben dem Kopf ausgestreckt. Sein Gesicht konnten die drei aus ihrer Perspektive nicht sehen, aber die zerlumpte, schmutzige Kleidung und das zottelige, lange Haar des Mannes machten einen ziemlich ungepflegten Eindruck.

„Sollten wir nicht sofort einen Notruf absetzen?", fragte Marie, der das Entsetzen immer noch ins Gesicht geschrieben stand.

„Ja schon, aber zuerst sollten wir nachschauen, was mit dem los ist. Vielleicht ist er ja gar nicht tot", wandte Lucas ein.

Paul sprang kurzerhand vom Felsblock herunter und näherte sich vorsichtig der Gestalt. Auch Lucas und Marie kletterten herunter, um sich den Mann aus der Nähe anzuschauen. Der Mann hatte einen Bart, der ebenso zerzaust war wie seine Haare. Seinen Kopf hatte er seitlich auf eine alte abgeschabte Ledertasche gebettet. Das Gesicht, von dem der Bart den größten Teil verdeckte, wirkte aufgedunsen, und seine dicke Nase war kräftig rot gefärbt. Paul schlich sich vorsichtig näher an den Mann heran.

„Uuuhhh! Der stinkt ja übel nach Alkohol!", stöhnte Paul angewidert. „Ich würde sagen, der schläft seinen Rausch aus, der ist nicht tot."

Im gleichen Augenblick ging ein leichtes Zucken durch das Gesicht des Mannes und bestätigte zumindest, dass der Mann am Leben war.

„Aber vielleicht hat der Typ eine Alkoholvergiftung, und wir sollten doch einen Krankenwagen rufen", wandte Marie besorgt ein.

„Du hast recht", stimmte ihr Lucas zu. „Aber wir sollten trotzdem zuerst mal prüfen, ob der Mann ansprechbar ist."

„Du meinst, wir sollen den wecken?", fragte Paul skeptisch. „Wer weiß, wie der reagiert, der wird vielleicht aggressiv."

Wie sich im nächsten Augenblick herausstellte, war Wecken nicht erforderlich, denn der Mann gab ein unverständliches Gebrabbel von sich und drehte sich dabei auf die Seite. Nachdem er so einen Moment gelegen hatte, öffnete er langsam sein rechtes Auge. Noch schien er nicht richtig wahrzunehmen, wo er sich befand und dass er beobachtet wurde. Marie, Paul und Lucas verfolgten sein langsames Erwachen aus sicherer Entfernung. Plötzlich ging ein Ruck durch den ganzen Körper des Mannes, er richtete seinen Oberkörper ein wenig auf, stützte sich auf einem Arm ab und sah sich seine drei Beobachter an.

„Was glotzen ihr misch so bleed aa?", lallte er noch etwas benommen. „Ihr wolld misch wohl beklaue, he?"

„Nein!", entgegnete Paul entrüstet, „wir wollten nur schauen, ob es Ihnen gut geht."

„Ob mer 's guud gehd, wolld ihr gugge, dass isch net lach!", raunzte er die drei an und ließ ein spöttisches

Lachen hören, das sich langsam zu einem wüsten Gegröle steigerte.

„Brauchen Sie Hilfe?", fragte Marie immer noch besorgt. „Wir können gerne den Notdienst anrufen."

„Isch brauch keen Noddienschd! Jetzd machd, dass ihr ford kummt, ihr Rotznase, awwer e bissel bletzlisch, sunschd gibt's Ärger!", brüllte der Mann wütend und sprang plötzlich auf.

Unwillkürlich wichen die drei zurück. Der Mann griff nach seiner abgewetzten alten Tasche, die noch auf dem Boden lag, und riss sie an sich. Dabei fiel ein großer Briefumschlag auf den Boden, aus dem eine ganze Menge 20- und 50-Euro-Scheine herausrutschten. Der Mann raffte alles schnell zusammen, stopfte es in seine Tasche und lief, so schnell es seine ausgelatschten Schuhe erlaubten, davon.

„Boah, habt ihr das gesehen?", rief Lucas. „Was der für 'nen Haufen Geld in dem Umschlag hatte! Das waren locker so um die 500 Euro."

„Jetzt verstehe ich auch, warum der Angst hatte, dass wir ihn beklauen wollten", sagte Paul.

„Ja aber, erklärt mir mal, wie der zu so 'ner Menge Geld kommt", bemerkte Marie. „Bei so 'nem Typen hätte ich so viel Geld jedenfalls nicht vermutet."

„Das sehe ich genauso", gab ihr Lucas recht. „Wer weiß, wo der das herhat."

„Ich bin jedenfalls verdammt froh, dass der Kerl jetzt weg ist", sagte Marie sichtlich erleichtert.

„Ich allerdings auch", stimmte ihr Paul zu. „Ich hab vorhin echt befürchtet, dass der auf uns losgeht."

„Übrigens, habt ihr keinen Hunger mehr?", fragte Lucas plötzlich. Schnell war man sich einig, endlich das Picknick fortzusetzen, und die drei machten es sich wieder auf dem Katzenstein bequem. Der kleine Streit zwischen Marie und Paul war nach dem Vorfall längst vergessen.

„So, jetzt fehlt eigentlich nur noch der Nachtisch", brummte Lucas zufrieden, nachdem sie fertig gegessen hatten, und streckte sich der Länge nach auf dem Katzenstein aus. „So 'ne Drohne, die man zum Eiscafé nach Bockenheim schicken könnte, wäre jetzt super. Die könnte jedem von dort schnell eine Portion Eis einfliegen", fabulierte Lucas vor sich hin.

„Gute Idee!", sagte Paul. „Leider habe ich meine Drohne nicht mitgebracht, und ich weiß auch nicht, wie die im Eiscafé reagieren würden, wenn da so ein Teil angeflogen käme."

„Wie, du hast 'ne Drohne zu Hause?", rief Lucas ganz aus dem Häuschen. „Die musst du mir unbedingt mal vorführen, ist ja echt der Hammer!"

„Ihr seid echte Spinner mit eurem Technikkram", spottete Marie über die beiden. „Ihr wollt euch wohl gar nicht mehr bewegen. Immer nur Knöpfchen drücken und warten, bis euch wie im Schlaraffenland die gebratenen Tauben – äh, ich meine natürlich die Eisbecher - ins Maul fliegen. Da werdet ihr fetter und fetter und fetter! Bewegt euch lieber mal ein bisschen!"

„Okay, okay, dann schwingen wir uns diesmal halt wieder auf unsere Räder", murmelte Lucas mit gespieltem Missmut, sprang vom Katzenstein runter und ging mit hängenden Schultern zu seinem Fahrrad. Die beiden anderen gingen lachend hinter ihm her.

Der Weg bis nach Bockenheim war nicht mehr weit. Zwanzig Minuten später saßen sie bereits auf der Terrasse des Eiscafés und ließen sich ihr Eis schmecken.

„Was habt ihr denn morgen vor?", fragte Lucas.

„Uh, morgen ist ja Sonntag, da bin ich schon völlig verplant", sagte Marie. „Mein Onkel feiert seinen Geburtstag, und da ist die ganze Familie eingeladen."

„Bei mir sieht's auch nicht besser aus", seufzte Paul. „Wanderung mit der Familie im Pfälzerwald, Pflichttermin, wird bestimmt megaspaßig."

„Okay, meine Tante will morgen auch etwas mit mir unternehmen", sagte Lucas. „Sie will mit mir das Keltendorf in Steinbach am Donnersberg besuchen."

„Wie wär's, wenn wir uns am Montag wieder bei mir treffen?", fragte Paul. „Ihr wollt euch doch nicht entgehen lassen, wie es mit der Villa weitergeht. Vom Dachgeschoss unseres Hauses hat man einen guten Blick auf die Villa, da kann man sicher ziemlich gut beobachten, was passiert."

„Ach übrigens, wolltest du dir nicht noch etwas einfallen lassen, wie wir an den Drachenstein im Keller der Villa rankommen?", stichelte Marie.

„Darüber werde ich morgen nachdenken", entgegnete Paul. „Bei langweiligen Wanderungen habe ich immer die besten Ideen."

„Also abgemacht, dann treffen wir uns am Montag bei Paul", sagte Lucas. „Wie wär's um halb zehn?"

„Okay", stimmte Paul zu.

„Aber ihr wollt doch nicht allen Ernstes den ganzen Montag zuschauen, wie die alte Villa abgerissen wird", wandte Marie ein. „So spannend stelle ich mir das nun auch wieder nicht vor.

„Wenn es uns zu langweilig wird, fällt uns am Montag sicher noch was ein", beruhigte sie Lucas. Damit war Marie halbwegs zufrieden, und die drei machten sich mit ihren Fahrrädern auf den Rückweg.

4

Am Montagmorgen wurde Lucas durch ein lautes Gepolter wach. Erst nach und nach wurde ihm klar, dass die Abbrucharbeiten an der Villa schon voll im Gange waren. Als er aus dem Fenster schaute, sah er, wie der mächtige Bagger, den er bereits am Samstag gesehen hatte, nun in Aktion war. Obwohl Tante Lilos Haus gut dreißig Meter von der Abrissstelle entfernt war, waren leichte Erschütterungen auch hier noch spürbar. Der Bagger belud einen großen LKW mit dem, was von der Villa nach dem Brand noch übrig geblieben war. Lucas beeilte sich mit dem Frühstück, denn er wollte auf keinen Fall verpassen, wenn der Keller abgerissen wurde. Tante Lilo war anscheinend längst unterwegs. Sie hatte ihm schon am Vorabend gesagt, dass sie vormittags noch Hausbesuche bei drei Physiotherapie-Patienten hätte, dass sie zum Mittagessen aber endlich die versprochenen Dampfnudeln mit Kartoffelsuppe machen würde. Das durfte er auf keinen Fall verpassen. Er legte ihr deshalb vorsorglich einen Zettel hin, dass er pünktlich um eins wieder von Paul zurückkommen würde. Das Fahrrad brauchte er für die kurze Strecke zu Paul diesmal nicht.

Als er an der Abbruchstelle vorbeikam, fuhr der LKW gerade mit einer Ladung Schutt weg. So konnte er sehen, dass der Bauzaun zur Straße hin geöffnet war. An den anderen Seiten war er nach wie vor geschlossen. Der Bagger wühlte sich dröhnend durch den Schuttberg. Von dem Bereich, wo der Keller zu vermuten war, war er aber noch etwas entfernt.

Wenig später kam Lucas bei Paul an, wo ihm Pauls Opa öffnete.

„Paul und Marie warten schon auf dich", sagte er und schickte Lucas nach oben ins Dachgeschoss. „Dass ihr mir heute aber keinen Unfug treibt!", rief er Lucas noch hinterher, als dieser die Treppe hinaufstürmte.

Im Dachgeschoss betrat Lucas ein geräumiges Dachstudio. Paul und Marie standen an einem breiten Dachfenster und schauten hinaus. Sie hatten ihn gar nicht kommen hören, denn vom Fenster her war nur das laute Dröhnen des Baggers zu hören. Lucas tippte Paul leicht auf die Schulter, worauf dieser etwas erschrocken zusammenzuckte.

„Da bist du ja endlich!", rief Paul. „Schau mal rüber, da geht es schon richtig ab."

Tatsächlich hatte man von hier aus einen guten Blick bis hinüber zur Villa. Allerdings war die Entfernung zwischen den beiden Häusern deutlich größer, als Lucas angenommen hatte, da der Garten von Pauls Haus und der Garten der Villa dazwischen lagen.

„Mach doch mal kurz das Fenster zu!", rief Marie. „Bei dem Lärm da draußen versteht man ja sein eigenes Wort nicht!"

„Ja, mach mal zu! Da tut sich im Augenblick sowieso noch nichts Interessantes. Der Bagger ist noch ein ganzes Stück vom Kellergewölbe entfernt", brüllte Lucas in den Lärm hinein.

Paul schloss das Fenster, und sofort war der Lärm nur noch als Hintergrundgeräusch wahrnehmbar.

„Sag mal, was hat denn dein Opa damit gemeint, als er mir nachgerufen hat, wir sollten heute keinen Unfug treiben?", wollte Lucas wissen. „Du hast ihm doch nicht etwa von unserem Besuch in der Kapelle erzählt?"

„Tut mir leid, ich hab mich leider verplappert, als ich Opa von unserer Tour erzählt habe", gab Paul kleinlaut zu.

„Boah, du bist ja 'ne richtige Plaudertasche, Paul", kicherte Marie. „Kannst einfach nichts für dich behalten."

„Und was hat dein Opa dazu gesagt, dass du uns in die Kapelle geführt hast?", fragte Lucas.

„Na, begeistert war er nicht gerade, das könnt ihr euch ja denken", sagte Paul. „Er war allerdings heilfroh, dass wir uns nicht von Gerwald haben erwischen lassen. Wisst ihr übrigens, wer ein ganz dicker Freund von Gerwald ist?"

„Woher soll ich das denn wissen?", nölte Marie. „Ich hab den Typen ja am Samstag zum ersten Mal gesehen."

„Jetzt mach's nicht so spannend, Paul!", rief Lucas ungeduldig.

„Opa sagt, Gerwald und Kressler wären gut miteinander befreundet und hätten schon öfter zusammen krumme Geschäfte gemacht", erklärte Paul.

„Ist ja 'n Ding, da haben sich ja wohl die Richtigen gefunden", sagte Marie. „Aber was meint denn dein Opa mit ‚krumme Geschäfte'?"

„Er vermutet, dass Kressler Gerwald dabei behilflich ist, Funde aus Raubgrabungen zu verhökern. Bisher gab es aber immer nur Verdachtsmomente, nachweisen konnte man den beiden nie etwas."

„Aber wieso bekommt Gerwald dann vom Denkmalschutzamt immer noch die Genehmigung, als Sondengänger nach antiken Gegenständen suchen zu dürfen, wenn es diesen Verdacht gibt?", fragte Lucas. „Genau! Das versteht mein Opa ja auch nicht. Er meint, dass es im Denkmalschutzamt möglicherweise jemanden gibt, der ihm bei seinen illegalen Geschäften behilflich ist."

„Das wäre ja ein ziemliches Ding, da bekäme Gerwald ja Informationen aus erster Hand!", ereiferte sich Marie.

Ein gewaltiges Dröhnen und eine Erschütterung wie bei einem Erdbeben riss die drei plötzlich aus ihrem Gespräch heraus. Als sie rüber zur Villa schauten, lag eine riesige Staubwolke über der Abrissstelle. Der Bagger hatte vermutlich gerade eine der tragenden Säulen des Gebäudes umgeworfen. „Ach Paul", flötete Marie provozierend, „du wolltest uns doch heute eine Idee liefern, wie wir an den Drachenstein rankommen. Oder ist dir etwa bei eurer Wanderung gestern keine Erleuchtung gekommen?"

„Na klar hab ich 'ne Idee! Ist doch ganz einfach! Du lenkst den Baggerfahrer ab, Marie. Währenddessen gehen Lucas und ich rein, schnappen uns den Stein und schleppen ihn raus!", präsentierte Paul seinen Vorschlag.

„Haha, tolle Idee! Das meinst du jetzt aber nicht im Ernst! Und dafür lassen wir dich extra zwanzig Kilometer durch den Pfälzerwald wandern?", kommentierte Marie Pauls Idee mit einem müden Lächeln.

„Also, so kommen wir jedenfalls nicht weiter", mischte sich Lucas ein. „Wir haben von hier oben zwar einen guten Blick auf die Villa, aber der Bauzaun und die Rückwand der Villa versperren uns die Sicht ins Innere der Baustelle. Außerdem sind wir viel zu weit entfernt. Von hier aus können wir nicht erkennen, wann der Bagger das Tonnengewölbe des Kellers einreißt und wann er den Stein freilegt."

„Ich hab 'ne Idee, ich hab 'ne Idee!", schrie Paul plötzlich und zappelte herum wie von der Tarantel gestochen.

„Oh mein Gott, ich hoffe, das tut nicht weh!", kommentierte Marie Pauls Herumgehopse.

Paul ließ sich dadurch nicht irritieren, stürmte die Treppe hinunter in sein Zimmer und kam wenige Augenblicke später mit einem großen Karton wieder.

„Schaut her!", rief er begeistert. „Hier ist die Lösung unseres Problems, mein Quadrocopter. Den lasse ich über die Villa fliegen, und mit seiner Kamera liefert er uns Live-Bilder direkt von der Abbruchstelle."

„Echt genial!", sagte Lucas beeindruckt.

Marie allerdings blieb noch etwas skeptisch.

„Na, dann führ uns aber zuerst mal vor, was dein Zauberding kann. Ich würde sagen, ein Testflug könnte nicht schaden."

„Marie hat recht", meinte Lucas. „Wir sollten nicht riskieren, dass im entscheidenden Augenblick etwas schiefläuft. Wo willst du denn den Quadrocopter starten?"

„Kommt mit runter in den Garten", sagte Paul. „Ich führe euch das mal vor."

Im Garten stellte Paul das Fluggerät auf die Terrasse, bereitete die Fernsteuerung vor, indem er sein Smartphone daran befestigte, und schon hob der Quadrocopter ab.

Er ließ die Drohne in geringer Höhe über die Obstbäume im Garten schweben und forderte die beiden anderen auf, einen Blick auf sein Smartphone zu werfen.

„Die Kamera im Quadrocopter überträgt per W-LAN Live-Bilder direkt auf mein Smartphone", erklärte er. „Seht euch das an, sieht doch aus, als ob man direkt im Cockpit sitzt!"

Lucas war sichtlich beeindruckt, und auch bei Marie ging die Skepsis nach und nach in Begeisterung über. Paul drehte mit der Drohne noch ein paar Runden über den Bäumen und ließ sie dann sicher auf der Terrasse landen.

„Hört ihr das?", fragte Marie plötzlich.

„Was meinst du? Also, ich höre nichts!", antwortete Lucas, der sich gerade die Fernsteuerung der Drohne anschaute.

„Aber das ist es doch gerade", sagte Marie. „Man hört nichts mehr, keinen Maschinenlärm mehr, gar nichts."

„Oh ja, stimmt! Marie hat recht!", rief Paul. „Die Arbeiten scheinen unterbrochen worden zu sein."

„Na klar! Schaut mal auf die Uhr, es ist zwölf, ich würde sagen, die machen Mittagspause da drüben", erklärte Lucas.

„Das wäre doch die Gelegenheit, sich den Stand der Dinge aus der Luft anzuschauen."

„Wird gemacht!", sagte Paul und startete den Quadrocopter. Die drei verfolgten gespannt den Flug der Drohne und schauten immer mal wieder auf den Bildschirm des Smartphones. Paul ließ sein Fluggerät die beiden aneinandergrenzenden Gärten überfliegen, bis er eine geeignete Position über der Villa erreicht hatte. Man sah Unmengen von Schutt und den riesigen Bagger mittendrin. Der Bagger war wie erwartet nicht in Betrieb, und von Danilo war keine Spur zu sehen. Im hinteren Teil der Ruine war ein tiefes Loch zu erkennen.

„Kannst du mal tiefer runtergehen?", rief Lucas aufgeregt. „Ich glaube, da, wo jetzt der Krater zu sehen ist, das war der Keller."

Paul änderte die Flughöhe und ging schrittweise tiefer. Es war zu erkennen, dass beim Zusammensturz einer mächtigen tragenden Säule das Tonnengewölbe des Kellers zum größten Teil eingestürzt war. Paul ließ die Drohne soweit wie möglich herunterschweben.

„Weiter runter geht nicht, sonst verliere ich den Kontakt!", rief er aufgeregt.

„Lass die Drohne mal an der Stelle etwas kreisen, und mach ein paar Fotos!", bat Lucas.

„Okay, wird gemacht! Aber dann hole ich den Quadrocopter lieber zurück, ich glaube, der Akku macht langsam schlapp!"

Paul ließ die Drohne noch eine letzte Runde über dem Krater drehen. Anschließend ließ er sie in elegantem Bogen zurückfliegen und landete sie wieder sicher auf der Terrasse.

„Gar nicht so übel, Paul", sagte Marie anerkennend.

„Lass mich doch bitte gleich noch mal die letzten Bilder sehen", drängelte Lucas ungeduldig. „Den Drachenstein habe ich nirgends sehen können, der ist wahrscheinlich beim Einsturz des Gewölbes mit nach unten gerissen worden. Aber an der Stelle, wo ich den Drachenstein vermutet habe, hab ich etwas gesehen, das ich mir nicht erklären konnte, so 'ne Art Rohr. Das muss auf einem der letzten Bilder drauf sein."

Paul ging die letzten Bilder alle noch mal durch.

„Halt! Ein Bild zurück!", schrie Lucas aufgeregt. „Ich glaube, da war was zu sehen."

Paul ging ein Bild zurück und zoomte die Stelle, auf die Lucas zeigte, näher heran.

„Ja, sieht aus wie ein Rohr, was dort herausschaut, aber was findest du daran so spannend?", fragte er.

„Ein Abflussrohr ist es jedenfalls nicht", meinte Lucas. „Es sieht so aus, als ob es oben verschlossen ist, das ist doch merkwürdig! Vielleicht ein altes Gefäß? Leider kann man es nicht genau genug erkennen."

„Dann müssen wir eben rüber, und zwar schleunigst", sagte Marie. „Ich denke, der Baggerfahrer wird nicht ewig Mittagspause machen."

„Du hast mal wieder recht, Marie", sagte Paul, „und den Drachenstein wollten wir ja schließlich auch noch bergen."

„Aber wie kommen wir da so schnell rüber?", fragte Lucas etwas ratlos. „Ich schätze, wir haben höchstens noch fünfzehn Minuten, bis der Baggerfahrer aus der Mittagspause zurückkommt."

„Wenn wir den Weg außen herum über die Straße nehmen, verlieren wir viel zu viel Zeit!", gab Marie zu bedenken. „Wir müssen versuchen, durch den Garten in die Villa zu kommen. Ganz hinten in der Villa gab es doch eine Gartentür. Erinnerst du dich, Lucas?"

„Stimmt!", bestätigte Lucas. „Wenn ich mich richtig erinnere, war diese Tür durch den Brand ziemlich beschädigt. Die müsste sich also leicht öffnen lassen. Allerdings müssen wir vorher irgendwie durch den Bauzaun kommen."

„Wir haben keine andere Wahl", warf Paul ein.

„Kommt, probieren wir's einfach."

Paul lief voraus bis zu dem niedrigen Zaun, der die beiden Gärten voneinander trennte, und zeigte den beiden anderen eine Stelle, wo man zwischen zwei losen Pfosten bequem durchschlüpfen konnte. Einen Augenblick später standen sie vor dem hohen Bauzaun, der die Abbruchstelle vollständig umgab. Die einzelnen Elemente des Bauzaunes waren ineinander verhakt und fest im Boden verankert. Sie rüttelten daran, doch der Zaun gab nicht nach.

„Seht mal da vorne, an der Ecke!", rief Marie und rüttelte noch mal am Zaun. „Ich glaube, da haben die die Zaunteile nicht richtig miteinander verbunden, schaut mal, wie das hin und her wackelt."

Tatsächlich war hier schlampig gearbeitet worden. Man hatte die Zaunteile anscheinend nur ganz lose ineinandergeschoben. Mit einiger Mühe gelang es den dreien, eines der Zaunelemente aus der Bodenverankerung herauszuziehen und ein wenig nach außen zu biegen. Der Spalt zwischen den Zaunelementen war nun groß genug, dass sie hindurchschlüpfen konnten. Jetzt waren es nur noch wenige Schritte bis zur Gartentür des Hauses. Schnell gelang es Paul, die halb verkohlte Tür mit ein paar Tritten aufzustoßen.

An der Stelle, wo vorher der Abgang zum Keller war, tat sich nun das große Loch auf, das sie bereits auf den Bildern der Drohne gesehen hatten. Vorsichtig tasteten sie sich am Rand des Kraters entlang über die Trümmer, um zu der Stelle zu gelangen, wo sie das Gefäß, oder was immer das sein sollte, vermuteten. Paul hatte es etwas zu eilig und strauchelte mehrmals, als lose Sandsteine zur Seite rutschten.

„Pass auf, du landest noch da unten, wenn du so weitermachst!", rief ihm Marie zu.

Schon im nächsten Augenblick hörte man nur noch einen unterdrückten Aufschrei. Paul war auf losem Geröll ins Rutschen gekommen und hatte sich im letzten Augenblick mit einem gewagten Sprung nach unten vor dem unkontrollierten Absturz gerettet.

„Uh, Mist, ich hab mir den Fuß verknackst", stöhnte Paul kurz auf und humpelte etwas.

Marie suchte sich eine geeignete Stelle, wo es nicht so tief nach unten ging, und sprang ebenfalls runter, um nach Paul zu sehen. Lucas hatte inzwischen die Stelle erreicht, wo die Röhre aus der Mauer ragte.

Es war ihm sofort klar, dass es sich hierbei um ein mittelalterliches Tongefäß handelte, das zum Teil noch in der Mauer steckte. Er machte zunächst einmal mit seinem Smartphone ein paar Bilder von dem Gefäß, soweit es aus der Mauer herausragte, und versuchte, es anschließend vorsichtig herauszuziehen. Es bewegte sich zwar ein wenig, steckte allerdings noch zu fest in dem Mörtelbett, in das es eingelassen war. Bei seinem zweiten Versuch, das Gefäß zu bergen, bemerkte er, dass sich der mit Mörtel verkrustete Verschluss, eine Art Deckel, bewegt hatte.

Der Deckel ließ sich nun leicht abheben. Lucas leuchtete mit der Taschenlampe seines Smartphones in das Gefäß hinein und entdeckte, dass etwas drinnen steckte. Es sah aus wie zusammengerollte Papierbögen. Aufgeregt rief er nach Marie und Paul.

„He, da unten, was treibt ihr eigentlich? Kommt mal wieder hoch, ich hab hier etwas Interessantes entdeckt."

„Wir auch!", riefen die beiden zurück. „Wir haben den Stein gefunden!"

„Super!", rief Lucas. „Aber kommt hoch und schaut euch das mal an, das müsst ihr sehen!"

Lucas gab sich alle Mühe, seine Hand durch die schmale Öffnung des Gefäßes zu stecken, um die Papierrollen herauszuziehen. Aber es wollte ihm einfach nicht gelingen. Marie, die inzwischen zu ihm heraufgeklettert war, schaute sich seine Versuche, in das Gefäß zu greifen, einen Augenblick belustigt an.

„Was machst du da eigentlich?", fragte sie verwundert.

„Da steckt etwas drin. Sieht aus wie Papierrollen, na ja, ungefähr so wie in einer Flaschenpost. Aber ich komme da nicht ran, und das Gefäß kriege ich ohne Werkzeug auch nicht heraus."

„Ich seh' schon, da müssen schlanke Mädchenhände ran", sagte Marie mit einem spöttischen Lächeln. „Lass mich mal probieren!"

Marie schaute kurz in das Gefäß hinein, steckte problemlos die Hand in die schmale Öffnung und zog mit den Fingerspitzen nacheinander drei Papierrollen heraus.

„Fühlt sich aber nicht wie Papier an", sagte sie, „irgendwie viel fester als Papier."

„Wow, ich glaube, das ist Pergament!", rief Lucas begeistert und rollte die Bögen vorsichtig auseinander. Die drei Bögen waren auf der Innenseite in einer fremden Sprache eng beschrieben.

„Das ist ja irre! Marie, hältst du die Pergamentbögen mal bitte so, dass ich sie fotografieren kann? Das muss ich sofort meinem Papa schicken."

Marie rollte jede der Pergamentrollen vorsichtig auf, und Lucas fotografierte sie.

„Wo bleibt eigentlich Paul?", fragte er Marie besorgt. Aber im gleichen Augenblick hörten sie, wie Paul von unten Schritt für Schritt den Drachenstein nach oben wuchtete.

„So, da wäre der Stein! Zum Glück ist er innen ausgehöhlt, sonst hätte ich den nicht hier herauf gekriegt", keuchte er, als er oben ankam.

„Ach, ist ja interessant, jetzt verstehe ich, wie das zusammenpasst!", rief Lucas. „Schaut her, die ausgehöhlte Seite des Steines passt genau über den Teil des Gefäßes, das aus der Mauer herausragt. Der Drachenstein verdeckte also genau die Stelle, wo das Gefäß eingemauert war."

„Und was habt ihr gefunden?", wollte Paul wissen.

„Schau dir das an, in dem Gefäß waren diese drei Pergamentrollen. Ich wüsste nur zu gerne, was da draufsteht!", sagte Lucas.

„Lass mich noch mal sehen", bat Marie und rollte eine der drei Pergamentrollen auf.

„Ich verstehe zwar nicht, was da geschrieben steht, aber ich würde sagen, das ist Latein", meinte sie nach einiger Zeit. „Einzelne Wörter kenne ich aus unserem Lateinunterricht, aber zum Übersetzen reicht das nicht."

„Na, da muss wohl mein Papa ran, das gehört ja schließlich zu seinem Job", sagte Lucas.

„He, habt ihr mal auf die Uhr geschaut!", rief Paul plötzlich alarmiert. „Danilo müsste eigentlich längst aus seiner Mittagspause zurück sein, hauen wir ab, solange wir noch können!"

„Nimm du die Pergamentrollen, Marie! Paul und ich tragen den Wappenstein!", kommandierte Lucas.

„Und was ist mit dem Gefäß, das da noch in der Mauer steckt?", wollte Marie wissen.

„Ohne Werkzeug kommen wir da nicht ran", erklärte Lucas. „Vielleicht können wir es ja herausholen, wenn Danilo für heute die Arbeit beendet hat."

„Jetzt macht nicht so lange rum!", rief Paul ungeduldig. „Wir müssen weg!"

Zu spät! In diesem Augenblick kamen Kressler und Danilo hinter dem Bagger hervor, wo sie anscheinend schon kurze Zeit den Aktivitäten der drei zugeschaut hatten. Danilo ging sofort zu der Stelle, wo sie den Bauzaun geöffnet hatten, und verschloss ihn wieder. Kressler stellte sich den dreien drohend in den Weg.

„Wen haben wir denn da schon wieder?", polterte er los. „Ist ja fast der gleiche Kindergarten wie neulich. Diesmal könnt ihr euch wohl kaum mit ‚Anschauungsunterricht für die Jugendfeuerwehr' herausreden. Das ist Privatgelände, und das Betreten der Baustelle ist verboten, steht gut lesbar draußen am Bauzaun!"

Die drei standen erst mal völlig verdattert da und wussten nicht, wie sie reagieren sollten. Schließlich machte Paul einen verzweifelten Versuch, sie aus dem Schlamassel herauszuhauen.

„Mein Quadrocopter ist mir außer Kontrolle geraten, und wir dachten, er wäre hier irgendwo abgestürzt", behauptete er.

„Und wo habt ihr euren Quadrodingsda jetzt?", schrie Kressler wütend. „Ihr wollt mich wohl veräppeln! Klauen wollt ihr! Oder was habt ihr sonst mit dem Stein da vor? Legt den mal ganz schnell auf den Boden, und dann verschwindet, bevor ich die Polizei hole!"

Paul und Lucas legten den Drachenstein auf den Boden und gingen am Bagger vorbei in Richtung Straße. Marie folgte den beiden und versuchte, die Pergamentrollen hinter ihrem Rücken zu verbergen. Weit kam sie damit allerdings nicht.

„Was hast du denn da hinter deinem Rücken, Fräulein?", wollte Kressler wissen und stellte sich ihr in den Weg. „Das lässt du mal schön hier!"

Als Marie trotzdem versuchte, an ihm vorbeizukommen, riss ihr Kressler die Pergamentrollen aus der Hand.

„So ein Mistkerl!", zischte Marie, als sie zu den beiden anderen stieß.

„Tja, besser hätte es nicht laufen können!", brummte Lucas niedergeschlagen. „Da retten wir den Stein und die Pergamentrollen vor der sicheren Zerstörung, und jetzt ist alles in der Hand von diesem miesen Ganoven!"

Mit hängenden Schultern trotteten die drei zurück zu Pauls Haus.

„Oh Mann, ich hätte die Pergamentrollen so gerne meinem Opa gezeigt", sagte Paul deprimiert. „Der wäre sicher völlig aus dem Häuschen gewesen, wenn er das gesehen hätte."

„Kein Problem! Sehen kann er die Pergamentrollen schon, nur in der Hand halten leider nicht", sagte Lucas in einem Ton, dem man die Enttäuschung deutlich anhörte.

„Verstehe ich nicht, wie soll das denn gehen?", fragte Paul entgeistert.

„Na ja, Lucas hat doch die Schrift auf den drei Pergamentrollen gleich fotografiert, um sie seinem Papa zu schicken, der ist doch Spezialist für so ollen Kram", erklärte Marie.

„Cool! Ist ja immerhin ein kleiner Trost, nach dem Reinfall von vorhin", sagte Paul begeistert. „Dann können wir das meinem Opa ja doch noch zeigen."

„Eben, sag ich doch, aber erst heute Nachmittag", entgegnete Lucas. „Ich hab Lilo versprochen, pünktlich zum Mittagessen da zu sein, das werde ich zwar kaum noch rechtzeitig schaffen, aber ich muss jetzt dringend los. Um halb drei komm ich wieder, dann können wir besprechen, was wir heute noch unternehmen, und dein Opa kann sich dann ja die Bilder anschauen."

„Okay!", stimmte Marie zu. „Ich sollte mich auch mal wieder zu Hause sehen lassen."

„Also dann, bis später!", rief Paul den beiden zu und ging ins Haus.

Auf dem Heimweg zog Lucas sein Smartphone heraus und schrieb eine kurze Nachricht an seinen Vater.

Hallo Papa,
die alte Villa wird seit heute abgerissen, und wir haben dort einen interessanten Fund gemacht. In dem Drachenstein waren drei Pergamentrollen mit lateinischen Texten verborgen. Leider hat uns Kressler erwischt und uns die Pergamentrollen abgenommen. Zum Glück hatte ich Bilder von den Texten gemacht. Die schicke ich dir. Wäre super, wenn du die Texte übersetzen könntest. LG Lucas

Nachdem er auch die Bilder abgeschickt hatte, beeilte er sich, zu Lilo zu kommen, denn schließlich sollte es ja heute endlich seine geliebten Pfälzer Dampfnudeln geben.

Als er die Haustür öffnete, war er überrascht, wie still es im Haus war. Kein Tellergeklapper, kein Getöse der Dunstabzugshaube, kein einziger Laut war zu hören, von duftender Kartoffelsuppe keine Spur! Was war los? Lucas war sofort klar, da stimmte etwas nicht. Als er in die Küche kam, sah er Lilo kreidebleich auf einem Küchenstuhl sitzen.

„Um Himmels Willen, was ist mit dir, Tante Lilo!"
Lucas stürzte auf sie zu und nahm sie in die Arme.

„Was ist bloß passiert?"

Ganz langsam kehrte Leben in Lilo zurück, und sie zeigte mit der rechten Hand nach hinten in den Garten.

„Was ist da?", fragte Lucas verstört.

„Komm mit, ich zeig's dir."

Lilo stand auf und ging voran in den Garten. Dort lag auf einem alten vergilbten Briefumschlag ein toter Vogel. Neben dem Vogel lag ein Fetzen Papier, auf dem Buchstaben in unterschiedlichen Größen klebten, die einzeln aus einer Zeitung herausgerissen worden waren. Die Buchstaben ergaben das Wort ‚Schnüffler'.

„Das habe ich in meinem Briefkasten gefunden, als ich nach Hause gekommen bin", brachte Lilo nur mit Mühe heraus. „Der tote Vogel und der Zettel waren in dem Briefumschlag. Ich hab das erstmal in den Garten gelegt, hab mir mindestens dreimal die Hände gewaschen, und seitdem sitze ich da drin in der Küche. Ich war zu keinem klaren Gedanken mehr fähig, bis du gekommen bist."

„So ein verdammter Dreckskerl, dieser Kressler!", fluchte Lucas. „Das kann doch nur der gewesen sein, oder gibt es sonst jemanden, der dir eine solche Drohung schicken könnte?"

„Darüber hab ich mir ja auch die ganze Zeit den Kopf zerbrochen", erwiderte Lilo. „Aber es gibt niemanden, der ein Motiv haben könnte, mir so etwas zu schicken – außer ihm. Mir ist allerdings völlig schleierhaft, wie Kressler von den Materialproben erfahren hat. Nur das kann es doch sein, was er mit ‚Schnüffeln' meint."

„Wer wusste denn davon, dass du Materialproben genommen hast, weil du dem Sachverständigen nicht getraut hast?"

„Na ja, außer uns beiden natürlich noch Marie, Paul und Fritz, unser Feuerwehrkommandant, und dann auch noch die Leute von dem Labor, in dem Fritz die Proben untersuchen lässt."

„Das sind aber 'ne ganze Menge Leute! Wenn du dir jetzt mal vorstellst, dass es die meisten von denen noch irgendjemandem weitergesagt haben, dann wäre es kein Wunder, wenn sich das bis zu Kressler herumgesprochen hätte."

„Du hast recht! Da muss ich mich auch gleich selbst an der eigenen Nase packen", seufzte Lilo.

„Wie meinst du das jetzt?", fragte Lucas überrascht.

„Na ja, als ich kürzlich Frau Binder beim Bäcker getroffen habe, du weißt doch, die Frau Binder, die mir das von dem Landstreicher erzählt hat, da hab ich ihr die Sache mit den Materialproben erzählt. Ich kann mir vorstellen, dass danach die Gerüchteküche im ganzen Ort nur so gebrodelt hat."

„Tja, da brauchen wir uns wohl kaum zu wundern, dass Kressler das mitgekriegt hat", meinte Lucas. „Aber Lilo, jetzt wo du den Landstreicher wieder erwähnst, fällt mir was ein ..."

„Warte mal einen Moment, Lucas", fiel ihm Lilo ins Wort. „Oh nein! Ich hab ein total schlechtes Gewissen, ich wollte heute doch endlich dein Lieblingsessen, Dampfnudeln und Kartoffelsuppe, machen. Tut mir echt leid, Lucas, aber die Sache mit dem toten Vogel hat mich so mitgenommen, dass ich zu nichts mehr fähig war. Ich hab an nichts anderes mehr denken können. Du wirst sicher ziemlichen Kohldampf haben. Für Dampfnudeln ist es jetzt leider zu spät, das dauert viel zu lange. Ich fürchte, ich muss dich schon wieder vertrösten. Wie wär's, wenn ich ersatzweise Kaiserschmarrn mit Apfelmus mache? Das geht ziemlich schnell."

„Super Idee!", sagte Lucas begeistert. „Kaiserschmarrn gehört für mich auf jeden Fall in die Top Ten meiner Lieblingsessen."

„Okay!", sagte Lilo zufrieden. „Zum Glück geht es mir inzwischen schon wieder viel besser. Wenn du willst, kannst du mir bei der Zubereitung gerne helfen."

Während Lucas und Lilo gemeinsam einen herrlich duftenden Kaiserschmarrn zauberten, erzählte Lucas von der seltsamen Begegnung am Katzenstein. Als er erwähnte, dass dem merkwürdigen Kerl, der dort geschlafen hatte, so viel Geld aus seiner Tasche gefallen war, wurde Lilo stutzig.

„Und du denkst, dass dieser Typ, den ihr am Katzenstein gesehen habt, womöglich derselbe war, der sich kurz vor dem Brand hier in der Gegend rumgedrückt hat?", fragte sie.

„Könnte doch sein", meinte Lucas. „Und das Geld könnte ..."

Lilo unterbrach ihn und brachte seinen Gedanken zu Ende: „... könnte die Bezahlung dafür gewesen sein, dass er die Villa in Brand gesteckt hat. Und bezahlt hat ihn ..."

„... natürlich Kressler!", rief Lucas dazwischen.

„Ja, genau so könnte es gewesen sein!", rief Lilo. „Aber was wir haben, sind nur Theorien, die uns ohne Beweise keiner abnimmt. Wir haben nichts in der Hand außer einem toten Vogel, einem Zettel und einem ollen Briefumschlag."

„Ich finde nicht, dass wir so wenig haben", widersprach Lucas. „Da wären ja schließlich noch die Materialproben, vergiss das nicht. Und wegen der Drohung von heute gehst du doch hoffentlich noch zur Polizei."

„Ja, das werde ich auf jeden Fall machen", versprach Lilo. „Ich erhoffe mir zwar nicht besonders viel von den Ermittlungen, aber vielleicht hat ja jemand beobachtet, wer den Umschlag eingeworfen hat."

„Übrigens, ich meine, du solltest vielleicht auch noch den Fritz darüber informieren, was passiert ist", bemerkte Lucas.

„Oh ja, du hast recht!", sagte Lilo erschrocken. „An den hab ich in der Aufregung gar nicht gedacht. Der steckt ja schließlich auch mit drin."

„Boah, der Kaiserschmarrn sieht echt super aus, mir läuft schon das Wasser im Mund zusammen!", rief Lucas.

„Dann hau rein, mein Junge, guten Appetit!", ermunterte ihn Lilo.

Nach der Aufregung hatten beide nun richtig Hunger und ließen es sich schmecken. Während sie aßen, erzählte Lucas nun endlich, was er am Vormittag erlebt hatte. Lilo kam aus dem Staunen nicht heraus, als er ihr vom Fund der Pergamentrollen erzählte. Bei Lucas' Schilderung von Kresslers Auftauchen auf der Baustelle stand ihr die blanke Wut ins Gesicht geschrieben.

„Dass dieser Kressler aber auch immer seine dreckigen Pfoten drin haben muss!", rief sie zornig. „Ich möchte bloß wissen, was der mit den Pergamentrollen vorhat! Der wird den Fund wohl kaum bei der

Denkmalbehörde melden, wie es eigentlich seine Pflicht wäre."

„Da wirst du wohl recht haben", stimmte ihr Lucas zu. „Wahrscheinlich wird er die Pergamentrollen seinem Freund, diesem Gerwald, zeigen. Ich schätze, dass solche alten Handschriften bei Sammlern einen hohen Wert haben."

„Aber bevor Kressler die Pergamentrollen zum Kauf anbietet, wird er vermutlich wissen wollen, was da draufsteht."

„Das denke ich auch", sagte Lucas. „Dazu braucht er aber einen Spezialisten, und der wird nicht so leicht zu finden sein. Da habe ich es leichter, ich habe die Fotos meinem Papa geschickt und bin gespannt, was der dazu zu sagen hat."

Einen Augenblick später vibrierte auch schon sein Smartphone und meldete ihm eine Nachricht von seinem Papa, der ihm Folgendes schrieb:

Lieber Lucas,

ich konnte die Bilder von den Pergamentrollen bisher nur kurz überfliegen. Zweifellos ist euch da ein sensationeller Fund geglückt. Schade, dass sich die Originale jetzt in den falschen Händen befinden. Aber hier ist das letzte Wort noch nicht gesprochen. Mit deinen Fotos als Beweismittel wird es vielleicht möglich sein, die Pergamentrollen zurückzufordern. Zum Inhalt des Textes kann ich noch nichts sagen, denn es wird etwas Zeit in Anspruch nehmen, die Texte zu übersetzen. Sobald ich damit fertig bin, melde ich mich wieder bei dir. Pass bitte auf dich auf, und gehe bitte dem Kressler aus dem Weg! LG Papa

Einerseits war Lucas zwar stolz darauf, dass sein Vater den Fund der Pergamentrolle für sensationell hielt, andererseits war er etwas enttäuscht, denn er hatte gehofft, dass er wenigstens schon eine kleine Information bekommen würde, worum es in dem lateinischen Text ging. Er tröstete sich damit, dass sein Vater wie immer mit größter Perfektion an der Sache arbeiten würde, und das dauerte eben.

„Gibt's was Neues?", fragte Lilo.

„Nö", gab Lucas etwas lustlos zurück. „Papa arbeitet gründlich, und das dauert."

„Ich glaube, das wirst du irgendwann noch zu schätzen wissen", lachte Lilo. „Aber mal was anderes, bleibst du heute Nachmittag hier, oder bist du wieder mit deinen Freunden zusammen?"

Lucas schaute auf die Uhr und war überrascht, wie schnell die Zeit vergangen war. „Ich hab den andern gesagt, dass ich um halb drei wiederkomme, und müsste eigentlich gleich los. Ist das okay?"

„Gut, aber keine gefährlichen Sachen, bitte. Und haltet euch von Kressler fern, du hast ja gesehen, wozu der fähig ist."

Lucas half noch, den Tisch abzuräumen, und beeilte sich dann, möglichst schnell wieder zu Marie und Paul zu kommen. Die beiden warteten schon gespannt auf ihn, denn sie hatten Neuigkeiten. Paul hatte seinen Quadrocopter, wenige Minuten bevor Lucas gekommen war, noch einmal über die Villa fliegen lassen. Das Video, das er dabei aufgenommen hatte, zeigte Danilo, der gerade dabei war, mit Hammer und Meißel das Gefäß aus der Mauer herauszulösen.

„Gehören die Pergamentrollen und das Gefäß denn in jedem Fall dem Kressler, weil er der Hauseigentümer ist?", wollte Marie wissen.

„Das können wir gleich meinen Opa fragen, wenn wir ihm die Bilder von den Pergamentrollen zeigen", antwortete Paul.

„Hast du ihm denn schon von den Pergamentrollen erzählt?", wollte Lucas wissen.

„Ja klar, er wartet schon in seinem Arbeitszimmer auf uns", sagte Paul und forderte die beiden anderen auf mitzukommen.

Pauls Opa saß an seinem Schreibtisch vor dem Computer.

„Hallo, ihr Schatzsucher!", begrüßte er die drei. Paul überfiel seinen Opa gleich mit Maries Frage, wem denn die Fundstücke gehörten.

„Das ist gar nicht so leicht zu klären", meinte Herr Dennerlein. „Das hängt zum Beispiel vom Alter des Fundes ab. Historisch bedeutsame Funde müssen auf jeden Fall immer dem Denkmalschutzamt gemeldet werden. Dem Eigentümer eines Grundstückes, auf dem der Gegenstand gefunden wurde, aber auch dem Finder steht in der Regel eine Entschädigung bzw. ein Finderlohn zu. Kressler darf die Fundstücke also dem Denkmalschutz nicht verschweigen oder sie gar weiterverkaufen. Aber jetzt zeigt doch mal, was ihr da überhaupt gefunden habt. Paul hat mir erzählt, dass ihr Bilder von Pergamentrollen habt, die unter dem Wappenstein waren."

Lucas lud die Bilder von seinem Smartphone auf Herrn Dennerleins Rechner, so dass sie für alle besser zu erkennen waren. Als Pauls Opa die Bilder sah, war er sichtlich beeindruckt.

„Über den Inhalt des Textes kann ich auf den ersten Blick leider nur wenig sagen. Ich würde aber trotzdem behaupten, dass ihr da eine hochinteressante Entdeckung gemacht habt. Mein Latein reicht gerade aus, um zu erkennen, dass der heilige Valerian hier anscheinend seine Lebensgeschichte erzählt. Auf dem letzten Blatt sieht man sein Wappen und daneben seine Unterschrift. Er muss für seine Zeit ein außergewöhnlich gebildeter Mann gewesen sein, wie dieser umfangreiche lateinische Text deutlich zeigt. Da man fast keine schriftlichen Quellen über ihn hatte, war man bisher auf die wenigen Informationen aus der Chronik von 713 angewiesen, die alle auf mündlicher Überlieferung basieren. Die Pergamentrollen werden sicherlich wertvolle Erkenntnisse über den Heiligen und seine Zeit liefern. Dafür braucht man aber zunächst einen Spezialisten, der das übersetzt."

„Kein Problem", grinste Lucas. „Der Auftrag ist schon raus. Ich hab die Bilder mit den Texten meinem Papa geschickt, der wird das übersetzen."

„Ob sich unter dem Wappenstein in der Kapelle vielleicht auch so etwas verbirgt, wie unter dem in der Villa?", wollte Marie plötzlich wissen.

„Bei den Renovierungsarbeiten, die ich zusammen mit den Mitgliedern des Kulturvereines dort durchgeführt habe, haben wir jedenfalls keine Anhaltspunkte dafür gefunden", antwortete Pauls Opa. „Aber ausschließen kann ich das nicht. Wir haben bei den Arbeiten dort schließlich nicht jeden Stein einzeln unter die Lupe genommen."

„Du hast doch erzählt, dass dieser heilige Valerian in der ganzen Gegend tätig war. Könnte es da nicht sein, dass es außer dem Drachenstein von der Villa und dem Wappenstein aus der Kapelle auch an anderen Gebäuden noch solche Steine gibt?", frage Paul seinen Opa.

„Gut möglich", erwiderte Herr Dennerlein. „Mir ist allerdings keine weitere Stelle bekannt, wo es einen solchen Stein gibt, der mit dem Heiligen in Zusammenhang gebracht werden könnte."

„Wenn man wüsste, an welchen Orten der Heilige längere Zeit tätig war, könnte man dort ja nachforschen. Also, ich fände das super spannend", sagte Marie.

„Dich hat wohl das Schatzgräberfieber gepackt", lachte Opa Dennerlein. „Aber ich verstehe das sehr gut, denn es ist sehr interessant, sich mit vergangenen Zeiten zu beschäftigen. Wenn ihr wollt, dann kann ich euch die Orte, von denen man annimmt, dass sich Valerian dort längere Zeit aufgehalten hat, auf der Karte markieren."

Dennerlein zog eine Karte der Nordpfalz heraus und breitete sie auf seinem Schreibtisch aus. „Da wäre zunächst mal die Burg Stauf", begann er. „Die befindet sich hier ganz in der Nähe etwa vier Kilometer weit entfernt. Mit dem Fahrrad ist man in einer guten halben Stunde dort. Erste geschichtliche Nachweise der Burg finden sich um das Jahr 1000, aber die Bautätigkeit an dieser Stelle hat bereits viel früher begonnen und geht mit großer Wahrscheinlichkeit in die Zeit Valerians zurück. Es wird vermutet, dass er dort eine Art befestigten Stützpunkt für seine vielfältigen Aktivitäten anlegen ließ. Von der Burg sind heute nur noch wenige Mauerreste zu sehen. Es ist nicht auszuschließen, dass einige Mauerteile auf Valerians Stützpunkt zurückgehen.

Dann wäre da natürlich die Gegend südwestlich vom Donnersberg zu nennen, etwa da, wo heute der Ort Imsbach liegt. Irgendwo dort hat Valerian vermutlich in seiner ersten Zeit als Einsiedler gelebt. Wo genau er seine Klause hatte, lässt sich allerdings nicht sagen. Aber vielleicht erfahren wir ja mehr darüber aus dem Text auf den Pergamentrollen.

Am Donnersberg ist dann noch die Burg Hohenfels oberhalb von Imsbach zu nennen. Ähnlich wie bei der Burg Stauf gibt es auch hier nur wenige Mauerreste. Schon die Römer haben dort eine befestigte Anlage unterhalten, das belegen Funde an dieser Stelle. Sogar ein Römerschatz mit zahlreichen Münzen wurde dort gefunden.

„Wow! Ich hatte ja keine Ahnung, dass man im Pfälzerwald richtige Schätze finden kann!", rief Lucas begeistert.

„Bei unseren Wanderungen im Pfälzerwald habe ich bisher höchstens mal weggeworfene Cola-Büchsen oder vergammelte Bierflaschen gefunden", entgegnete Paul spöttisch.

„Ganz so einfach ist das mit der Schatzsuche eben doch nicht", erklärte Pauls Opa. „Die Sondengänger oder Sondler, wie man sie auch nennt, suchen mit ihren Metalldetektoren ganz gezielt solche Gebiete ab, die geschichtlich bedeutsam sind, und davon gibt es im Pfälzerwald sehr viele. Rund um den Donnersberg herum gibt es Siedlungen der Kelten, Befestigungsanlagen der Römer und mittelalterliche Burganlagen, um nur ein paar Beispiele zu nennen. Manche haben sich aber auch auf Überreste aus der jüngeren Vergangenheit spezialisiert und suchen nach militärischem Material aus dem Zweiten Weltkrieg. Das kann allerdings auch sehr gefährlich sein, denn es liegt noch immer alte Weltkriegsmunition, Granaten und Ähnliches, im Wald. Da heißt es ‚Finger weg', denn das ist lebensgefährlich."

„Wenn wir uns beeilen, könnten wir heute Nachmittag noch mit den Fahrrädern zur Burg Stauf fahren, das ist ja nicht so weit", schlug Paul vor.

„Ja gut, aber Marie und ich müssen noch unsere Fahrräder holen", sagte Lucas. „Wie wär's, wenn wir uns in einer Viertelstunde am Bolzplatz treffen?"

„Okay, das passt!", rief Paul.

„Soll ich schon mal meine Schatzgräberausrüstung, Spaten und Spitzhacke, mitbringen?", fragte Marie mit einem ironischen Lächeln.

„Das wird wohl kaum nötig sein", lachte Herr Dennerlein. „Es würde mich sehr wundern, wenn es da noch etwas Neues zu finden gäbe. Ich schätze, da wurde bereits jeder Quadratmeter archäologisch unter die Lupe genommen."

Die drei bedankten sich bei Pauls Opa für die Tipps, und Marie und Lucas beeilten sich, nach Hause zu kommen, um ihre Fahrräder zu holen. Kurze Zeit später waren die drei schon auf dem Weg zur Burg Stauf.

Der Weg führte am Waldschwimmbad vorbei und stieg dann allmählich an. Als sie den Waldrand erreichten, nahm die Steigung noch etwas zu, und Lucas hatte mit Lilos altem Fahrrad etwas zu kämpfen, um mit den beiden anderen mithalten zu können. Wie von Pauls Opa beschrieben, erreichten sie nach etwa einer halben Stunde den auf der Anhöhe gelegenen kleinen Ortsteil Stauf. Von der Dorfmitte ging es ein kurzes Stück auf einem steil abfallenden Weg bis zum Ortsausgang. Dort stellten sie ihre Räder ab und folgten zu Fuß dem Waldweg, der zum Burggelände führte. Schon bald konnten sie die wenigen Mauerreste sehen, die von der Anlage erhalten waren. Immerhin konnte man die ursprüngliche Größe der Burg noch immer erahnen. Der Weg durch das Gelände führte sie zu einem Aussichtspunkt, von dem aus man einen traumhaften Ausblick über das Tal des Eisbaches hatte. Marie suchte sich einen schönen Platz auf einer niedrigen, meterdicken Sandsteinmauer und machte es sich darauf bequem. Lucas und Paul setzen sich auf Felsblöcke, die gegenüber der Mauer aus dem Boden ragten. Wie es schien, waren sie die einzigen Besucher an diesem heißen Sommernachmittag.

„Schönes Plätzchen hier, richtig idyllisch, finde ich", sagte Marie nach einer Weile. „Allerdings hatte ich mir unter einer Burg etwas anderes vorgestellt. Neulich habe ich mit meinen Eltern die Hardenburg bei Bad Dürkheim besucht. Eine riesige Burgruine, sag ich euch, mit mächtigen Türmen, Treppen und dunklen Gängen. Da konnte man sich das Leben im Mittelalter so richtig vorstellen."

„Mir geht es genau so", stimmte ihr Paul zu. „Bei unseren Wanderungen im Pfälzerwald habe ich auch schon viele Burgenruinen gesehen. Aber hier ist ja kein einziger Gebäudeteil erhalten."

„Auf einer Hinweistafel am Eingang zum Burggelände habe ich allerdings gelesen, dass es sich hier um die älteste Burganlage der Pfalz handelt", erklärte Lucas. „Nach ihrer Zerstörung im Bauernkrieg war sie unbewohnt und wurde nach dem Dreißigjährigen Krieg von den Dorfbewohnern als Steinbruch zum Wiederaufbau ihrer Häuser verwendet. Da blieb natürlich nicht viel übrig, wie man sieht."

„Nach Spuren aus der Zeit von Valerian werden wir dann wohl vergeblich suchen", meinte Marie.

„Das vermute ich auch", sagte Paul. „Außerdem hat mein Opa ja gesagt, dass solche geschichtlich bedeutsamen Burganlagen bereits genauestens untersucht worden sind. Einen kunstvoll behauenen Stein wie den in der Villa oder den in der Kapelle hätte man sicher längst geborgen und in ein Museum gebracht."

„Ich schau mich trotzdem mal ein bisschen genauer um", sagte Lucas. „Ihr könnt ja hier sitzen bleiben, während ich einen Rundgang durch die Ruine mache."

„Dich hat's aber ganz schön gepackt!", sagte Marie mit nicht zu überhörendem spöttischen Unterton.

Lucas ließ sich jedoch nicht von seinem Vorhaben abbringen und machte sich auf den Weg. Er bemühte sich, die Mauerreste systematisch abzugehen und inspizierte sie dabei genau. Nach und nach wurde ihm das enorme Ausmaß der ganzen Anlage erst richtig bewusst. Überwiegend waren nur noch Grundmauern erkennbar, nur ab und zu gab es etwas höhere Mauerreste. Allmählich musste er erkennen, dass es außer einer Unmenge von Eidechsen, die zwischen den von der Sonne erwärmten Sandsteinen herumwuselten, wenig zu entdecken gab.

Er ging gerade am äußeren Ringwall entlang, als plötzlich in unmittelbarer Nähe ein lauter Knall zu hören war, dem sofort ein gellender Schrei und lautes Gejohle und Gelächter folgten. Vorsichtshalber ging er hinter der Mauer in Deckung.

Auf der anderen Seite des Ringwalles waren das zornige Geschrei eines Mannes und noch immer das Gejohle einer anderen Person zu hören. Er verstand zunächst nur Wortfetzen, aber sehr schnell wurde ihm klar, dass es sich bei dem Knall um einen Sektkorken gehandelt hatte und dass dort unterhalb der Mauer ein zünftiges Gelage im Gang war.

Vorsichtig kletterte er auf die meterdicke Mauer, um einen Blick auf die andere Seite der Mauer zu werfen. Er war erstaunt, wie tief es da nach unten ging, das waren gut und gerne vier Meter. Dort saßen zwei Männer im Gras, von denen einer eine Sektflasche in der Hand hielt und brüllte vor Lachen, während der andere sich den Kopf hielt und ärgerlich vor sich hin schimpfte. Allem Anschein nach hatte sich der mit der Sektflasche in der Hand einen derben Spaß daraus gemacht, den Sektkorken in Richtung seines Kameraden zu schießen, und hatte diesen am Kopf getroffen. Jedenfalls beklagte sich der andere lautstark darüber und drohte seinem Kumpel Prügel an. Wie es schien, waren die beiden ziemlich betrunken. Nach der Anzahl der Flaschen, die dort herumlagen, schienen sie schon eine ganz Weile da unten zu lagern. Den mit der Sektflasche in der Hand erkannte

Lucas sofort wieder, es war der Mann vom Katzenstein.

Kaum hatte sich Lucas einen ersten Überblick verschafft, waren hinter ihm schnelle Schritte zu hören. Paul und Marie kamen herangestürmt, denn sie hatten den Schrei und das Gegröle gehört.

„Mensch Lucas, was ist denn da los? Wir haben schon gedacht, dir wäre etwas zugestoßen!", rief ihm Marie zu.

„Schhh!", zischte Lucas zurück und bedeutete den beiden, dass sie leise sein sollten.

„Schaut mal vorsichtig da runter, dann seht ihr, was los ist."

Marie und Paul kletterten zu Lucas, legten sich flach auf die breite Mauer und schauten nach unten. Paul ließ einen leisen Pfiff durch die Zähne hören.

„Den Typen kennen wir doch!", flüsterte er Lucas und Marie zu.

Die beide nickten, und Lucas machte den anderen ein Zeichen, dass er hören wollte, was unten gesprochen wurde. Der Streit der beiden Männer ging noch immer weiter.

„Eddie, du bleeder Hund, jetzt hoscht du die halb Flasch von dem gude Schampus durch die Gegend gschbritzt! Des war unser vorletschdi!", beklagte sich der mit der Beule.

„Loss misch bloß in Ruh, Richy, den Schampus hab isch bezahlt. Domit kann isch mache, was isch will! Und wann die letscht Flasch gedrunke is, kaaf isch uns wieder neue."

„Ja vun was dann, du bleeder Hund, du hoscht doch schun fascht des ganze Geld ausgewe!"

„Des langt noch fer die nächste paar Dag, un dann krieg ich noch emol en ganze Batze Geld, nur kee Angscht!", erwiderte Eddie.

„Du mänscht doch net wirklich, dass der dir noch mol Geld gibt!"

„Na klar gibt der mir noch emol Geld! Des wär doch gelacht! Die 500 Euro waren doch bloß de Vorschuss! 500 als Vorschuss, un wann alles vorbei isch un geklappt hot, dann krieg isch noch emol 2000 Euro bar uff die Hand. So war's abgemacht", behauptete Eddie.

„Des glaab isch erscht, wenn isch des Geld seh! Wann triffscht du dann den Typ? Hoscht mit dem schon was ausgemacht?"

„Ja klar, am Donnerschdag Owend um 11 Uhr treff ich den Kerl uff de Burg Neuleininge, do bringt er mir des Geld. Un wann er's net dabei hot, kann er was erlewe!"

Lucas machte den beiden anderen ein Zeichen, dass er genug gehört hatte, und rutschte lautlos von der Mauer herunter. Als sie wieder an ihrem alten Platz angekommen waren, sagte er:

„Habt ihr das gehört? Der hat von Vorschuss geredet, damit war sicher das Geld gemeint, das ihm am Katzenstein aus dem Kuvert gerutscht ist. Und jetzt will er noch mal Geld. Wofür und von wem, das ist doch wohl klar!"

„Da muss man nur eins und eins zusammenzählen, der Typ hat im Auftrag von Kressler die Villa in Brand gesteckt, und jetzt will er den Rest seiner Belohnung kassieren", folgerte Marie.

„Und was machen wir jetzt?", wollte Paul wissen.

„Sollen wir das, was wir gehört haben, der Polizei melden?"

„Die werden uns kaum ernst nehmen", erwiderte Marie. „Warum sollte die Polizei die Sache noch mal aufrollen, wo doch im Gutachten des Brandsachverständigen eindeutig ein technischer Defekt als Ursache genannt ist?"

„Tante Lilo und ich hatten den Eddie vom Katzenstein sowieso schon in Verdacht", erklärte Lucas. „Natürlich werde ich ihr das, was wir gerade gehört haben, auf jeden Fall erzählen. Aber nach dem Drohbrief hat sie es mit der Angst bekommen. Ich glaube nicht, dass sie noch dazu bereit ist, etwas gegen den Kressler zu unternehmen."

„Was für ein Drohbrief?", riefen Marie und Paul wie aus einem Mund.

Erst jetzt erzählte Lucas den beiden von dem toten Vogel und dem Zettel in Lilos Briefkasten.

„Boah!", rief Marie entsetzt, als Lucas geendet hatte. „Ich kann gut verstehen, dass deine Tante Angst hat."

„Aber irgendjemand muss doch diesem Dreckskerl das Handwerk legen!", wandte Paul ein.

„Und wie stellst du dir das vor?", fragte Marie. „Ohne handfeste Beweise kommt man da nicht weiter."

„Tja, das einzige, was wirklich helfen könnte, die Machenschaften von Kressler auffliegen zu lassen, sind Lilos Materialproben, die der Feuerwehrkommandant untersuchen lässt", meinte Lucas. „Damit hätte man einen klaren Beweis für das falsche Gutachten des Sachverständigen in der Hand. Wir müssen also abwarten, was dabei herauskommt."

In gedrückter Stimmung machten sich die drei auf den Weg nach Hause. Paul und Marie schwangen sich auf ihre Mountainbikes und fuhren los. Lucas hatte mit seinem Oldtimer-Fahrrad etwas Probleme, den beiden zu folgen, denn zunächst ging es steil bergauf. Schon nach wenigen Metern gab er auf, stieg vom Fahrrad ab und schob es.

„Wartet oben auf mich, ich laufe lieber, Lilos Oldie hat keine Gangschaltung!", rief er Marie und Paul hinterher.

In der Nachmittagshitze war auch das Schieben eine ziemlich schweißtreibende Angelegenheit, und Lucas blieb mehrmals keuchend stehen. Kurz bevor er den höchsten Punkt der Steigung erreicht hatte, fiel sein Blick auf den Torpfosten eines alten, etwas heruntergekommenen Anwesens. Er traute seinen Augen kaum, als er Valerians Wappen auf einem Sandstein des windschiefen Pfostens sah.

„He, kommt mal schnell her, das müsst ihr euch anschauen!", rief er Marie und Paul zu, die am Ende der Steigung wie verabredet auf ihn warteten.

„Oh nee! Was hat er denn jetzt schon wieder!", maulte Paul.

Die beiden ließen ihre Räder oben stehen und gingen etwas widerwillig die paar Schritte den Hügel herunter. Voller Begeisterung zeigte ihnen Lucas seine Entdeckung.

„Da haben wir den Beweis, dass Valerian auch auf der Burg Stauf aktiv war", sagte Lucas stolz.

„Aber die Burg ist doch ganz dahinten, und das alte Haus hier hat ja wohl nichts mit der Burg zu tun", wandte Paul ein.

„Aber Lucas hat doch vorhin erklärt, dass die Dorfbewohner vor ein paar hundert Jahren die Burgruine als Steinbruch benutzt haben", erklärte Marie. „Dabei hat jemand den Stein mit dem Wappen aus der Burg geklaut und hat ihn hier als Dekoration für den Pfosten verwendet."

„So sehe ich das auch", stimmte ihr Lucas zu.

„Und was hast du jetzt vor?", wollte Paul wissen. „Ich schätze, die Besitzer des ollen Hauses haben was dagegen, wenn du hier mit Hammer und Meißel ankommst und den Stein aus dem Pfosten heraushauen willst."

„Quatsch! Das hatte ich ja auch nicht vor", lachte Lucas. „Ein Geheimnis wie in der Villa enthält dieser Stein hier sowieso nicht mehr. Wenn jemals unter diesem Stein etwas verborgen war, dann hat der Vorfahre der heutigen Besitzer das längst an sich genommen, als er den Stein aus der Burg geholt hat."

„Okay, dann lass uns jetzt endlich losfahren", sagte Paul etwas gereizt. „Für heute ist mein Bedarf an Schatzsucherei erst mal gedeckt, und außerdem ist mir heiß!"

Damit drehte er sich um und ging schnurstracks zurück zu seinem Mountainbike.

„Was hat er denn?", fragte Lucas überrascht.

„Weiß ich nicht. Kann sein, er ist ein bisschen genervt von deinen klugen Sprüchen", versuchte Marie zu erklären.

„Okay, okay, ich halt mich ja schon zurück", brummelte Lucas kleinlaut und trottete mit seinem Fahrrad hinter Marie her.

Oben wartete Paul schon auf sie. Sie stiegen auf ihre Räder, und los ging's in rasantem Tempo die Anhöhe hinunter durch den Wald bis zum Waldschwimmbad. Dort hielt Paul, der während der Abfahrt vorausgefahren war, plötzlich an.

„Wisst ihr was? Ich geh noch für 'ne Stunde ins Schwimmbad", rief er ihnen zu. „Ich brauche dringend eine Abkühlung. Kommt jemand mit?"

„Coole Idee!", rief Marie begeistert. „Also, ich bin dabei. Meine Badesachen hab ich im Rucksack."

„Schade, ich hab leider keine Schwimmsachen dabei", bedauerte Lucas enttäuscht.

„Dann bis morgen!", rief ihm Paul zu. „Wir treffen uns wieder bei mir. Gleiche Zeit wie heute, okay?"

„Okay, bis morgen!", rief Lucas zurück und machte sich auf den Heimweg, während Paul und Marie ihre Räder am Schwimmbad abstellten.

Lucas fühlte sich von den beiden anderen schon ein bisschen abgewimmelt. War er Paul wirklich durch seine klugen Sprüche auf die Nerven gegangen, oder spielte da etwa Eifersucht eine Rolle? Richtig schlau wurde er aus der Sache jedenfalls nicht. Immerhin tröstete er sich damit, dass Paul den Vorschlag gemacht hatte, sich morgen wieder bei ihm zu treffen.

Ganz in Gedanken fuhr er an der abgebrannten Villa vorbei, vor der Kresslers Bonzenauto stand. Daneben parkte ein schwerer Geländewagen, dem man ansah, dass er nicht nur für Spazierfahrten genutzt wurde, sondern auch in schwer zugänglichem Gelände zum

Einsatz kam. Lucas' Neugier war sofort wieder geweckt.

Er stellte das Fahrrad auf der gegenüberliegenden Straßenseite ab, drückte sich zwischen dem Bauzaun und der hölzernen Einfriedung des Nachbargebäudes hindurch und suchte nach einem Spalt im Bauzaun, der ihm einen Blick auf das Abbruchgelände ermöglichte. Der Abstand zwischen dem Bauzaun und der Einfriedung war so gering, dass er sich nur mühsam einen Weg hindurch bahnen konnte. Endlich fand er im hinteren Bereich des Bauzaunes eine beschädigte Stelle, durch die er einen guten Blick auf das Gelände hatte. Der Bagger hatte inzwischen ganze Arbeit geleistet und einen Großteil der Trümmer abgetragen. Nur an der Stelle, wo sich der Keller befand, war nicht weitergearbeitet worden. Dort standen Kressler und eine andere Person, die Lucas den Rücken zuwandte. Kressler zeigte dem Mann gerade triumphierend das Gefäß, das unter dem Drachenstein versteckt gewesen war.

In Windeseile zückte Lucas sein Handy, um mitzufilmen, was die beiden auf dem Gelände miteinander verhandelten. Zu seinem größten Ärger musste er feststellen, dass der Akku seines Smartphones sich gerade verabschiedete.

„So ein Mist, immer wenn's wichtig ist, hat das Ding keinen Saft mehr", dachte Lucas verärgert.

Im nächsten Augenblick übergab Kressler das Gefäß seinem Gegenüber, der es entgegennahm und vorsichtig auf dem Boden absetze. Dabei drehte er sich leicht zur Seite, so dass ihn Lucas im Profil sehen konnte. Lucas erschrak. Es war Karl Gerwald.

„Na, hab ich zuviel versprochen?", fragte Kressler. „Das ist doch wohl 'ne kleine Sensation, oder etwa nicht?"

„Ja, nicht schlecht", antwortete Gerwald, „also jedenfalls die Pergamentrollen. Das Gefäß, in dem die Rollen waren, ist nicht sonderlich interessant, davon gibt es aus dieser Zeit jede Menge auf dem Markt."

„Wie alt ist denn das Zeug?", fragte Kressler. „Du als Experte musst das ja schließlich wissen."

„Du sagst, dass das Gefäß unter dem Stein da verborgen war. Das heißt, hier hat der Erbauer des Kellergewölbes einen Grundstein mit seinem Wappen legen lassen. In einen Grundstein werden auch heute noch Dokumente aus der Zeit des Baubeginns gelegt. Ich vermute, das ist hier auch so. Genaueres kann man aber erst sagen, wenn man den Text übersetzt. Mein Latein reicht dafür leider nicht aus. Ich hoffe, mein Freund Armin vom Denkmalschutz kann mir da weiterhelfen. Das Wappen auf dem Stein ist mir allerdings gut bekannt. Es ist das Wappen eines Einsiedlers namens Valerian aus dem 5. Jahrhundert."

„Aus dem 5. Jahrhundert!", rief Kressler aufgeregt, „dann ist der ganze Kram doch sicher eine Menge wert."

Lucas konnte selbst aus seinem Versteck hinter dem Bauzaun heraus die Gier in Kresslers Augen aufflammen sehen.

„Na, wie schon gesagt, Gefäße dieser Art gibt es mehr als genug, damit kann man keinen hohen Preis erzielen", versuchte Gerwald Kresslers Erwartungen zu dämpfen. „Bei den Pergamentrollen sieht es da schon etwas besser aus, das hat man nicht alle Tage."

„Also, machen wir's kurz. Was bietest du mir für das Zeug?", fragte Kressler. „Und dass du's weißt, ich will einen fairen Preis hören, ich kenn dich nur zu gut!"

„Du weißt genau, dass das heiße Ware ist", erwiderte Gerwald. „Von Rechts wegen musst du das dem Denkmalschutz abgeben, auch wenn du es auf deinem eigenen Grundstück gefunden hast. Dir steht höchstens ein Finderlohn zu. Wenn ich dir das Zeug abkaufe und es auf dem Antiquitätenmarkt anbiete, mache ich mich damit ebenfalls strafbar, das ist ein großes Risiko für mich."

„Ja, ja, ich verstehe, du willst schon mal den Preis drücken. Aber jetzt heraus mit der Sprache, mach ein Angebot!", rief Kressler voller Ungeduld.

„Sag mir zuerst, wer außer uns beiden noch von dem Fund weiß. Ich muss doch wissen, ob das schon die Runde macht", erwiderte Gerwald.

„Na ja, Danilo hat's natürlich mitgekriegt und diese verdammten Gören, sonst keiner!", sagte Kressler.

„Was für Gören?", wollte Gerwald wissen. „Zwei Jungs und ein Mädchen, vielleicht dreizehn oder vierzehn Jahre alt, also völlig ungefährlich, die haben hier in der Nähe gespielt und waren auf dem Gelände, weil ihnen so ein Fluggerät hier abgestürzt ist."

„Gut, dann will ich mal überlegen, was ich dir für den Kram geben kann. Lass mich aber zuerst noch mal in aller Ruhe einen Blick auf die Pergamentrollen werfen." Gerwald rollte die Pergamentrollen prüfend auf und sah sich alles lange und gründlich an, bis Kressler vor Ungeduld beinahe zu bersten drohte.

„Also gut", sagte er schließlich in betont gleichgültigem Tonfall. „Für das Gefäß gebe ich dir 100 Euro, mehr geht da beim besten Willen nicht, und für die Pergamentrollen gebe ich dir 600 Euro."

Kressler lachte empört auf! „Du willst mich wohl für dumm verkaufen!", rief er erregt. „Die Pergamentrollen alleine sind mindesten 3000 Euro wert. Viele Sammler werden dafür sogar noch viel mehr zahlen, das weißt du ganz genau!"

„Du übertreibst maßlos! Außerdem solltest du wissen, dass es gar nicht so einfach ist, einen Käufer für so etwas zu finden, womöglich bleib ich auf dem Zeug sitzen."

„Also für 700 Mäuse mache ich den Deal garantiert nicht, da kannst du Gift drauf nehmen!", sagte Kressler sichtlich enttäuscht.

Nach einer kurzen Denkpause nahm Gerwald schließlich mit theatralischer Geste eine Geldtasche aus seiner Jacke, öffnete sie und zählte 1000 Euro in Hundertern ab. Die hielt er Kressler hin.

„Hier, 1000 Euro, mein letztes Angebot. Dafür bekomme ich aber auch noch den Stein mit dem Wappen und dem Drachenkopf dazu."

Als Kressler noch immer zögerte zuzugreifen, fügte er spöttisch hinzu:

„Du kannst das alles natürlich auch beim Denkmalamt abliefern, aber mehr als 100 Euro Finderlohn sind da nicht drin, das kann ich dir versichern."

„Alter Ganove, dann nimm halt den Kram!", brummte Kressler und riss Gerwald das Geld aus der Hand.

Lucas hatte genug gehört und beschloss, seinen Beobachterposten möglichst geräuschlos wieder zu verlassen. Die Rechnung hatte er allerdings ohne den

Kater aus der Nachbarschaft gemacht. Für Lucas völlig unerwartet, schlüpfte der unmittelbar vor ihm unterm Zaun hervor und fauchte ihn derart wütend an, dass Lucas unwillkürlich zurückwich, über eine herausstehende Wurzel stolperte und dabei gegen den Bauzaun stieß.

„He, he, da drückt sich doch jemand hinterm Zaun herum!", schrie Kressler.

Lucas hörte, dass Kressler zum Bauzaun gelaufen kam und beeilte sich, durch den schmalen Gang zwischen Bauzaun und der Einfriedung des Nachbargrundstückes wieder zur Straße zu kommen. Gerade hatte er sein Fahrrad wieder erreicht und wollte wegfahren, als ihm Gerwald den Weg verstellte.

„Na, sieh mal einer an, wen haben wir denn da?", sagte Gerwald spöttisch und hielt den Lenker seines Fahrrades fest. „Wieder mal auf Kräutersuche für die kranke Oma, oder warum drückst du dich da hinterm Bauzaun rum?"

„Ich drück mich da nicht herum! Unsere Katze ist seit Tagen verschwunden, und ich dachte, ich hätte sie da gesehen", versuchte sich Lucas herauszureden.

„Und, hast du sie denn gefunden?", fragte Gerwald ungläubig.

„Nee, war 'ne andere, die so ähnlich ausgesehen hat. Die hat mich richtig übel angefaucht."

„Du bist wohl nie um eine Ausrede verlegen, ich glaub dir kein Wort!", wetterte Gerwald. „Du hast doch da hinten herumspioniert, oder etwa nicht?"

„Wieso spioniert, gibt's denn da was zu spionieren?", fragte Lucas scheinheilig.

„Hier stelle ich die Fragen, Bürschchen!", schrie Gerwald und rüttelte bedrohlich am Lenker, den er immer noch festhielt. Nun kam auch Kressler aus der Baustelle heraus. Als er Lucas erkannte, brüllte er gleich los:

„Schon wieder du, was schleichst du die ganze Zeit hier herum? Hab ich nicht heute Mittag schon gesagt, du sollst dich hier nicht mehr blicken lassen?"

In diesem Augenblick ließ Gerwald für eine Sekunde den Lenker von Lucas' Fahrrad los. Mit dem Mut der Verzweiflung rannte Lucas los, schwang sich aufs Fahrrad und düste ab. Er trat in die Pedale, was das Zeug hielt, bog in die nächste Seitenstraße ein und beschloss einen großen Umweg zu Lilos Haus zu mache, damit die beiden nicht mitbekämen, wo er zu Hause war. Ziellos fuhr er aus dem Ort heraus und folgte ein Stück dem Feldweg am Eisbach, bis er sich sicher fühlen konnte, nicht mehr von den beiden aufgespürt zu werden. Schließlich stieg er vom Fahrrad ab und setzte sich in der Nähe des Bachlaufes ins Gras.

Seine Aufregung hatte sich inzwischen etwas gelegt, so dass er wieder klare Gedanken fassen konnte. Er ärgerte sich noch immer darüber, dass sein Smartphone im entscheidenden Augenblick ausgefallen war. Eine Aufzeichnung des Gespräches wäre ein klares Beweismittel für die krummen Geschäfte der beiden gewesen. Immerhin wusste er wenigstens, dass sich die Fundstücke nun im Besitz von Gerwald befanden. Aus dem Gespräch der beiden war außerdem klar hervorgegangen, dass Kressler nur an Geld interessiert war. Die historische Bedeutung der Fundstücke schien ihn völlig kalt zu lassen.

Bei Gerwald sah das schon anders aus. Zwar war auch er anscheinend daran interessiert, die Pergamentrollen irgendwann gewinnbringend zu verkaufen, aber Lucas hatte ihn genau beobachtet, als er die Pergamentrollen angeschaut hatte. Es war ihm so vorgekommen, als habe Gerwald große Mühe gehabt, seine Begeisterung zu verbergen. Es schien, als ob er etwas in den Händen hielte, wonach er schon lange gesucht hatte. Zu so feinen Wahrnehmungen war der von Geldgier getriebene Kressler offensichtlich nicht in der Lage gewesen, denn sonst hätte er mit Leichtigkeit den Preis für die Pergamentrollen in die Höhe treiben können.

„Was hatte bei Gerwald für so viel Begeisterung gesorgt?", fragte sich Lucas. „Hatte Gerwald doch mehr von dem Inhalt des Textes verstanden, als er gegenüber Kressler zugegeben hatte?"

Auch er wollte endlich mehr über den Inhalt des Textes erfahren. Vielleicht hatte ihm ja sein Vater inzwischen schon die Übersetzung geschickt. Er musste unbedingt zu Lilo, um dort sein Smartphone aufzuladen und seine Nachrichten zu checken. Damit stand er auf und machte sich auf den Rückweg. Als er sich Lilos Haus näherte, verlangsamte er seine Fahrt und schaute gebannt in Richtung Baustelle. Aber zum Glück war weder Kresslers Protzenkarre noch der Geländewagen von Gerwald zu sehen. Er konnte also gefahrlos zu Lilos Haus weiterfahren und sein Fahrrad in die Garage bringen. Kaum hatte er sein Fahrrad abgestellt, als auch schon Lilo vom Garten her aufgeregt nach ihm rief.

„Lucas, da bist du ja endlich, ich hab mir die größten Sorgen gemacht. Vor zehn Minuten waren deine Freunde da und haben nach dir gefragt. Sie sagten, du wärst schon vor fast zwei Stunden nach Hause gefahren. Sie konnten sich überhaupt nicht erklären, dass du nicht da bist. Wo hast du denn die ganze Zeit gesteckt?"

„Kein Grund zur Panik", sagte Lucas ganz locker, „ich hatte nur einen kleinen Zusammenstoß mit Kressler und seinem Spezi Gerwald."

„Aber sonst geht's dir noch gut? Du hast dich doch nicht wirklich mit denen angelegt!", sagte Lilo entrüstet.

„Okay, okay, ich erzähl es dir ja gleich", versuchte Lucas Lilo zu beschwichtigen. „Aber ganz ehrlich, ich komme gleich um vor Hunger, wie wär's, wenn ich dir die ganze Story beim Abendessen erzähle?"

„Das erste vernünftige Wort, das ich von dir höre", lachte Lilo versöhnt. „Wenn du mir beim Raustragen hilfst, können wir im Garten essen. Ich hab eine kalte Platte und einen Nudelsalat vorbereitet."

„Boah, Tante Lilo! Du bist einfach die Beste!", jubelte Lucas. Während sie gemütlich im Garten zu Abend aßen, erzählte Lucas sein Erlebnis mit Kressler und Gerwald. Lilo konnte sich kaum beruhigen, als sie erfuhr, dass er von Gerwald festgehalten worden war.

„Wie kannst du dich so in Gefahr bringen! Du hast doch heute Mittag die Drohung mit dem toten Vogel gesehen und solltest wissen, dass mit den Typen nicht zu spaßen ist", schimpfte Lilo erregt.

„Es wäre ja auch gar nichts passiert, wenn mich dieser aggressive Kater nicht so erschreckt hätte", verteidigte sich Lucas. „Aber sag mal, hast du eigentlich die Sache mit dem Drohbrief der Polizei gemeldet?"

Lilo zögerte einen Moment mit der Antwort und gestand schließlich, dass sie nicht zur Polizei gegangen war.

„Aber warum denn nicht?", wollte Lucas wissen. „Das war eine Todesdrohung, oder wie soll man sonst den Zettel mit dem toten Vogel deuten? Da musst du doch die Polizei einschalten!"

„Ich gebe dir ja recht, Lucas, aber ich habe gleich, nachdem du weg warst, mit Fritz, unserem Kommandanten, telefoniert und ihm von dem Drohbrief erzählt. Der war ganz merkwürdig am Telefon. Er hat mir erklärt, dass er mit der ganzen Sache nichts mehr zu tun haben will. Als ich nachgefragt habe, warum, hat er einfach aufgelegt."

„Da ist doch was faul!", rief Lucas erregt. „Ich bin mir sicher, der wurde auch bedroht."

„Tja, eigentlich kann ich es mir auch nicht anders erklären", stimmte ihm Lilo zu. „Wenn ich von Fritz die Auswertung der Materialproben nicht bekomme, dann habe ich nicht das Geringste gegen Kressler in der Hand."

„Ich verstehe", sagte Lucas enttäuscht. „Du willst auch aufgeben."

„Ja, was bleibt mir denn anderes übrig?", sagte Lilo aufgebracht. „Ohne Beweis in der Hand ist es sinnlos, weiterzumachen.

„Schade!", bedauerte Lucas. „Dabei bin ich seit heute Nachmittag ganz sicher, dass wir auf der richtigen Spur sind." „Wieso das denn?", fragte Lilo. Lucas erzählte ihr, was er beim Saufgelage von Eddie und Richy auf der Burg Stauf erfahren hatte.

„Das bestätigt zwar, was wir vermutet haben, aber die beiden würden gegenüber der Polizei doch alles abstreiten", wandte Lilo ein, nachdem Lucas alles erzählt hatte.

„Übrigens, wie wär's, wenn du dich mal wieder bei deinen Eltern melden würdest?", wechselte Lilo plötzlich das Thema. „Deine Mutti hat heute Nachmittag angerufen und sich beklagt, dass du überhaupt nicht erreichbar bist."

„Mist! Jetzt hab ich doch glatt vergessen, mein Smartphone aufzuladen", ärgerte sich Lucas, rannte in sein Zimmer und hängte das Gerät ans Ladekabel.

Kaum hatte er es eingeschaltet, als auch schon eine ganze Menge an Nachrichten hereinprasselte. Außer einiger vergeblicher Anrufe seiner Mutter und ein paar Urlaubsbildern von Klassenkameraden war auch eine WhatsApp-Nachricht von Marie dabei. Marie machte sich Sorgen, weil sie ihn nicht bei Lilo angetroffen hatte. Nachdem er sich wegen der Sache mit dem Schwimmbad ein bisschen abgehängt vorgekommen war, freute er sich nun um so mehr über Maries Nachricht. Um sie zu beruhigen, schrieb er ihr kurz zurück, sie müsse sich keine Sorgen machen, er sei inzwischen längst bei Lilo eingetroffen. Von seinem Vater war keine Nachricht dabei. Lucas war enttäuscht, denn er hatte gehofft, dass sein Vater mit der Übersetzung der Pergamentrollen fertig wäre. Kaum hatte er alle Nachrichten gecheckt, da rief seine Mutter an.

„Na, ist ja ein Ding, dass ich dich heute noch erreiche. Ich dachte schon, ein Funkloch hätte dich verschluckt!", lästerte seine Mutter.

„Nee, mein Akku hat schlapp gemacht, während ich mit Paul und Marie unterwegs war", erklärte Lucas.

„Aha, unterwegs also, was treibst du denn so den ganzen Tag, wenn man fragen darf?", wollte seine Mutter wissen. „Ich hoffe, du langweilst dich nicht."

„Geht so", untertrieb Lucas. „Wir sind so ein bisschen in der Gegend rumgefahren."

Lucas erzählte nur das Allernötigste von seinen Tageserlebnissen, um nicht zu riskieren, dass sich seine Mutter unnötige Sorgen machte. Schließlich fragte er:

„Ach, weißt du, ob Papa bald mit der Übersetzung fertig ist?" „Keine Ahnung", erwiderte sie. „Der verschanzt sich die ganze Zeit in seinem Arbeitszimmer und will nicht gestört werden. Ich weiß nicht, was er da macht, jedenfalls tut er ganz geheimnisvoll dabei."

„Schade, ich hatte gehofft, dass er bald fertig ist", sagte Lucas.

„Na, du kennst ja den Perfektionismus von deinem Papa, das dauert seine Zeit", tröstete ihn seine Mutter. Sie bat ihn noch, Grüße an Lilo auszurichten, und verabschiedete sich dann.

Lucas war nach diesem ereignisreichen Tag todmüde. Er half Lilo noch kurz in der Küche und beeilte sich dann, ins Bett zukommen.

5

Als Lucas am nächsten Morgen aufwachte, war von der Baustelle wieder Maschinenlärm zu hören. Lilo war zur Arbeit gegangen, hatte ihm aber schon den Frühstückstisch gedeckt mit Brötchen und allem, was das Herz begehrt. So war er schon lange nicht mehr verwöhnt worden. Er fühlte sich wie im Urlaub und griff ausgiebig zu. Als er fast fertig war, meldete sich sein Smartphone mit einer WhatsApp-Nachricht von seinem Vater:

Lieber Lucas,
mit der Übersetzung hast du mir ja eine ganz schön knifflige Aufgabe gestellt. Ich habe bis spät in die Nacht hinein daran gearbeitet und bin jetzt ganz durch. Wie wir vermutet haben, handelt es sich um eine Art Vermächtnis des heiligen Valerian. Er erzählt darin seine Lebensgeschichte und berichtet über seine christliche Missionsarbeit. Einen großen Teil seiner Lebensbeschreibung nimmt dabei ein Ereignis ein, das sein Leben vollständig verändert hat. Was er hier erzählt, ist für uns heute eine absolute Sensation. Ich schicke dir die Übersetzung deshalb als E-Mail-Anhang in einer verschlüsselten Datei und bitte dich, das Dokument absolut geheim zu halten. Es darf unter keinen Umständen in fremde Hände gelangen.

Das Passwort zum Öffnen der Datei schicke ich dir in einer WhatsApp-Nachricht.

*Liebe Grüße
Dein Papa*

Lucas kannte seinen Vater gut genug, um zu wissen, dass der Text außergewöhnlich bedeutende Informationen enthalten musste, sonst hätte er sicher nicht so ein Geheimnis darum gemacht. Um größtmögliche Sicherheit zu gewährleisten, beschloss er, die E-Mail auf Lilos Rechner zu öffnen und den Anhang der E-Mail dort zu speichern. Sein Smartphone war ihm dazu zu unsicher.

Kaum hatte er den Rechner hochgefahren und das Dokument in seinem E-Mail-Account geöffnet, da erreichte ihn die nächste WhatsApp-Nachricht von seinem Papa. Sie lautete:

Tante Gerlinde jodelt gerne jeden Morgen. (132415)

Lucas schmunzelte, als er die Nachricht sah. Das war typisch Papa. Er kannte zwar keine Tante Gerlinde, die morgens gerne jodelt, aber die Methode der Verschlüsselung war ihm sehr wohl bekannt. Man musste einfach den durch die Ziffer bezeichneten Buchstaben aus dem Wort herausnehmen und dann alle Buchstaben zusammensetzen. Aus dem ersten Wort den ersten Buchstaben verwenden, also das ‚T', aus dem zweiten Wort den dritten Buchstaben verwenden, also das ‚r', und so weiter. Er schrieb die Buchstaben hintereinander und erhielt das Wort „Tronje".

Lucas musste erneut lächeln, denn er kannte die Vorliebe seines Vaters für das Nibelungenlied. Hagen von Tronje, der einäugige Ritter aus der Nibelungensage, war ihm bestens bekannt. Er speicherte das Dokument aus dem E-Mail-Anhang auf Lilos Rechner, schloss seinen E-Mail-Account und versuchte nun das Dokument zu öffnen. Bingo! Das Kennwort hatte er richtig entschlüsselt, das Dokument ließ sich problemlos öffnen. Lucas begann zu lesen.

Chronik des Valerianus aus Argentoratum (heute Straßburg)

Ich, Valerianus aus Argentoratum, erblickte Anno Domini 387 das Licht der Welt. Mein Vater war ein geschickter Steinmetz und Baumeister aus Novara. Nach seinen Lehrjahren war er mit römischen Soldaten nach Norden gezogen und hatte in Argentoratum in der Provinz ‚Germania Prima' Arbeit gefunden, denn die Siedlung wuchs, und Bauhandwerker fanden dort ein gutes Auskommen. Dort lernte er meine Mutter kennen, die Tochter eines hohen römischen Beamten, der mit dem Ausbau der römischen Befestigungsanlagen betraut war. Nach ihrer Heirat lebten meine Eltern in dem großzügigen Anwesen meines Großvaters. Als Enkel eines hohen römischen Beamten genoss ich eine privilegierte Erziehung, die neben dem Lesen, Schreiben und Rechnen auch die Beschäftigung mit Literatur einschloss. Meine religiöse Erziehung lag ganz in den Händen meiner Mutter, die als junges Mädchen zur Christin geworden war. Sie unterwies mich in diesem Glauben, dessen Lehre von der Nächstenliebe mich schon als Kind faszinierte.

Ab meinem zwölften Lebensjahr begleitete ich meinen Vater auf die Baustellen und lernte von ihm den Beruf der Steinmetze, auch unterrichtete er mich in den Grundlagen der Geometrie und der Baukunst. Im Laufe der Jahre hatte sich der Ruf meines Vaters als hervorragender Baumeister in der ganzen Provinz ‚Germania Prima' verbreitet. Sein Rat war überall gefragt. Deshalb musste er oft längere Reisen unternehmen, auf denen ich ihn begleiten durfte. So habe ich große Teile der Provinz kennengelernt.

In meinem vierzehnten Lebensjahr führte uns eine Reise am Fluss Rhenus (Rhein) entlang bis zur Stadt Mogontiacum (Mainz), wo mein Vater die Planung und statische Berechnung einer Befestigungsanlage durchführte. Meine Mutter blieb in Argentoratum zurück, denn sie war schwanger. Die Arbeiten in Mogontiacum erwiesen sich als sehr schwierig, da die Befestigungsanlage in sumpfigem Gebiet gebaut werden sollte. Deshalb dauerte unser Aufenthalt länger als vorgesehen. Nach vier Monaten endlich waren die Berechnungen und Vorbereitungen zum Bau der Anlage abgeschlossen, so dass wir abreisen konnten.

Inzwischen drängte die Zeit zur Rückkehr nach Argentoratum sehr, denn die Niederkunft meiner Mutter stand kurz bevor. Herbststürme und heftige Regenfälle behinderten unsere Rückreise, so dass wir nur langsam vorankamen. Als wir nach sechs Tagen endlich Argentoratum erreichten, fanden wir im Haus meines Großvaters alles in heller Aufregung. Meine Mutter hatte bereits am Tag zuvor nach einer langen und schwierigen Geburt ein Mädchen zur Welt gebracht. Das Mädchen war gesund, aber der Zustand meiner geliebten Mutter war besorgniserregend. Man verwehrte mir zunächst, sie sehen zu dürfen. Erst am nächsten Tag führte mich mein Vater zu ihr. Sie war so schwach, dass sie nur noch flüstern konnte. Es war einer der schmerzlichsten Augenblicke meines Lebens, als sie mich ein letztes Mal in ihre Arme nahm. Noch in der gleichen Nacht starb sie. Unser Leben ging weiter, es hatte aber seinen Glanz verloren.

Auch in Argentoratum änderte sich in der folgenden Zeit sehr viel. Große Truppenteile wurden aus dem Lager abgezogen, was zur Folge hatte, dass sich die ganze Siedlung nicht mehr weiterentwickelte, sondern mehr und mehr zerfiel. Händler und Handwerker verließen die Stadt und suchten sich neue Wirkungsstätten. Mein Vater fürchtete auch um die Sicherheit des gesamten Stadtgebietes. Allerlei Gesindel trieb sich nun auf den Straßen von Argentoratum herum, aber auch von außen drohten neue Gefahren. Leider sollte er mit seinen Befürchtungen nur allzu recht behalten.

Zweieinhalb Jahre nach dem Tod meiner Mutter, ich war gerade siebzehn Jahre alt geworden, sammelte sich unweit der Stadt eine große Zahl von bewaffneten Reitern eines fremden Volkes, die Gotonen (Goten) genannt wurden. Es gelang ihnen, als Händler getarnte Kämpfer in die Stadt einzuschleusen. Diese töteten eines Nachts die Wachen und öffneten das Haupttor der Stadt, so dass die fremden Reiter ungehindert in die Stadt eindringen konnten. Es gab ein entsetzliches Blutbad, denn die geringe Zahl an Legionären hatte der Übermacht der Gotonen nichts ent-

gegenzusetzen. Ich musste mit ansehen, wie mein Vater von drei Angreifern überwältigt und getötet wurde. Als ich zu fliehen versuchte, wurde ich gefangen genommen. Mehrere Tage lang plünderten und verwüsteten die Gotonen die Stadt und das römische Lager. Was mit mir geschehen würde, wusste ich nicht. Täglich rechnete ich damit, getötet zu werden. Als sie endlich weiterzogen, nahmen sie mich wie ein Stück Beute mit. Ich war zum Eigentum eines der Anführer geworden und musste ihm als Sklave dienen.

In der Anfangszeit war ich täglich Misshandlungen ausgesetzt, musste Hunger und Durst leiden und fristete ein jämmerliches Dasein. Da ich die Sprache der Gotonen sehr schnell erlernte und Latein und germanische Dialekte beherrschte, nutzte mich mein Herr als Übersetzer. Nun wurde ich mehr geachtet und wurde besser behandelt. Am meisten litt ich aber unter den unbeschreiblichen Grausamkeiten, die diese Krieger täglich begingen. Ein Menschenleben war in ihren Augen nichts wert. Sie zogen mordend und plündernd weiter nach Süden und wandten sich dann nach Südwesten, um das Gebirge der Alpes (Alpen) zu umgehen. In der Stadt Vesontio (Besançon) blieb der ganze Reiterverband fast ein halbes Jahr, bis zum Frühjahr Anno Domini 405. Danach ging es weiter nach Süden ins Tal des Flusses Rhodanus (Rhône). Da die römischen Legionäre auch aus der Festung Lugdunum (Lyon) abgezogen worden waren, war es ein Leichtes für die Gotonen, die Stadt einzunehmen. Es schmerzte mich sehr, auch dort zusehen zu müssen, wie Menschen gefoltert und getötet wurden. Auch diese Stadt wurde zerstört und ausgeraubt. Überall machten die Gotonen junge Männer und Frauen zu ihren Sklaven. Einige von ihnen versuchten zu fliehen, doch keiner entkam. Mehrmals musste ich zusehen, wie Fluchtversuche durch Auspeitschen hart bestraft wurden. Trotzdem überlegte ich täglich, wie ich den Gotonen entkommen konnte. Im Herbst Anno Domini 405 erreichten wir bei Massilia (Marseille) das Mare Mediterraneum (Mittelmeer). Als die Gotonen eines Tages ein großes Festgelage vorbereiteten, beschloss ich, die Flucht zu wagen. Bei den Festen war es üblich, dass in Unmengen Wein getrunken wurde. Dies wollte ich für meine Flucht nutzen. Um Fluchtversuche zu verhindern, wurden wir Sklaven in der Nacht gefesselt und bewacht. Ich hatte jedoch ein kleines Messer geschickt unter meinem Gürtel verborgen, um mich von den Fesseln befreien zu können. Ich hatte Glück, denn auch die Wachen tranken in dieser Nacht Wein, obwohl es ihnen verboten war. Unter großen Mühen gelang es mir, meine Fesseln mit dem keinen Messer zu durchtrennen. Erst gegen Morgen, als alle in tiefem Schlaf lagen, traute ich mich, den Fluchtversuch zu wagen. Ich packte Vorräte für ein paar Tage in einen Beutel, entwendete einem schlafenden Krieger Pfeile, Bogen und ein Jagdmesser und schlich mich davon. Mein Weg führte mich nach Nordosten in die Berge. Ich hoffte, dass mir die Reiter dort nicht so schnell folgen konnten. In drei Tagesmärschen drang ich in immer unzugänglicheres Gebiet vor und fand schließlich eine Höhle oberhalb eines kleinen Bachlaufes. Dies war ein geeigneter Ort, um mich vor meinen Verfolgern zu verbergen. Ich verbrachte dort drei Wochen, um ganz sicher zu sein, dass die Gotonen die

Suche nach mir aufgegeben hatten. Nachdem meine Vorräte aufgebraucht waren, ging ich mit Pfeil und Bogen auf die Jagd und ernährte mich von meiner Jagdbeute und den Früchten des Waldes. Schließlich verließ ich die einsame Bergregion und stieg wieder hinab zur Küste. Dort wandte ich mich nach Osten. Um nicht entdeckt zu werden, blieb ich abseits des dort verlaufenden Handelsweges.

Eines Tages begegnete ich einem christlichen Einsiedler namens Honoratus. Er lebte zurückgezogen im Wald und hatte eine kleine Gemeinschaft von Schülern um sich geschart. Nachdem ich von meiner Flucht vor den Gotonen erzählt hatte, erlaubten sie mir, bei ihnen zu bleiben. Honoratus hatte bereits damit begonnen, auf der Insel Lerina eine christliche Gemeinschaft von Mönchen zu gründen. Ich bot ihm an, beim Bau des Klosters zu helfen. Da ich mir während der Ausbildung durch meinen Vater sehr gute Kenntnisse im Bauhandwerk erworben hatte, war meine Hilfe sehr willkommen. Nach den Schrecken, die ich bei den Gotonen durchlitten hatte, fühlte ich mich in der Gemeinschaft der Mönche wie befreit. Unser Zusammenleben war erfüllt von der Nähe zu Gott im Gebet, von harter Arbeit, Askese und religiöser Erbauung. Wir Brüder in Christus begegneten einander voller Achtung und Liebe. Honoratus war uns ein Lehrer in allen Fragen der Religion, er besaß aber auch die Gabe, Kranke und Verwundete zu heilen. Sehr schnell verbreitete sich die Kunde von seiner Fähigkeit, Kranke zu heilen, an der ganzen Küste. Fischer brachten Kranke und Verwundete zu uns auf die Insel, damit ihnen geholfen würde. Honoratus besaß ein großes

Wissen über die heilsame Wirkung von Kräutern. Seine Fähigkeit, schlimme Krankheiten und selbst schwerste Verletzungen zu heilen, versetzte alle Menschen in größtes Erstaunen. Alle seine Kenntnisse gab er an uns, seine Mitbrüder, weiter, und ich nahm sein Wissen begierig auf. Unser Kloster wuchs stetig, und bereits nach fünf Jahren hatten wir eine Kapelle, ein Wohnhaus für uns Mönche und ein Haus für Kranke und Verletzte fertiggestellt.

Im siebten Jahr meines Aufenthalts auf der Klosterinsel hatte ich eines Nachts einen Traum, der mein Leben erneut veränderte. Im Traum erschien mir ein Engel, der in gleißendes Licht getaucht war. Er sprach zu mir vom Elend und der Hoffnungslosigkeit der Menschen im Norden und sandte mich aus, ihnen das Licht des Glaubens zu bringen. Der Traum erschreckte mich sehr, denn der Gedanke, die Geborgenheit der Klostergemeinschaft aufzugeben, erfüllte mich mit großer Furcht. Doch der Traum verfolgte mich nun in jeder Nacht. Deshalb suchte ich den Rat von Honoratus, der inzwischen wie ein Vater für mich war. Honoratus empfahl mir, mich für sieben Tage in die Einsamkeit zu begeben und Zwiesprache mit Gott zu halten. Nur so könnte ich über meine zukünftige Bestimmung Klarheit erlangen.

Ich befolgte seinen Rat, ließ mich von einem Fischer zum Festland übersetzen und ging in die Berge, um die Höhle aufzusuchen, in der ich mich vor den Gotonen versteckt hatte. Dort wollte ich innere Einkehr halten, wie es mir Honoratus geraten hatte. Doch ich fand die Höhle nicht, denn die Natur hatte in der langen Zeit meiner Abwesenheit alles verändert. Da er-

hob sich ein starker Sturmwind, der mir fast den Atem nahm. Äste wirbelten durch die Luft, und Bäume stürzten um. Schließlich brach ein furchtbares Gewitter los. Wassermassen schossen den Berg herab, Blitze durchzuckten den Himmel, und der Donner ließ die Erde erzittern. Ich fürchtete um mein Leben und betete zu Gott, er möge mich beschützen. Plötzlich sah ich vor mir das gleißende Licht meines Traumes wieder. Es führte mich direkt zu der Höhle, in der ich nun Schutz suchen konnte. Da wurde mir klar, dass Gott seine Hand schützend über mich gehalten hatte. Alle meine kleinlichen Ängste musste ich hinter mir lassen und voller Vertrauen seinem Willen folgen. In dieser Nacht blieb ich in der Höhle und fiel in einen tiefen, ruhigen Schlaf. Als ich am nächsten Morgen erwachte, fühlte ich eine große innere Ruhe und Kraft. Alle Zweifel waren verschwunden und mein Entschluss war gefasst, nach Norden zu ziehen, um den Menschen mit der frohen Botschaft Halt und Zuversicht in ihrem Leben zu geben. So gestärkt kehrte ich zu Honoratus auf die Insel zurück, teilte ihm meinen Entschluss mit und bedankte mich für seinen väterlichen Rat und all das Gute, das ich durch ihn erfahren hatte.

In den folgenden Tagen bereitete ich meine Abreise vor. Schon eine Woche später brach ich auf und wurde von den Mitbrüdern nach einem feierlichen Gottesdienst mit großer Herzlichkeit verabschiedet. Honoratus erteilte mir für mein Vorhaben seinen Segen und schenkte mir zum Abschied ein kleines hölzernes Kreuz, das ich bis zum heutigen Tag immer bei mir getragen habe.

Fischer brachten mich mit ihrem Boot zum Hafen von Massilia. Dort schloss ich mich einer Gruppe von Händlern an, die mit ihren Eselskarren nach Arelate (Arles) zogen. Von dort aus folgte ich dem Fluss Rhodanus (Rhône) nach Norden. Viele Erinnerungen an meine leidvolle Zeit bei den Gotonen wurden wieder in mir lebendig. Als ich die Stadt Lugdunum (Lyon) erreichte, konnte ich sehen, dass die Wunden der Zerstörung noch immer nicht verheilt waren, obwohl die Menschen sich bemüht hatten, das Leben in der Stadt wieder in normale Bahnen zu lenken. Hier hatte ich das Glück, mich einem von römischen Soldaten geschützten Zug von Händlern anschließen zu können, die sich auf dem Weg nach Argentoratum befanden. In meine Vorfreude auf ein Wiedersehen mit meiner Vaterstadt mischte sich die Befürchtung, dass die Stadt noch immer in Trümmern lag.

Wie glücklich war ich, als ich gleich bei meiner Ankunft einige Freunde traf, die damals beim Angriff der Gotonen hatten entkommen können. Sie zeigten mir voller Stolz, dass die Stadt sich wieder zu einem bedeutenden Handelszentrum zu entwickeln begann, auch wenn sie ihren einstigen Glanz noch lange nicht wieder erreicht hatte. Bei meinen Nachforschungen nach meiner kleinen Schwester musste ich zu meinem großen Schmerz erfahren, dass sie und ihre Amme von den Gotonen erschlagen worden war. Meine ganze Familie war ausgelöscht, und so gab es nichts, was mich in Argentoratum festgehalten hätte.

Nach zehn Tagen setzte ich meinen Weg nach Norden fort. Ich folgte dem Fluss Rhenus bis nach Noviomagus (Speyer) und wandte mich dann nach Nord-

westen in das von germanischen Stämmen besiedelte Bergland. Nach einigen Tagesmärschen erreichte ich im Frühjahr Anno Domini 415 das große Bergmassiv, das Mons Jovis genannt wird. Ich beschloss, mich in dieser Gegend für einige Zeit niederzulassen und baute mir im Wald oberhalb eines Dorfes im Südwesten des großen Bergmassivs mit einfachen Mitteln eine kleine Hütte.

Seit Jahrhunderten wird von den Menschen in dem bergigen Waldgebiet Erz abgebaut, aus dem Kupfer und Eisen gewonnen wird. Die Menschen arbeiten in Bergwerken, stellen als Köhler Holzkohle her, die für die Metallgewinnung erforderlich ist, oder sie lösen mit Hilfe von großen Öfen das Metall aus dem Erz. Dieses Metall verkaufen sie an kunstfertige Schmiede, die daraus viele Gegenstände für das tägliche Leben, vor allem aber auch Waffen herstellen. Die Ausbeute an verwertbarem Metall ist jedoch gering. Deshalb können die Menschen von dem Erlös kaum leben, obwohl sie sehr hart arbeiten.

Die Arbeit in den Bergwerken ist lebensgefährlich. Um das Erz aus dem Gestein herauszulösen, wurden weitverzweigte Systeme an Stollen und Höhlen in den Berg hineingehauen. Immer wieder passierte es, dass Stollen zusammenbrachen und Arbeiter unter den Gesteinsmassen begraben wurden.

Die Menschen führten in ihren Dörfern ein sehr einfaches Leben und wohnten in Hütten aus Holz und Lehm. Da ich schon als Kind germanische Dialekte kennengelernt hatte, konnte ich mich mit den Menschen gut verständigen. Trotzdem begegneten sie mir mit großem Misstrauen, wenn ich das Gespräch mit ihnen suchte.

Als ich eines Tages in dem Dorf die Schmerzensschreie eines Kindes aus einer Hütte hörte, erfuhr ich, dass es unter schrecklichen Bauchkrämpfen litt. Man führte mich zu dem Kind, dessen Leib unnatürlich angeschwollen war. Ich erkannte sofort, was zu tun war. Mit getrockneten Heilkräutern, die ich in einem Beutel bei mir trug, stellte ich einen heißen Sud her, den ich dem Kind in kleinen Mengen einflößte. Schon nach wenigen Stunden beruhigten sich die Krämpfe des Kindes, und nach zwei Tagen war es ganz ohne Beschwerden.

Von diesem Zeitpunkt an gewann ich das Vertrauen der Menschen im Dorf. Immer häufiger wurde ich gerufen, um Krankheiten und Verletzungen aller Art zu heilen. Ihre Krankheiten konnte ich heilen, doch gegen ihre von heidnischen Lehren besessenen Gedanken konnte ich zunächst nichts ausrichten. Sie glaubten noch immer an ihre alten germanischen Gottheiten, die sie mit barbarischen Riten und mit Opfergaben gnädig zu stimmen versuchten. Sie huldigten vor allem dem Gott Donar, dem der Berg, in dem sie nach Erzen gruben, geweiht war. Sie glaubten, dass sie ihn besänftigen müssten, um ohne Schaden das Erz aus dem Berg holen zu dürfen. Mit Geduld und Beharrlichkeit versuchte ich, ihnen die Angst vor dem Zorn ihrer Götter zu nehmen und ihnen den Glauben an den liebenden Gott der Christen zu vermitteln. Jeden Sonntag stieg ich von meiner Behausung ins Dorf hinab, predigte und brachte ihnen die Kunde vom Evangelium des Herrn.

Der Sommer neigte sich seinem Ende entgegen, und ich hatte Sorge, dass meine einfache Behausung, die ich mir notdürftig errichtet hatte, dem Winter nicht standhalten würde. Ich suchte deshalb nach einer geeigneten Stelle, wo ich eine feste Einsiedlerklause errichten konnte. Auf meinen Streifzügen durch die Wildnis des Mons Jovis kam ich eines Tages oberhalb meiner bisherigen Hütte zu einer Stelle im Wald, die mir bereits mehrfach von weitem aufgefallen war. Drei mächtige Felsblöcke, die von Dornengestrüpp umgeben waren, türmten sich da am Berghang vor einem steilen Abhang.

Auf der Suche nach ein paar essbaren Beeren näherte ich mich den Felsen und hatte Glück. Ich fand wunderbar reife Brombeeren, die ich in einem Körbchen sammelte, das ich zu diesem Zweck stets bei mir trug. Zwischen dem Abhang und der Felsengruppe führte ein breiter, jedoch von Gestrüpp überwucherter Pfad zu einem kleinen Plateau, wo besonders viele Brombeerhecken gewachsen waren. Um dorthin zu gelangen, arbeitete ich mich mit einiger Mühe durch das Dickicht, bis ich das Plateau erreicht hatte.

Der größte der drei Felsen befand sich unmittelbar neben dem Plateau. Etwa drei Fuß über dem Boden wies er eine breite Vertiefung auf, die wie ein Becken geformt war. Darin hatte sich eine Menge Regenwasser angesammelt. An der Seite dieses Felsblockes war eine Menge kleinerer Felsbrocken aufgeschichtet. Es war zu erkennen, dass hier vor langer Zeit Menschen am Werk gewesen waren. Ich räumte einige der Felsbrocken zur Seite, um zu sehen, was sich dahinter verbarg, und fand meine Vermutung bestätigt. Hinter den aufgeschichteten Felsbrocken befand sich der Eingang eines verlassenen Bergwerkes.

Nachdem ich den Eingang so weit frei gelegt hatte, dass ich kriechend hindurch passte, schlüpfte ich hinein. Ich befand mich in einem Bergwerksstollen, der hoch genug war, dass ich darin stehen konnte. Da ich kein Licht bei mir hatte, konnte ich mich nicht weiter in den Gang hineinwagen, aber ich konnte sehen, dass sich an den Eingang eine geräumige Höhle anschloss.

Ich war überglücklich. Das war ein idealer Platz, um Vorräte für den Winter zu lagern, und auf dem Plateau vor dem Bergwerkseingang konnte ich meine Klause errichten. Ich schichtete die Felsbrocken wieder so vor den Eingang, dass er völlig verdeckt war. Noch am gleichen Tag kam ich mit einer Fackel zurück, um die Gänge des alten Bergwerkes genauer zu untersuchen. Ich fand ein weit verzweigtes Labyrinth von Gängen, die man zum Teil nur gebückt passieren konnte. Dazwischen gab es einige größere Kammern, die mehr als mannshoch aus dem Gestein herausgehauen waren. Den Mittelpunkt des Bergwerkes bildete ein großer zentraler Raum, in dem die Arbeiter einige mächtige Säulen des Gesteins als Stützen hatten stehen lassen. Der Hauptgang führte in seinem letzten Abschnitt steil nach oben und endete in einem Brunnenschacht. Die Mündung des Ganges lag etwa sechs Fuß über dem Wasserspiegel des Schachtes. Sah man von hier aus nach oben, dann konnte man sehen, dass der Brunnenschacht nach etwa 25 Fuß das Tageslicht erreichte. Meine späteren Nachforschungen ergaben, dass der Schacht zu einer verlassenen römischen Bergfestung auf dem Hohen Fels gehörte.

In den folgenden Tagen begann ich, alles verwertbare Baumaterial aus meiner alten Behausung abzubauen und zu meiner neuen Bleibe zu transportieren. Die Männer aus dem Dorf liehen mir Werkzeug, und einige schenkten mir sogar Holzbretter, die sie übrig hatten. Von dem verlassenen Bergwerk erzählte ich jedoch niemand. Meine Klause baute ich direkt vor den Eingang des alten Bergwerkes, so dass ich durch eine verborgene Öffnung an der hinteren Wand der Hütte in den Stollen gelangen konnte. Außen füllte ich die Lücke zwischen meiner Hütte und dem Eingang zum Bergwerk mit Erde und Felsbrocken auf. Auf diese Weise hatte ich mir einen geheimen Zufluchtsort geschaffen, in den ich mich bei Gefahr durch wilde Tiere, fremde Krieger oder Räuber zurückziehen konnte.

Trotz der vielen Arbeit an meiner Klause stieg ich an jedem zweiten Tag hinab ins Dorf, um an den Freuden und Nöten der Menschen teilzuhaben. Immer häufiger schickte man Boten zu mir, wenn meine medizinische Hilfe erforderlich war. Meine Versuche, den Menschen den christlichen Glauben näherzubringen, erwiesen sich jedoch noch immer als schwierig, da die Dorfältesten an ihrem alten Glauben festhielten.

Nach einem milden Herbst, der es mir erlaubte, einige Vorräte anzusammeln, brach der Winter mit großer Härte aus. Stürme, Eis und Schnee brachten große Not über die Menschen im Dorf. Ich half, wo ich nur konnte, und erwarb mir so die Achtung der Menschen im Dorf.

So vergingen vier Jahre. Ich beobachtete mit Sorge, wie das Leben der Dorfgemeinschaft immer schwieriger wurde, denn die Ausbeute an verwertbarem Erz aus den Bergwerken wurde immer geringer. Einige der jüngeren Männer sahen sich gezwungen, das Dorf zu verlassen, um sich bei Bauern als Knechte zu verdingen. Andere ließen sich als Kriegsknechte im nahe gelegenen Burgunderreich am Fluss Rhenus anwerben. Sie verbreiteten meinen Ruf als Medicus in der ganzen Gegend, die dem Mons Jovis vorgelagert ist.

Oft musste ich anstrengende Wege zurücklegen, wenn ich zu Kranken gerufen wurde. Eine große Erleichterung war es, als mir ein wohlhabender Bauer zum Dank für die Heilung seines kranken Sohnes einen Esel schenkte. Nun konnte ich auch weite Strecken schneller zurücklegen. Im Jahr 420 Anno Domini versetzte eine Bande von Räubern und Dieben die ganze Gegend in Angst und Schrecken. So wurde ich eines Tages zum kleinen Gehöft eines Bauern gerufen, wo die Räuber gewütet hatten. Seine Familie hatte noch rechtzeitig vor dem Anrücken der Räuber in ein Versteck im Wald fliehen können. Der Bauer jedoch hatte versucht, seinen Hof mit Hilfe von zwei Knechten zu verteidigen. Die Räuber töteten die beiden Knechte und plünderten und verwüsteten das Anwesen. Der Bauer überlebte den Angriff wie durch ein Wunder schwer verletzt. Als ich auf dem Hof ankam, fand ich den Bauern mehr tot als lebendig. Ich reinigte seine Wunden mit einem Kräutersud und verband sie. Seinen gebrochen Arm konnte ich in einer schmerzhaften Prozedur wieder ausrichten und bandagieren. Für eine Woche blieb ich auf dem Hof und half der Familie, die Toten zu begraben und die schlimmsten Zerstörungen zu beheben. Nachdem sich der Zustand des Bauern gebessert hatte, gab ich Anweisungen für seine weitere Pflege und machte mich auf den Rückweg.

Ich verließ den Bauernhof gegen Abend, denn ich wollte die Vollmondnacht für meinen Rückweg nutzen, da ich hoffte, so vor einem Zusammentreffen mit den Räubern sicherer zu sein.

Es muss gegen Mitternacht gewesen sein, als ich plötzlich in einiger Entfernung wildes Geschrei und Kampfgetümmel hörte. Ich erschrak sehr, denn ich war wie immer ohne Waffe unterwegs. Das einzige, was ich zu meiner Verteidigung hatte, war ein dicker Knüppel, mit dem ich mich gegen wilde Tiere zur Wehr setzen konnte. Trotzdem band ich meinen Esel an einen Baum und schlich in die Richtung, aus der das Geschrei und das Waffengeklirre zu hören war. Schließlich sah ich im Schein des Vollmondes die Kämpfer direkt vor mir.

Ein gewaltiger Hüne in voller Rüstung wurde von mehreren Angreifern attackiert. Den Angreifern war es wohl gelungen, den Ritter mit einem Seil von seinem Schlachtross zu ziehen, doch dieser hatte den Kampf gegen die Überzahl seiner Widersacher aufgenommen. Ich sah zwei Männer reglos am Boden liegen, drei weitere stürmten von allen Seiten auf den Recken ein. Obwohl der Ritter von einem Pfeil im Rücken unterhalb seines Nackenschutzes schwer getroffen zu sein schien, wehrte er sich mit gewaltigen Schwerthieben erfolgreich gegen seine Angreifer. Schließlich gelang es ihm, einen weiteren Mann mit einem furchtbaren Stoß seines Schwertes niederzustrecken. Dem entriss er sogleich den Morgenstern, mit dem dieser ihn zuvor attackiert hatte. Nun wendete sich der Kampf zum Vorteil des Ritters. Mit dem Morgenstern in der linken Hand konnte er seine Angreifer auf Distanz halten, und mit präzise geführten Schwerthieben seiner Rechten erschlug er die beiden letzten Gegner.

Kaum war dies geschehen, da sank er erschöpft auf die Knie und brach schließlich völlig zusammen. Eine furchtbare Stille lag mit einem Mal über dem Platz, auf dem gerade noch ein tödlicher Kampf getobt hatte.

Nach kurzem Zögern wagte ich mich aus dem Dunkel meines Versteckes heraus und schlich zu dem Recken, der bäuchlings auf dem Boden lag. Ich näherte mich ihm mit größter Vorsicht, denn ich befürchtete, dass er mich für einen weiteren Angreifer halten könnte. Doch er rührte sich nicht. Nur sein röchelnder Atem war zu hören. Der Pfeil musste ihn schwer verletzt haben. Wie es schien, hatte er mit ungeheurer Willenskraft im Kampf durchgehalten, bis er den letzten seiner Feinde geschlagen hatte. Nun war seine Widerstandskraft gebrochen, und er lag hilflos vor mir auf dem Boden.

Bevor ich ihm helfen konnte, schaute ich jedoch auch nach den anderen Männern. Keiner von ihnen war mehr am Leben. Erst jetzt erkannte ich, dass einer der beiden, die bereits am Boden gelegen hatten, bevor ich den Kampf beobachtet hatte, kein Angreifer gewesen war. Das Wappen auf seiner Kleidung wies ihn als Diener des Ritters aus. Es war das Drachenwappen von Burgund.

Nun erst wurde ich auf eine ganze Gruppe von Maultieren aufmerksam, die in einiger Entfernung grasten. Etwas abseits davon stand das Streitross des Ritters. Sechs Maultiere waren mit kostbaren ledernen Säcken bepackt. Vier weitere waren vor Karren gespannt, die ebenfalls mit solchen Ledersäcken beladen waren. Alle Ledersäcke waren an ihrem Verschluss versiegelt. Bei den Maultieren stand ein Pferd, das einen Sattel trug. Es war wohl das Reittier des getöteten Dieners gewesen.

Ich fasste nun den Plan, die Ladung eines Karrens auf das Pferd des getöteten Dieners umzuladen und den verletzten Ritter mit dem Lastkarren zu meiner Klause zu bringen. Nur mit größter Mühe gelang es mir, den Hünen auf die niedrige Lastkarre zu ziehen. Ich bettete ihn auf zwei Schaffelle, die ich bei meinen Reisen immer mit mir führte. Das Streitross band ich mit dem Zügel hinter der Karre fest. Mit dem langen Seil, das die Angreifer benutzt hatten, um den Ritter aus dem Sattel zu ziehen, band ich die Maultiere hintereinander. So ritt ich nun auf meinem Esel dem ganzen Zug voraus. Glücklicherweise folgten mir die Tiere willig, und wir gelangten noch vor Morgengrauen zu meiner Klause, ohne dass der ungewöhnliche Zug von jemandem bemerkt worden wäre.

Der Ritter befand sich noch immer in einem tiefen schlafähnlichen Zustand. Ich zog die Lastkarre, auf der er lag, bis zum Eingang meiner Behausung, löste alle Teile seiner Rüstung und hob ihn auf eine Holzpritsche, so dass ich ihn darauf in die Hütte schaf-

fen konnte. Anschließend befreite ich die Maultiere von ihrer Last und trug die Ledersäcke durch meinen geheimen Zugang ins Bergwerk. Die Tiere führte ich zu einer von Büschen und Dornengestrüpp umgebenen kleinen Lichtung in der Nähe meiner Klause, wo sie grasen konnten. Nun endlich wollte ich mich um die Verletzung des Ritters kümmern.

Als ich in die Hütte zurückkam, bemerkte ich, dass er aus seiner Bewusstlosigkeit erwacht war. Nun erst sah ich, dass er eine Augenklappe trug. Der Hüne musste wohl vor langer Zeit im Kampf ein Auge verloren haben. Er versuchte sich aufzurichten, was ihm jedoch nicht gelang. Ich konnte mich ihm also gefahrlos nähern und nannte ihm meinen Namen. Mit schwacher Stimme fragte er mich, ob ich der bekannte Medicus sei, von dem man überall sprach. Ich war verwundert, dass er von mir gehört hatte, und bejahte seine Frage.

In knappen Worten erklärte ich ihm, was sich seit dem Kampf zugetragen hatte, was mit seinem Diener geschehen war und wie er hierher gekommen war. Ich sagte ihm auch, dass ich mich um die Versorgung seines Streitrosses und der Lasttiere gekümmert hatte und dass seine Waffen und alles Gepäck, mit dem die Maultiere beladen waren, sich an einem sicheren Ort befänden. Er hörte mich stumm an, und nachdem ich geendet hatte, dankte er mir für meine Hilfe. Nun wagte ich es, ihn nach seinem Namen zu fragen. Er nannte sich Hagen von Tronje (Troneg), Berater und Gefolgsmann des Königs Gunther von Burgund.

Ich erschrak, denn ich hatte schon viel von diesem heldenhaften Kämpfer reden gehört. Als er mich frag-

te, ob ich in der Lage wäre, ihm den Pfeil aus seinem Rücken zu entfernen, sagte ich ihm, dass dafür eine schmerzhafte und gefährliche Operation erforderlich sei. Daraufhin erklärte er mir, Schmerz könne ihm nichts anhaben, ich solle ihm jedoch zuvor aus der Satteltasche seines Streitrosses einen Weinschlauch holen. Ich tat, wie mir befohlen, und nachdem er in großen Schlucken aus dem Weinschlauch getrunken hatte, bat er mich, unverzüglich mit der Operation zu beginnen.

Der Pfeil steckte tief in seinem Rücken. Da die Pfeilspitze, wie ich vermutet hatte, mit scharfen Widerhaken ausgestattet war, musste ich sie in einer Operation entfernen. Wie ich es bei Honoratus gelernt hatte, bereitete ich auf meiner Feuerstelle einen Kessel mit heißem Wasser, schärfte das kleinen Messer, das ich seit meiner Flucht aus dem Lager der Gotonen immer bei mir trug, und reinigte es gründlich in dem heißen Wasser. Auch die Stelle, wo der Pfeil steckte, reinigte ich vorsichtig von Schmutz und dem ausgetretenen Blut. Nun begann ich die Stelle, an der der Pfeil eingedrungen war, mit zwei Schnitten zu erweitern, bis ich den Pfeil mitsamt der Pfeilspitze entfernen konnte. Die stark blutende Wunde bestrich ich mit einem Kräutersud aus Kamille und Salbei und verschloss sie mit mehreren Nähten, wie es mir Honoratus gezeigt hatte. So gelang es, die starke Blutung, die nach der Entfernung der Pfeilspitze eingesetzt hatte, allmählich zu beruhigen.

Nachdem ich die Operation beendet hatte, fiel der Ritter in einen tiefen Schlaf. Die Nacht blieb ruhig, und auch ich kam nach den vielen Mühen des Tages und der vorausgegangenen Nacht endlich zur Ruhe.

Als ich am nächsten Morgen nach dem Ritter sah, stellte ich fest, dass er im Fieber lag. Sein mächtiger Körper zitterte, und seine Kräfte schienen ihn verlassen zu haben. Der Kampf gegen das Fieber dauerte zwei Tage und zwei Nächte, in denen ich ihn nach Kräften pflegte, seine Wunde versorgte, ihm Nahrung einflößte und ihm Heilmittel verabreichte, die ich aus den Kräutern des Waldes herstellte. Endlich beruhigte sich das Fieber, und der Zustand des Ritters verbesserte sich zusehends.

Nach zwei weiteren Tagen war die Genesung des Ritters so weit fortgeschritten, dass er von seinem Lager aufstehen konnte. Als erstes wollte er nun nach seinem Streitross sehen und es versorgen. Anschließend fragte er mich, wo sich seine Waffen, seine Rüstung und die gesamte Ladung befänden, die die Lasttiere getragen hatten. Als ich die geheime Wand öffnete, die den Eingang zum Bergwerk verdeckte, war er sehr überrascht. Ich zeigte ihm, wo ich alles gelagert hatte, und beschrieb ihm die weitläufige Beschaffenheit des Bergwerkes.

Als ich geendet hatte, wurde er sehr nachdenklich und ernst. Er fragte mich, wer außer mir von dem Bergwerk wüsste. Ich erklärte ihm, dass ich bisher niemandem von dem Bergwerk erzählt hatte, und bat ihn deshalb, dieses Geheimnis ebenfalls zu wahren. Er nickte und versprach es mit einem feierlichen Eid. Nun prüfte der Ritter die versiegelten Verschlüsse der Ledersäcke und fand alle Siegel unversehrt. Er dankte mir erneut für meine selbstlose Hilfe und erklärte mir, er wolle mir ebenfalls ein Geheimnis anvertrauen. Ich musste ihm bei meinem Leben schwören, dieses Geheimnis mit niemandem zu teilen. Er nahm einen der Ledersäcke, brach das Siegel auf und öffnete den Verschluss.

Unwillkürlich wich ich bei dem Anblick des Inhalts einen Schritt zurück. Goldene, mit Edelsteinen geschmückte Geschmeide, kostbare goldene und silberne Trinkgefäße, goldene Münzen und kostbares Tafelgeschirr aus Gold und Silber funkelten mir entgegen. Er erklärte mir, dass auch die anderen Lederbehälter mit Gold, Silber und Kostbarkeiten aller Art gefüllt wären. Er sei vom König von Burgund beauftragt, diesen Schatz wegen einer Verschwörung am Königshof in Sicherheit zu bringen. Er habe sich auf dem Weg zu seiner heimatlichen Burg Troneg (Dhronecken im Hunsrück) befunden, als er in jener Nacht von den Räubern überfallen worden war. Den Schatz habe er dort im tiefsten Burgkeller seiner Burg verbergen wollen, bis die Verschwörung gebannt war. Dies hatte ihm der Burgunderkönig Gunther aufgetragen.

Nach den Ereignissen jener Nacht habe er diesen Plan jedoch verworfen. Er bat mich, den Schatz in einer der Seitenkammern des Bergwerkes für ihn aufzubewahren und den Eingang in die Kammer sicher zu verbergen. Dafür und für meine Hilfe, ohne die er sein Leben verloren hätte, versprach er mir zum Dank den Inhalt von drei Lederbehältern. Ich war bereit, den Schatz für ihn zu verwahren, doch das Geschenk wollte ich nicht annehmen. Da schlug er mir vor, das Geschenk für die Unterstützung von Armen und Kranken zu verwenden, wenn ich es nicht für mich wollte. Hier willigte ich gerne ein.

Nun wurde der Ritter plötzlich sehr ernst. Er zog einen Goldring aus einem kleinen Beutel, den er an seinem Gürtel getragen hatte, und sprach: „Dies ist der Ring ‚Andvaranaut'. Er verleiht Reichtum und Macht, doch wer ihn erwirbt, dem bringt er den Tod. Auch mir hat er vor wenigen Tagen beinahe den Tod gebracht. Nimm ihn in deine Obhut, aber nutze niemals seine Fähigkeit!" Da mir Reichtum und Macht nichts bedeuteten, hatte ich keine Angst, den Ring für den Ritter in Verwahrung zu nehmen.

Nun schwor auch ich dem Ritter einen heiligen Eid, über alles, was er mir anvertraut hatte, absolutes Stillschweigen zu wahren und den Hort zu hüten, bis er ihn von mir zurückfordern würde.

Obwohl noch nicht vollständig genesen, machte sich der Ritter am Morgen des nächsten Tages auf den Weg zurück nach Worms ins Burgunderreich. Damals ahnte ich nicht, dass ich ihn niemals wiedersehen würde.

In den folgenden Wochen brachte ich den Hort in eine geeignete Seitenkammer des Bergwerkes. Die Kammer war groß genug, um den Schatz aufzunehmen. Dem Ring Andvaranaut gab ich in einer Nische an einer Seite des Raumes einen besonderen Platz. Neben dem Zugang zur Kammer lagerte eine gewaltige Menge von Bruchsteinen, die die Bergleute zurückgelassen hatten. Diesen Berg von Bruchsteinen verlagerte ich nun nach und nach vor den Eingang, bis dieser vollständig verborgen war. Den Teil, den mir der Ritter zum Geschenk gemacht hatte, brachte ich in einen ähnlich beschaffenen Raum, der aber deutlich kleiner war. Auch den Zugang zu diesem Raum verbarg ich sorgfältig.

Von nun an veränderte sich mein Leben vollständig. Ich fühlte die Verpflichtung, mit dem reichen Geschenk des Ritters Gutes zu bewirken. Die Nöte der einfachen Menschen kannte ich gut, ich wusste jedoch nicht, wie ich die kostbaren Geschmeide zum Nutzen der Menschen verwerten konnte.

Da erinnerte ich mich daran, dass es in der Stadt Mogontiacum (Mainz), die ich aus meiner Jugend kannte, viele jüdische Händler gab. Ihnen konnte ich die goldenen Kostbarkeiten und Geschmeide zum Kauf anbieten. Mit dem Erlös würde es mir dann möglich sein, ein Haus für Arme und Kranke errichten zu lassen, wie es Honoratus auf der Insel geschaffen hatte.

Wenige Tage später machte ich mich auf den Weg nach Mogontiacum. Von meinem Anteil nahm ich nur wenige Stücke mit, einen goldenen Pokal, zwei goldene Trinkbecher und ein mit Edelsteinen besetztes Armband. In Mogontiacum hörte ich von einem jüdischen Händler, der über beste Geschäftsverbindungen in alle großen Ansiedlungen entlang des Flusses Rhenus verfügte. An ihn wandte ich mich mit meinen Kostbarkeiten. Der Händler war sehr freundlich und staunte über die große Handwerkskunst, mit der die Stücke gefertigt waren. Er gab mir dafür zwei Lederbeutel mit Gold- und Silbermünzen. Von nun an kam ich zweimal in jedem Jahr zu ihm und verkaufte ihm Stücke aus meinem Anteil des Hortes.

Nach meiner Rückkehr unterbreitete ich dem Dorfältesten aus dem Dorf am Fuße des Mons Jovis meinen Plan zum Bau eines Armen- und Krankenhauses. Er sagte mir seine Unterstützung zu und wies mir einen geeigneten Platz zur Errichtung des Gebäudes am Rande des Dorfes zu. Meine Erfahrungen, die ich beim Bau der Anlage des Honoratus auf der Insel gesammelt hatte, und meine Kenntnisse im Bauhandwerk erwiesen sich als sehr nützlich. Ich beschäftigte Handwerker aus der ganzen Umgebung, und so konnte der Bau innerhalb eines Jahres fertiggestellt werden.

Sehr bald erkannte ich, dass meine Klause im Wald überflüssig geworden war, denn meine Arbeit im Armen- und Krankenhaus erforderte meine Anwesenheit bei Tag und Nacht. Ich baute deshalb die Waldklause ab und verschloss den Eingang zum Bergwerk mit Felsblöcken, Geröll und Erde, so dass er von außen nicht mehr zu erkennen war. Meinen Anteil am Hort hatte ich zuvor im Schutz einer dunklen Neumondnacht in ein sicheres Versteck im Kellergewölbe des Armenhauses gebracht.

Die Kunde von meinem Haus für Arme und Kranke verbreitete sich schnell. Aus der ganzen Gegend kamen Not leidende und kranke Menschen zu mir. Die vielen Aufgaben zur Versorgung der Kranken konnte ich schon nach kurzer Zeit nicht mehr alleine bewältigen. Bald fand ich jedoch junge Männer aus dem Dorf und der Umgebung, denen ich meine Kenntnisse in der Heilkunde weitergab. Sie halfen mir bei der Behandlung der Kranken.

Die körperlichen Leiden der Menschen konnte ich zwar lindern, doch noch immer glaubten die meisten an ihre heidnischen Götter, deren Zorn sie fürchteten. Aus diesem Grund beschloss ich, ein starkes Zeichen für meinen christlichen Glauben zu setzen. Ich kannte die Plätze, wo die Dorfbewohner ihre heidnischen Rituale abhielten. Einer davon war ein gewaltiger Felsblock, den sie den Stein des Donar nannten. Er lag auf einer kleinen Lichtung in einem Eichenhain. Sie erzählten sich, der Donnergott habe den riesigen Felsquader im Zorn dorthin geschleudert und damit die Erde zum Beben gebracht. An mehreren Tagen im Jahr wurden dem Gott dort blutige Opfer dargebracht, um ihn gnädig zu stimmen. Unweit dieses Platzes wollte ich eine Kirche errichten lassen.

Als die Menschen von meinem Plan hörten, entstand ein Streit unter ihnen, denn viele fürchteten Donars Rache. Nur mit größter Geduld und Überredungskunst gelang es mir, ihr Vertrauen zu gewinnen, so dass ich mit dem Bau beginnen konnte.

Im Sommer Anno Domini 424 war der Bau der kleinen Kirche vollendet. Zur Weihe der Kirche lud ich alle Bewohner der umliegenden Dörfer zu einem großen Fest ein, und alle, Frauen, Männer, Alte, Junge und Kinder, kamen und feierten mit mir. In einer feierlichen Zeremonie weihte ich das kleine Gotteshaus dem Apostel Petrus. Als sich der schöne Sommertag seinem Ende zuneigte, stellte ich mich auf ein erhöhtes Podest vor der Kirche und hielt eine Predigt. Kurz vor dem Ende meiner Predigt tauchte die untergehende Sonne die kleine Kirche in ein wunderbar strahlendes Licht. Da ging ein Raunen durch die Menge meiner

Zuhörer, das nach und nach zu einem gewaltigen Jubel anschwoll. Es war ein großartiger Augenblick, der mir die Herzen der Menschen für das Christentum erschloss.

In den folgenden Jahren gelang es mir, viele Menschen zum Christentum zu bekehren. Junge Männer schlossen sich mir an, die nach meinem Vorbild leben wollten. So beschloss ich, auf einer Bergkuppe nördlich des Baches Isina (Eisbach) eine Klosteranlage zu bauen. Mit Hilfe meiner Mitbrüder wuchs der Bau des Klosters schnell und konnte Anno Domini 427 eingeweiht werden. Er bot Platz für mich und fünfzehn Mitbrüder und wurde zu einem Zentrum des christlichen Glaubens für die ganze Region.

Nach der Vollendung des Klosters blieb mir noch immer weit mehr als die Hälfte von meinem Anteil am Schatz. Da sich das Armen- und Krankenhaus, das ich zuerst gebaut hatte, inzwischen sehr bewährt hatte, beschloss ich, auch in anderen großen Ansiedlungen solche Häuser errichten zu lassen. Meine Mitbrüder unterstützten mich nach Kräften bei diesem Vorhaben. Nach der Fertigstellung übertrug ich den Fähigsten von ihnen die Leitung dieser Häuser.

Heute, am Osterfest Anno Domini 445, lege ich nun den Grundstein zum fünften Armen- und Krankenhaus in der Ansiedlung Isenberg, die unterhalb unseres Klosters gelegen ist. Mit großer Freude, aber auch mit Demut danke ich Gott für die Gnade, dass ich mit dem fluchbeladenen Gold so viel Gutes bewirken durfte. Ja, fluchbeladen war das Gold, das mir Hagen von Tronje vor so vielen Jahren anvertraut hatte. Damals ahnte ich nichts von der Herkunft des Goldes. Viel später erst erreichte mich die Kunde von all dem, was sich am Burgunderhof zugetragen hatte. Es war das Drachengold, das Siegfried von Xanten aus den Klauen des Drachen erbeutet hatte. Es hat ihm den Tod gebracht. Hagen selbst war es gewesen, der den Helden hinterrücks getötet hat. Kriemhild, Siegfrieds Frau und Schwester der Könige von Burgund, wollte mit dem Hort Hass und Vernichtung säen, um den Tod ihres Mannes zu rächen. Dies war der Grund, warum Hagen ihr den Hort nahm. Und nun, viele Jahre später, verbreitet sich die Nachricht, dass Hagen von Tronje in einem fernen Land am Fluss Danuvius gefallen ist. Mit ihm sollen auch König Gunther und das gesamte Heer der Burgunder in einer furchtbaren Schlacht von den Hunnen vernichtet worden sein. Bis zu seinem Tod hat Hagen stets verkündet, er habe das Gold im Flusse Rhenus für immer versenkt. Selbst im Angesicht des Todes hat er das wahre Versteck des Schatzes nicht preisgegeben. Auch ich will das Geheimnis für immer wahren, denn der Fluch des Drachengoldes soll für immer gebannt sein.

Oh ihr Verblendeten, seht her, welcher Segen vom Gold ausgeht, wenn es zum Wohl der Menschen eingesetzt wird. Doch wenn Gier nach Macht die Menschen leitet, dann wird das Gold zur Geißel. Voller Dankbarkeit, o Gott, schaue ich nun als alter Mann auf die Arbeit meines Lebens zurück. Mit deiner Hilfe, o Herr, konnte ich den Menschen neue Hoffnung geben. Möge auch dieses neue Haus den Menschen in deinem Namen Zuflucht in diesen unruhigen Zeiten bieten.

Die Chronik meines Lebens versenke ich nun im Grundstein dieses Hauses, damit sie dereinst in ferner Zukunft den Menschen Zeugnis gebe von deiner großen Güte, o Herr. Das Gold des Drachen wurde durch den Beistand unseres Herrn, Jesus Christus, zum Heil der Not leidenden Menschen. Deshalb schmücken mein Wappen und der burgundische Drache diesen Grundstein.

Anno Domini 445
Valerianus aus Argentoratum

Lucas war wie erschlagen von dem, was er da gerade gelesen hatte. Er konnte es noch nicht fassen, dass es nun nicht mehr alleine um eine historisch interessante Lebensbeschreibung eines Heiligen aus dem 5. Jahrhundert ging, sondern um den sagenhaften Schatz der Nibelungen.[1]

Dass Sagen meistens auch einen wahren Kern besitzen, hatte er im Deutschunterricht gelernt. Dieser Kern bestand dabei beispielsweise aus historischen Personen oder aus Orten, an denen sich die sagenhafte Begebenheit zugetragen haben soll. Das war aber meist auch schon alles, was eine Sage an realem Kern enthielt.

Aus einem Buch, das ihm sein Vater geschenkt hatte, kannte er jedoch auch die Lebensgeschichte des Kaufmanns und Archäologen Heinrich Schliemann,

---

[1] Eine Kurzfassung der Nibelungensage findest du auf Seite 252.

dem es gelungen war, die sagenhafte Stadt Troja zu finden. Schliemann hatte nach Überresten Trojas gesucht, obwohl zu seiner Zeit niemand an die Existenz dieses Schauplatzes von Homers Ilias geglaubt hatte.

Auch nach dem Hort der Nibelungen suchten Hobbyschatzsucher immer wieder. Aber die wurden allenfalls belächelt. Und nun sollte da doch etwas dran sein? Der Schatz der Nibelungen, versteckt in einem uralten Erzbergwerk? Das wäre ja wirklich eine absolute Sensation, wie sein Vater in seiner E-Mail geschrieben hatte. Er verstand nun nur zu gut, warum ihn sein Vater gebeten hatte, das Dokument geheim zu halten.

Was sein Vater allerdings nicht wusste, war, dass die Originale der Pergamentrollen inzwischen den Besitzer gewechselt hatten. Während Kressler sich für den Text ja nicht im Geringsten interessiert hatte, war Gerwald da völlig anders einzuschätzen. Lucas erinnerte sich an das feine Lächeln, das um Gerwalds Mund gespielt hatte, während er die Pergamentrollen genau angeschaut hatte. Das hatte doch so ausgesehen, als ob er geahnt hätte, was er da in seinen Händen hielt. Hatte er nicht auch noch von einem Freund vom Denkmalschutzamt gesprochen, der den Text übersetzen sollte? An Geheimhaltung war da wohl kaum noch zu denken. Es war nur die Frage, wer mit diesen Informationen in der Lage war, als erster den Schatz zu finden.

Lucas versuchte seine Gedanken zu sortieren, indem er den Text noch einmal durchging. Er schaute sich besonders die Textstellen an, in denen Valerian etwas über Orte geschrieben hatte, die Hinweise gaben, wo sich das Bergwerk befand. Auf einem Notizblock, den Lilo in ihrer Küche liegen hatte, machte er sich Notizen über verwertbare Angaben. Er notierte sich:

- Valerian baut erste behelfsmäßige Hütte im Wald oberhalb eines Dorfes im Südwesten eines großen Bergmassives;
- Dorfbewohner sind Bergleute, die in Bergwerken Erz abbauten;
- das Bergmassiv heißt Mons Jovis;
- Valerian findet Platz für feste Behausung oberhalb seiner bisherigen Hütte;
- Platz ist in der Nähe von drei Felsblöcken;
- neben dem größten Felsblock kleines Plateau, davor steiler Abhang;
- breite Vertiefung, wie ein Becken geformt, drei Fuß über dem Boden des größten Felsen;
- neben größtem Felsblock sind kleinere Felsbrocken aufgeschichtet, dahinter Eingang zum Bergwerk;

Weiter kam er nicht, denn plötzlich schrillte die Türglocke. Jemand läutete Sturm. Lucas schaute auf seine Uhr und erschrak. Während er den Text gelesen hatte, hatte er alles um sich herum vergessen, und nun war es schon kurz nach 11 Uhr. Das waren sicher Marie und Paul, die seit halb zehn auf ihn gewartet hatten. Er sprintete zur Tür und machte sich beim Öffnen schon auf den Ärger der beiden gefasst.

„Na, auch schon ausgeschlafen?", fragte Marie schnippisch.

„Tut mir leid, ihr habt bestimmt schon eine Weile auf mich gewartet", sagte Lucas etwas zerknirscht. „Kommt rein, ich hab euch 'ne Menge zu erzählen."

„Na, dann streng dich mal an", motzte Paul. „Das muss jetzt aber was richtig Spannendes sein, damit wir dir die Warterei verzeihen."

„Aber jetzt sag mal zuerst, wo du gestern Abend gesteckt hast", wollte Marie wissen. „Wir haben uns richtig Sorgen um dich gemacht."

Lucas erzählte den beiden in aller Kürze, wie er Kressler und Gerwald auf der Baustelle belauscht hatte und von Gerwald festgehalten worden war.

„Da hast du ja noch mal Schwein gehabt", sagte Marie. „Ich glaube, der Gerwald kann ganz schön unangenehm werden."

„Den Eindruck hatte ich allerdings auch", gab Lucas mit gequältem Lächeln zurück. „Aber eigentlich wollte ich euch was ganz anderes erzählen", fügte er gleich hinzu. „Mein Papa hat den lateinischen Text von Valerian übersetzt und hat ihn mir geschickt."

„Na, dann schieß mal los", sagte Paul. „Und denk dran, du wolltest etwas Spannendes erzählen."

„Wart's ab!", sagte Lucas mit bedeutungsvoller Miene. „Könnte sein, dass es dich vom Hocker haut. Aber bevor ich anfange, müsst ihr mir euer Ehrenwort geben, dass ihr das niemandem, aber auch wirklich niemandem weitererzählt."

„Mann, jetzt übertreib mal nicht so", nölte Marie, die Lucas' ewige Geheimniskrämerei nur noch nervtötend fand. „Aber kein Problem, mein Ehrenwort hast du."

„Meins auch!", rief Paul.

Lucas bemühte sich, die Lebensgeschichte von Valerian so kurz wie möglich zusammenzufassen. Erst als es um das Zusammentreffen mit Hagen von Tronje ging, wurde er etwas ausführlicher. Nachdem er mit seiner Erzählung zu Ende war, blieb es für einen Moment ganz still in Lilos Küche.

„Uuuff", stöhnte Paul nach einer Weile mit einem schiefen Lächeln im Gesicht auf. „Das muss ich erst mal verdauen! Du willst uns doch nicht allen Ernstes weismachen, dass es diesen Hagen von Tronje und den Nibelungenschatz wirklich gegeben hat. Das sind doch alles nur uralte Sagen. Geschichten, die sich die Menschen früher ausgedacht haben, wenn ihnen in langen Winternächten langweilig war."

„Seh' ich genauso", pflichtete ihm Marie bei. „Wir haben im letzten Schuljahr das Nibelungenlied im Unterricht besprochen. Daher weiß ich, dass sich diese Geschichte von Siegfried, König Gunter, Kriemhild und wie die alle hießen in Worms abgespielt haben soll. Und dieser Hagen von Tronje soll den riesigen Schatz der Nibelungen in den Rhein geworfen haben. Aber, wenn ich mich richtig erinnere, dann war das Einzige, was geschichtlich halbwegs belegt ist, dass es in Worms einmal ein Burgunderreich gegeben haben soll. Auch die Namen der Könige dieses Reiches klingen, glaube ich, so ähnlich wie die in der Sage. Der Rest ist reine Fantasie."

„Bis vor zwei Stunden hätte ich das genau so gesehen", sagte Lucas. „Aber ihr habt doch die Pergamentrollen selbst gesehen. Du hast sie aus dem Tongefäß herausgezogen, Marie. Glaubt ihr etwa, jemand hat sie dort versteckt, um sich einen Scherz zu erlauben? Für mich besteht kein Zweifel, dass die Pergamentrollen genau aus der Zeit stammen, in der sich die Ereignisse der Sage abgespielt haben. Alles passt perfekt zusammen. Übrigens habe ich noch nie so richtig verstanden, warum Hagen in der Sage den Schatz einfach so in den Rhein wirft."

„Tja, wenn ich so darüber nachdenke, dann würde ich einen solchen Schatz auch nicht in den Rhein werfen, sondern ihn lieber irgendwo sicher verstecken", stimmte ihm Paul zu.

„Genau!", sagte Lucas. „Da fällt mir wieder ein, dass Valerian schreibt, Hagen sei mit dem Schatz auf dem Weg zu seiner Burg Troneg gewesen, als er von den Räubern überfallen wurde.

„Burg Troneg, wo soll denn das sein?", unterbrach ihn Marie mit immer noch ziemlich skeptischem Geschichtsausdruck. „Schau doch mal nach, ob du im Internet irgendwas darüber findest. Würde mich interessieren, ob es diese Burg überhaupt gab und ob es möglich ist, dass dieser Hagen von Tronje auf seinem Weg dorthin hier in der Nähe vorbeigekommen ist."

„Okay, Augenblick, das haben wir gleich", sagte Lucas, der sich über Maries Zweifel langsam zu ärgern begann, und tippte kurz auf Lilos Rechner herum. „Also, hier steht, dass die Burg Dhronecken im Hunsrück früher Troneg hieß und dass sie mit Hagen von Tronje aus der Nibelungensage in Verbindung gebracht wird. Klingt schon mal vielversprechend. Mal sehen, ob ich die Burg auch auf einer Karte finde."

Wieder tippte Lucas aufgeregt auf dem Rechner herum.

„Seht euch das an!", rief er im nächsten Augenblick begeistert. „Hier finde ich die Burg Dhronecken. Und schaut her, wenn ich eine Fußgängerroute von Worms zur Burg abfrage, dann verläuft die hier ganz in der Nähe vorbei nach Westen."

„Okay, das passt ja wirklich alles ziemlich gut zusammen", gab Marie zu. „Aber ich verstehe nicht, warum Hagen den Schatz bei Valerian gelassen hat, anstatt ihn, wie ursprünglich beabsichtigt, zu seiner Burg zu bringen."

„Vielleicht erschien ihm der Weg zu seiner Burg nach seiner unangenehmen Begegnung mit den Räubern zu gefährlich, und außerdem war ja seine Verletzung noch nicht vollständig ausgeheilt", versuchte Lucas zu erklären.

„Oder er fand das Versteck im Bergwerk so perfekt, dass er sich entschlossen hat, den Schatz lieber im Bergwerk zu lassen", fügte Paul hinzu.

„Also gut, das kann ja alles so gewesen sein", sagte Marie. „Und, wie ich euch kenne, wollt ihr jetzt wohl schnell mal dieses absolut perfekte Versteck finden. Sehe ich das richtig?"

„Na klar!", rief Paul begeistert. „So 'ne coole Schatzsuche hab ich mir schon immer gewünscht!"

„Jetzt hört mal zu!", sagte Lucas ernst. „Die Originale der Pergamentrollen sind in der Hand von Gerwald. Es dauert sicher nicht lange, bis der genau Bescheid weiß, dass er damit den Schlüssel zu einem Sensationsfund in der Hand hat. Ich denke, er wird keinen Augenblick zögern und sich sofort auf die Suche machen. Sollte er den Nibelungenschatz vor uns finden, dann wird er alles auf dem Schwarzmarkt für antike

Kunstgegenstände verticken und Millionen scheffeln. So eine Chance lässt der sich garantiert nicht entgehen!"

„Okay, du hast recht", gab Marie zu. „Aber wo willst du denn suchen? Einen Schatzplan hat dieser heilige Valerian ja leider nicht dazugelegt."

„Nein, einen Schatzplan gibt es nicht, aber es gibt immerhin ein paar grobe Hinweise, wo sich das Bergwerk befindet", erklärte Lucas. „Bevor ihr gekommen seid, hatte ich damit begonnen, Ortsangaben, die im Text gemacht werden, auf Lilos Notizblock zu notieren."

Marie nahm den Notizblock, schaute sich Lucas' Notizen an und stöhnte enttäuscht auf.

„Oh Mann, viel ist das aber nicht gerade. Aber immerhin genügt sogar mein bisschen Latein, um ‚Mons Jovis' zu übersetzen. Mons heißt ‚Berg' und Jovis heißt ‚des Jupiter'".

„Bravo!", applaudierte Paul. „Nicht schlecht, und ich weiß von meinem Opa, dass mit ‚Mons Jovis' der Donnersberg gemeint ist. Die Römer haben ihm diesen Namen gegeben, als sie hier Truppen stationiert hatten. Die haben einfach für den germanischen Götterchef Donar ihren römischen Götterchef Jupiter eingesetzt. So wurde ‚Donars Berg' zu ‚Mons Jovis'."

„Okay, was haben wir denn noch?", sagte Marie und las auf Lucas' Zettel weiter. „Da steht etwas von einem Dorf der Bergleute im Südwesten des Bergmassivs. Lucas, kannst du mal auf Lilos Rechner eine Karte vom Donnersberg suchen? Vielleicht kommen wir so der Sache etwas näher."

„Augenblick", brummelte Lucas leise vor sich hin und hatte mit wenigen Klicks eine passende Karte aufgerufen. „Na bitte!", sagte er triumphierend. „Im Südwesten des Donnersberges soll das Dorf gewesen sein? Dann kann das eigentlich nur der Ort Imsbach sein."

„Hey genau, Imsbach!", rief Paul. „Erinnerst du dich, Marie, da sind wir doch an einem Wandertag am Ende der 5. Klasse mal gewesen. Wir waren dort in einem Bergbaumuseum und sogar in einem Bergwerk. Ich weiß noch, wir mussten alle solche Schutzhelme aufsetzen. War ziemlich cool!"

„Ja, jetzt, wo du es sagst, kann ich mich auch wieder erinnern", bestätigte Marie.

„Super, dann wissen wir doch jetzt schon 'ne ganze Menge", sagte Lucas begeistert. „Valerians Klause stand also am Südwesthang des Donnersberges im Wald oberhalb von Imsbach, und zwar auf einem Plateau vor einer Felsengruppe aus drei großen Felsblöcken."

„Und wie geht's jetzt weiter?", wollte Paul wissen.

„Tja, ich würde sagen, wir schwingen uns schleunigst auf unsere Fahrräder und fahren nach Imsbach", sagte Marie, die plötzlich auch vom Schatzfieber angesteckt worden zu sein schien.

„Moment", sagte Paul und tippte wild auf seinem Smartphone herum. „Ich hab hier eine Fahrstrecke von knapp zwanzig Kilometern. Wenn wir uns beeilen, können wir um halb drei dort sein."

„Von mir aus kann es gleich losgehen. Und wie sieht's mit euch aus?", fragte Lucas.

„Wir haben unsere Fahrräder vor dem Haus abgestellt und sind auch startklar", erwiderte Marie.

Die drei bedienten sich noch aus Lilos Brötchentüte und nahmen sich Proviant für die Tour mit. Den Zettel mit seinen Notizen verstaute Lucas für alle Fälle in seiner Hosentasche.

Zehn Minuten später saßen sie bereits auf ihren Rädern in Richtung Imsbach. Es war ein ruhiger, nicht allzu heißer Sommertag, ideal für eine Fahrradtour, und so kamen sie gut voran. Nur Lucas hatte mit Lilos antikem Fahrrad an den leichten Steigungen etwas zu kämpfen. Paul fuhr voraus und navigierte sie sicher mit seinem GPS-Gerät, das er in einer Halterung am Fahrrad befestigt hatte. Kurz nach halb drei kamen sie in Imsbach an und folgten dort den Hinweisschildern zum Bergbaumuseum.

Als sie ihre Räder vor dem Museum abstellten, kam gerade ein älterer Herr aus dem Museum heraus und schloss die Tür ab.

„Wenn ihr ins Museum wollt, muss ich euch leider enttäuschen, das Museum ist heute geschlossen", sprach er sie sofort an. „Ich bin heute nur zufällig hier, weil ich ein paar neue Ausstellungsstücke hergebracht habe."

„Na ja, eigentlich wollten wir schon ins Museum, weil wir uns über die Bergwerke in der Umgebung von Imsbach informieren wollen", sagte Marie. „Aber vielleicht können Sie uns ja einen Tipp geben, wo es hier Bergwerke zu sehen gibt."

„Oje, Bergwerke gibt es hier genug", begann der Mann zu erklären. „Hier am Donnersberg wird seit über 2000 Jahren nach Erzen gegraben. Erste Nachweise für Eisengewinnung hier in der Gegend gibt es sogar schon aus der Zeit um 500 vor Christus. Im Wald über Imsbach könnt ihr da so manches entdecken. Da gibt es zum Beispiel die Besucherbergwerke „Weiße Grube" und die „Grube Maria". Die sind allerdings beide nur mit einer Führung zugänglich.

Einen guten Eindruck bekommt ihr aber auch, wenn ihr einen von den Bergbauwanderwegen entlangwandert. Hier habe ich ein Infoblatt für euch, da sind die drei Bergbauwanderwege auf einer kleinen Karte eingezeichnet. Wenn ihr gut zu Fuß seid, dann könnt ihr einen davon heute noch schaffen."

„Oh, vielen Dank, sehr freundlich von Ihnen!", sagte Marie. „Das probieren wir auf jeden Fall mal aus."

„Na, dann viel Spaß, ihr drei!", lachte der ältere Herr und winkte ihnen zum Abschied freundlich zu.

Marie legte die Faltbroschüre mit dem kleinen Plan auf ihren Fahrradsattel, so dass sie alle drei die eingezeichneten Wanderrouten anschauen konnten.

„‚Kupferweg', das klingt interessant", meinte Paul. „Außerdem sehe ich da einige Erzgruben entlang der Wanderroute eingezeichnet."

„Oh Mann, das ist aber ein ganz schönes Stück zu wandern. Mir reicht für heute schon das Radfahren", meckerte Lucas.

„Jetzt stell dich bloß nicht so an!", wies ihn Marie energisch zurecht. „Du wolltest doch schließlich einen Schatz finden! Da wirst du doch nicht jetzt schon schlappmachen."

„Fangt bloß nicht an zu streiten", versuchte Paul zu schlichten. „Schaut lieber noch mal auf die Karte. Ich schlage vor, wir fahren bis zum Waldrand noch mit den Rädern und wandern von da aus los. Übrigens fände ich dann ein Picknick nicht schlecht, ich kriege nämlich langsam Hunger."

„Guter Vorschlag!", stimmten Marie und Lucas wie aus einem Munde zu und schwangen sich auf ihre Fahrräder.

Nach wenigen Minuten hatten sie den Waldrand erreicht und stellten dort ihre Räder ab. Der Wanderweg führte zunächst ohne allzu große Steigung allmählich bergauf und eröffnete immer wieder Ausblicke auf größere Felsformationen. Schon nach kurzer Zeit trafen sie auch auf erste Anzeichen des Bergbaus. Eingänge zu Stollen waren zu erkennen und große Halden von rötlich schimmerndem Geröll.

„Schaut euch das an, das ist ja ein ideales Übungsgelände für Mountainbiker!", rief Paul begeistert.

„Wieso hat man denn dieses Geröll hier aufgeschichtet?", wollte Marie wissen.

„Ich habe in der Faltbroschüre gelesen, dass es sich hier um den Abraum aus den Bergwerken handelt, also um Material, das für eine Verwertung nicht brauchbar war", erklärte Lucas. „Die rote Farbe des Gerölls deutet übrigens auf eisenhaltiges Gestein hin."

Nach einer Weile stieg der Weg merklich an und führte an wild zerklüfteten Felsformationen vorbei. Hin und wieder sah man Stollenöffnungen, die in den Felsen hineingehauen waren. Eingestürzte Bergwerksgänge bildeten regelrechte Trichter im Gelände, und ab und zu sah man Öffnungen, die wohl als Luftschächte gedient hatten.

Mit jedem Schritt boten sich den dreien neue, überraschende Einblicke in die atemberaubende Landschaft des Donnersberges.

„Weiß jemand von euch, woher die grüne Färbung des Gesteins dort oben an dem Stolleneingang kommt?", fragte Paul interessiert.

„Ich vermute, da hat ein riesiger grüner Drache gehaust, der musste sich immer durch den engen Eingang quetschen und hat sich dabei seinen grünen Schuppenpanzer an den Steinen abgerieben", blödelte Marie herum.

„Coole Erklärung!", lachte Lucas. „Aber in dem Faltblatt von dem älteren Herrn steht, dass das ein Zeichen für Kupfervorkommen ist. Ihr habt doch bestimmt auch schon mal Gebäude mit Kupferdächern gesehen. Die rotgold glänzende Oberfläche des Kupfers setzt mit der Zeit eine sogenannte Patina an, und die ist grün."

„Ja genau, ich hab das mal beim Dom in Speyer gesehen. Die Dächer der Türme und des Kirchenschiffes haben diese grüne Patina", bestätigte Marie.

„Moment mal, habt ihr das gehört?", fragte Paul plötzlich mit gespielter Angst. „Da hat doch gerade was geknurrt!"

„Sehr witzig!", sagte Marie etwas gequält. „Ich seh's dir doch an, dass du mal wieder Quatsch machst."

„Mensch, hört ihr das nicht?", prustete Paul nun los. „Mein Magen knurrt! Wenn ich jetzt nicht bald etwas zwischen die Kiemen kriege, werde ich zum wilden Drachen!"

„Okay! Hast mich überzeugt. Mir geht's genauso", lachte Lucas.

„Seht mal da drüben, der gefällte Baumstamm, der da am Weg liegt, der ist doch wie geschaffen für ein Picknick", schlug Marie vor.

Marie hatte recht, der Platz war ideal. Sie machten es sich auf dem Stamm gemütlich, packten ihre Brötchen und Trinkflaschen aus und stärkten sich erst einmal schweigend. Nach einer Weile sagte Lucas etwas nachdenklich:

„Das ist ja alles ganz interessant hier, aber eigentlich sind wir doch nicht hierhergekommen, um 'ne schöne Wanderung zu machen. Ehrlich gesagt habe ich nicht den geringsten Plan, wie wir Valerians Bergwerk finden können. Die Bergwerke, die hier an dieser Wanderroute eingezeichnet sind, sind sicherlich bereits bis in den letzten Winkel erforscht. Einen Schatz hat man dabei nicht gefunden. Der Eingang zu Valerians Bergwerk befindet sich also noch immer gut getarnt hier irgendwo im Wald, und zwar vermutlich abseits der üblichen Wege.

Alles, was wir wissen, ist, dass sich der Eingang an einem steilen Hang befindet, dass sich neben dem Eingang drei größere Felsen befinden, während der Eingang selbst mit kleineren Felsblöcken, Erde und Geröll verschlossen ist. Davor befindet sich ein Plateau, auf dem Valerian seine Klause stehen hatte. Das sind nicht gerade viele Anhaltspunkte. Es würde Wochen und Monate dauern, wenn man den ganzen Südwesthang des Berges systematisch danach durchsuchen wollte."

„Genauso sehe ich das auch", stimmte ihm Marie zu. „Aber leider bringt uns das keinen Schritt weiter. Wir brauchen eine Idee, wie wir die Suche besser und gezielter anpacken können."

Für ein paar Minuten waren alle drei ganz still und dachten angestrengt nach. Schließlich brach Paul das Schweigen.

„Also, wie wäre es denn, wenn wir die Suche aus der Vogelperspektive fortsetzen würden?", schlug er vor.

„Vogelperspektive? Wie meinst du das denn?", fragte Marie verwundert.

„Na ja, ich könnte meinen Quadrocopter für die Suche einsetzen. Der hat uns ja schon einmal gute Dienste geleistet", erklärte Paul.

„Na klar, das ist die Idee!", jubelte Lucas begeistert. „Dass ich darauf nicht selbst gekommen bin!"

„Ich will ja eure Begeisterung nicht ausbremsen, und eigentlich finde ich die Idee ja auch ziemlich gut, aber wie lange fliegt denn deine Drohne? Ich meine, wie lange hält denn der Akku von dem Teil durch?", fragte Marie.

„Genau, das ist ein Problem", gab Paul zu. „Die Flugzeit beträgt ungefähr fünfzehn bis zwanzig Minuten."

„Das bedeutet also, du kannst mit der Drohne nur ein eng begrenztes Gelände in dieser Zeit überfliegen", führte Lucas Pauls Ausführungen fort.

„Ja, genau", bestätigte Paul. „Wenn ich die Drohne in große Höhe aufsteigen lasse, kriege ich zwar den halben Donnersberg drauf, aber ich muss ja möglichst tief fliegen, damit die Kamera die Einzelheiten zwischen den Bäumen genau einfangen kann. Immerhin habe ich noch einen zweiten Akku, das heißt, wir haben insgesamt 'ne gute halbe Stunde Flugzeit."

„Na ja, das klingt doch nicht schlecht", meinte Marie. „Aber so ganz glücklich scheinst du mit der Sache trotzdem nicht zu sein, stimmt's?"

„Ja, du hast recht", bestätigte Paul. „Es gibt noch zwei weitere Probleme. Das erste ist die Reichweite. Mehr als 300 bis 400 Meter Luftlinie sind bei meiner Drohne nicht drin, und außerdem darf ich sie sowieso nur in Sichtweite fliegen. Zweitens könnte es passieren, dass der Funkkontakt abreißt, wenn ich versuche, immer möglichst nahe über den Baumwipfeln zu bleiben. Wenn's dumm läuft, könnte sie mir außer Kontrolle geraten."

„Wie ist das, wenn sie außer Reichweite gerät? Heißt das, dass die Drohne dann einfach abstürzt?", fragte Lucas.

„Nein, normalerweise schaltet sich rechtzeitig die Return-to-Home-Funktion ein, dann kommt die Drohne automatisch zum Ausgangspunkt zurück", antwortete Paul.

„Und wie sicher funktioniert das?", fragte Marie skeptisch.

„Solange Funkkontakt besteht, klappt das super", erklärte Paul.

„Na, dann haben wir doch für morgen einen Plan: Schatzsuche mit Drohne. Also, ich find' s cool", sagte Lucas.

„Klingt jedenfalls erfolgversprechender, als auf gut Glück im Wald rumzukriechen", meinte Marie.

„Und wie geht's heute weiter?", fragte Paul.

„Also, ich würde sagen, wir bleiben einfach auf dem Rundwanderweg", schlug Lucas vor, nachdem er auf die kleine Karte geschaut hatte. „Das ist auf jeden Fall kürzer, als umzudrehen und zurückzuwandern."

„Na dann, auf geht's Jungs!", kommandierte Marie.

Auch auf der restlichen Wegstrecke gab es immer wieder imposante Felsformationen zu bewundern, so dass sie es nicht bereuten, den Rundweg weitergegangen zu sein. Als sie bei ihren Fahrrädern ankamen, legten sie zunächst noch einmal eine kurze Rast ein, bevor sie die Heimfahrt antraten.

Lucas jammerte schon im Voraus ein bisschen über die Steigungen, die auf der Rückfahrt zu erwarten waren. Doch nach dem ersten schwierigen Streckenabschnitt überwogen die Gefällstrecken, so dass er mit den beiden anderen einigermaßen mithalten konnte.

„Wenn das Trainingsprogramm hier so weitergeht, dann kann ich demnächst beim ‚Ironman' an den Start gehen", keuchte Lucas erschöpft, als sie am frühen Abend in Eisenberg ankamen.

„Dann solltest du aber jetzt noch ein paar Runden Schwimmen dranhängen", erwiderte Paul spöttisch.

„Nein danke, für heute reicht's, ich kippe jetzt schon beinahe aus den Latschen", jammerte Lucas und ließ einen tiefen Seufzer hören.

„Tja, ganz schön schweißtreibende Angelegenheit, diese Schatzsucherei. Und wie ich die Sache sehe, geht's morgen genauso weiter, stimmt's?", fragte Marie.

„Na klar, so schnell geben wir schließlich nicht auf", versuchte Paul die beiden anderen etwas aufzubauen.

„Ich schlage vor, Marie und ich kommen morgen Vormittag wieder zu dir, Lucas. Ist das okay für dich?"

„Ja sicher, und du bringst deine Drohne mit, aber denk dran, die Akkus aufzuladen, sonst wird das morgen nichts!", sagte Lucas vorsorglich.

„Sonst noch Wünsche, der Herr?", fragte Paul schnippisch.

„Nein, das wär's fürs Erste", gab Lucas mit großspuriger Geste zurück. Die drei verabschiedeten sich voneinander und fuhren getrennt nach Hause.

Nachdem Lucas sein Fahrrad in der Garage abgestellt hatte, hörte er Lilo schon gut gelaunt in der Küche vor sich hin trällern.

„Bring misch häm in die Palz, weil mer's do so saugut gfallt ..."

„Oh nee, das darf jetzt aber nicht wahr sein! Hört sich so an, als ob Lilo heute einen Pfälzer Abend mit mir vorhat", dachte Lucas.

Während er sich zögernd der Küche näherte, ging Lilos „Gute-Laune-Programm" munter weiter:

„Mir sin die Tramps, Tramps, Tramps vun de Palz, uns steht 'es Wasser immer bis zum Hals ..."

„Na, das kann ja heiter werden", murmelte Lucas mit gequältem Gesichtsausdruck vor sich hin.

Als er in die Küche kam, besserte sich schlagartig seine Laune. Auf dem Küchentisch stand eine ganze Platte mit Dampfnudeln, und auf dem Herd köchelte ein Topf mit Kartoffelsuppe. Lilo war gerade dabei, Zwetschgenkompott für den Nachtisch zuzubereiten, und summte noch immer vor sich hin.

„Wow, das sieht ja mega-lecker aus!", jubelte Lucas.

„Tataaa, beste Dampfnudeln ever!", rief Lilo und hielt ihm die Platte mit den Dampfnudeln unter die Nase.

„Die sehen echt super aus!", sagte Lucas.

„So werden die nur mit Lilos Geheimrezept: Beim Backen immer Pfälzer Lieder singen, dann kann nichts schiefgehen", blödelte Lilo gutgelaunt.

„Hey, du bist aber gut drauf heute, wie kommt das denn?", fragte Lucas.

„Erzähl ich dir gleich beim Abendessen", erwiderte Lilo. „Aber erzähl du mal zuerst, was du heute mit deinen Freunden unternommen hast."

Lucas berichtete in aller Kürze von der Fahrt nach Imsbach und der Wanderung zu den Erzbergwerken am Donnersberg. Von ihrer Suche nach Valerians verborgenem Bergwerk erwähnte er nichts, da er befürchtete, Lilo würde sich sonst Sorgen machen.

„Ihr macht ja tolle Sachen", lobte Lilo erstaunt. „Ich hätte nicht gedacht, dass Jugendliche in eurem Alter auf Wandern stehen."

Sie beschlossen, wie am Abend zuvor den schönen Sommerabend zu nutzen und im Garten zu essen. Schnell war alles draußen bereitgestellt, und der gemütliche Tagesausklang konnte beginnen. Lilos Dampfnudeln und die Kartoffelsuppe waren ein Gedicht. Lucas kam aus dem Schwärmen kaum heraus. Als beide beim Nachtisch angekommen waren, hakte Lucas noch mal nach und fragte Lilo nach dem Grund für ihre gute Laune.

„Oh, ich denke, das wird dich auch freuen", begann Lilo. „Also", holte sie aus, „heute Mittag hat Fritz, du weißt schon, unser Feuerwehrkommandant, bei mir angerufen. Er hat sich entschuldigt, dass er gestern unser Telefongespräch abgebrochen und einfach aufgelegt hat. Er hat mir dann auch erklärt, warum. Es war genau so, wie wir es uns gedacht hatten. Auch er hatte so eine Drohung bekommen wie ich. Er hat mir erklärt, dass er wegen einer Sache, die ihn ja persönlich nichts anginge, sich und seine Familie nicht in Gefahr bringen wollte. Nachdem er allerdings die halbe Nacht darüber gegrübelt hatte, hätte er heute Morgen den Entschluss gefasst, sich durch so fiese Methoden nicht unterkriegen zu lassen. Irgendjemand müsse doch dafür sorgen, dass solchen Ganoven das Handwerk gelegt würde."

„Cool!", unterbrach Lucas Lilos Bericht. „Der Fritz ist eben doch kein Feigling, Respekt!"

„Ja, genau!", fuhr Lilo fort. „Aber es kommt noch besser. Er sagte mir, er sei wegen der Untersuchungsergebnisse der Materialproben aus der Brandruine bei dem Labor gewesen, und die hätten eindeutig den Nachweis führen können, dass in dem untersuchten Material Rückstände von Brandbeschleuniger enthalten waren."

„Boah, jetzt könnte es doch noch eng werden für den Kressler!", rief Lucas.

„Ja, aber hör zu, es geht noch weiter! Fritz und ich sind heute Nachmittag mit dem Untersuchungsergebnis des Labors bei der Polizei gewesen und haben alles, also auch die Sache mit den Drohbriefen, zu Protokoll gegeben. Übrigens, als ich den Namen des Gutachters genannt habe, der die Untersuchung des Brandortes gemacht hat, sind die sehr hellhörig geworden. Mir gegenüber haben sie natürlich nichts weiter dazu gesagt, aber ich habe inzwischen von einem Bekannten erfahren, dass gegen den Gutachter in einem anderen Fall bereits ein Ermittlungsverfahren wegen Bestechlichkeit läuft."

„Ist ja ein dicker Hund!", entfuhr es Lucas.

„Das finde ich allerdings auch", stimmte ihm Lilo zu. „Ich habe der Polizei auch von unserem Verdacht gegenüber dem Obdachlosen, dem Eddie, erzählt und dass der sich am kommenden Donnerstag nachts um elf auf der Burg Neuleiningen mit Kressler treffen will, weil er von dem angeblich für irgendetwas Geld zu bekommen hat. Das hat die Polizisten natürlich auch interessiert. Sie haben gesagt, sie würden einen Beamten in Zivil zur Beobachtung der Geldübergabe hinschicken."

„Jetzt verstehe ich, warum du vorhin so aufgekratzt warst", sagte Lucas. „Vielleicht kommt jetzt ja doch noch Bewegung in die Sache."

„Eben, das hoffe ich ja auch", stimmte ihm Lilo zu.

„Mich würde ja besonders interessieren, welcher gemeine Kerl das mit den Drohbriefen gemacht hat", sagte Lucas.

„Darüber habe ich auch noch mal nachgedacht", antwortete Lilo. „Für mich kommt außer Kressler und dem Eddie jetzt auch noch der Gutachter in Frage. Der hat ja schließlich allen Grund, sich vor einer Aufklärung der wirklichen Brandursache zu fürchten. Außerdem hat er als Gutachter sicher sehr gute Kontakte zu dem Labor, das Fritz mit der Untersuchung der Materialproben beauftragt hatte. Möglicherweise hat ihn ein Mitarbeiter des Labors auf unsere Nachforschungen aufmerksam gemacht. Das würde erklären, woher der Absender der Drohbriefe wusste, dass wir Zweifel an dem Gutachten haben und eigene Nachforschungen anstellen."

„Klingt logisch", kommentierte Lucas und gähnte dabei herzhaft.

Die Anstrengungen des Tages waren eben doch nicht spurlos an ihm vorbeigegangen.

„Ich glaube, du musst dringend in die Koje, mein Junge", sagte Lilo.

„Ja, du hast recht", gab Lucas zu und unterstrich das mit einem weiteren herzhaften Gähnen.

Er half Lilo noch kurz dabei, den Tisch im Garten abzuräumen, und verdrückte sich dann ins Obergeschoss, um sich bettfein zu machen.

Als er beim Zähneputzen auf dem Badewannenrand saß, ging ihm noch einmal alles Mögliche durch den Kopf. Die Hinweise, die Valerian über den Ort gegeben hatte, wo sich der Bergwerkseingang befand, waren so ungenau, dass ihre Suchaktion selbst mit dem Einsatz der Drohne nur sehr geringe Chancen auf Erfolg hatte. Seit Valerian den Platz dort verlassen hatte, waren fast 1600 Jahre vergangen. Die Natur hatte die Umgebung des verborgenen Bergwerkseinganges innerhalb dieses so langen Zeitraumes möglicherweise stark verändert. Womöglich waren die Felsen von Pflanzen so stark überwuchert, dass sie nur äußerst schwer zu finden waren. Lucas nahm sich vor, den Textabschnitt, in dem Valerian das Bergwerk beschrieben hatte, noch einmal durchzulesen. Vielleicht hatte er ja irgendetwas übersehen, was bei der Suche nützlich sein könnte. Er zog schon mal seinen Schlafanzug an und ging anschließend runter zu Lilo, die es sich in einem Liegestuhl im Garten bequem gemacht hatte.

„Du, Tante Lilo, kann ich noch mal kurz deinen Rechner benutzen, ich müsste da noch etwas nachschauen", fragte er sie.

„Kein Problem, aber mach nicht mehr so lange", antwortete Lilo.

Lucas musste erneut lächeln, als er Papas Sicherungskennwort eingab, um die Datei zu öffnen. Er suchte den entscheidenden Textabschnitt und las besonders genau drüber. Zunächst fand er wieder die Stelle, aus der er die verwertbaren Angaben bereits herausgeschrieben hatte. Da hatte er nichts Wesentliches übersehen. Als er aber weiterlas, fand er folgende interessante Stelle im Text:

„Noch am gleichen Tag kam ich mit einer Fackel zurück, um die Gänge des alten Bergwerkes genauer zu untersuchen. Ich fand ein weit verzweigtes Labyrinth von Gängen, die man zum Teil nur gebückt passieren konnte. Dazwischen gab es einige größere Kammern, die mehr als mannshoch aus dem Gestein herausgehauen waren. Den Mittelpunkt des Bergwerkes bildete ein großer zentraler Raum, in dem die Arbeiter einige mächtige Säulen des Gesteins als Stützen hatten stehen lassen. Der Hauptgang führte in seinem letzten Abschnitt steil nach oben und endete in einem Brunnenschacht. Die Mündung des Ganges lag etwa sechs Fuß über dem Wasserspiegel des Schachtes. Sah man von hier aus nach oben, dann konnte man sehen, dass der Brunnenschacht nach etwa 25 Fuß das Tageslicht erreichte. Meine späteren

Nachforschungen ergaben, dass der Schacht zu einer verlassenen römischen Bergfestung auf dem Hohen Fels gehörte."

Wie hatte er das nur übersehen können. Na klar, jetzt fiel es ihm wieder ein. Marie und Paul hatten heute Vormittag geklingelt, und danach hatte es so viel zu besprechen gegeben, dass er nicht mehr in den Text geschaut hatte. Es gab also eine weitere Öffnung, die ins Bergwerk führte. Der Hauptgang mündete in einen Brunnenschacht, der möglicherweise zur Belüftung des Bergwerkes gedient hatte. Und dann stand da noch, dass dieser Schacht bei einer verlassenen römischen Bergfestung ans Tageslicht führte. Valerian nannte diesen Platz den „Hohen Felsen".

Lucas lief in sein Zimmer, holte den Zettel, auf dem er sich heute Morgen bereits Notizen gemacht hatte, aus seiner Hosentasche und notierte folgende Angaben noch dazu:

- Hauptgang des Bergwerkes führt steil nach oben;
- mündet in Brunnenschacht;
- erreicht nach 25 Fuß Tageslicht;
- römische Bergfestung;
- ‚Hoher Felsen';

Lucas las noch ein Stück in Valerians Lebensgeschichte weiter. Verwertbare Angaben zur Lage des Bergwerkes fand er allerdings nicht mehr.

Er faltete das Blatt sorgfältig zusammen und ging noch kurz bei Lilo im Garten vorbei, um ihr gute Nacht zu sagen.

„Na, hast du gefunden, wonach du gesucht hast?", fragte Lilo.

„Ja, hab ich", antwortete Lucas kurz und blieb noch einen Moment ganz in Gedanken versunken im Garten stehen.

„Ach, sag mal Lilo, auf dem Donnersberg soll es einen Platz geben, der „Hoher Felsen" genannt wird. Kannst du damit etwas anfangen?", fragte er nach einer Weile.

„Hm?", überlegte Lilo, „,Hoher Felsen' sagst du, weiß nicht, aber irgendwie hab ich das schon gehört."

„Na, macht nichts, nicht so wichtig", sagte Lucas und wollte gerade gehen, als Lilo plötzlich fragte:

„Ach, warte mal, meinst du vielleicht die Burg Hohenfels?"

„Ja klar! Das muss es sein", jubelte Lucas begeistert. „Jetzt erinnere ich mich auch wieder daran, dass Pauls Opa diese Burg bereits erwähnt hat, als er uns Ausflugstipps gegeben hat. Ich glaube, er hat auch etwas von römischen Silbermünzen erzählt, die dort gefunden worden sind."

„Genau, da soll es einmal eine römische Befestigungsanlage gegeben haben", erklärte Lilo. „Ja, wollt ihr denn morgen schon wieder zum Donnersberg fahren?"

„Ja, morgen geht's schon wieder zum Donnersberg", sagte Lucas lächelnd. „Uns hat sozusagen das Archäologie-Virus gepackt, seit wir drüben auf der Baustelle die Pergamentrollen gefunden haben. Dieser heilige Valerian soll am Donnersberg oberhalb von Imsbach seine Einsiedler-Klause gehabt haben, sagt Pauls Opa, und wir wollen herausfinden, wo das genau war."

„Dann passt aber mal gut auf euch auf, und klettert nicht auf den Felsen herum, das ist viel zu gefährlich", sagte Lilo besorgt.

„Geht klar, wir passen schon auf", beruhigte Lucas seine Tante und wünschte ihr eine gute Nacht.

Ein bisschen plagte ihn schon das schlechte Gewissen, dass er Lilo nichts davon gesagt hatte, was für faszinierende Informationen die Übersetzung seines Vaters geliefert hatte. Aber er wollte unbedingt verhindern, dass Lilo sich wegen ihrer abenteuerlichen Unternehmungen Sorgen machte. Jetzt war er allerdings so müde, dass er diese Gedanken erst einmal beiseiteschob und erschöpft ins Bett fiel.

6

Als Lucas am nächsten Tag aufwachte, war er erstaunt, dass von der Baustelle her gar kein Maschinenlärm zu hören war. Auch am Tag zuvor hatte es nicht so ausgesehen, als ob Danilo mit dem Abriss schon sehr viel weitergekommen wäre. Er ging kurz unter die Dusche und machte sich schnell fertig, denn er wollte Marie und Paul heute auf keinen Fall warten lassen. Nach dem Frühstück packte er noch genügend Proviant für die Tour zum Donnersberg in seinen Rucksack und steckte den Zettel mit den Angaben zu Valerians Bergwerk wieder in die Hosentasche. Kaum war er mit seinen Vorbereitungen fertig, da klingelte auch schon die Türglocke.

„Kommt rein!", rief Lucas, betätigte den Türöffner und machte sich an seinem Rucksack zu schaffen, dessen Reißverschluss mal wieder klemmte.

„Guten Tag", sagte da plötzlich hinter ihm eine völlig fremde Stimme.

Lucas fuhr erschrocken herum. Vor ihm stand ein Herr mittleren Alters, dunkelbraunes Haar, Geheimratsecken, grauer Sakko, Jeans, Aktentasche unterm Arm. Abgesehen von einer Narbe auf der linken Wange insgesamt eine eher unauffällige Erscheinung.

„Oh, ... ich hatte gerade, äh ... jemand anderen erwartet", stotterte Lucas, nachdem er sich wieder halbwegs gefasst hatte.

„Ich möchte Frau Obermann sprechen, ist die da?", fragte der Mann.

„Darf ich zuerst wissen, wer Sie sind und was Sie von ihr wollen?", fragte Lucas energisch, denn die Sache kam ihm nicht geheuer vor.

„Das tut nichts zur Sache, mein Junge, es wäre besser, wenn du jetzt Frau Obermann rufen würdest, und zwar ein bisschen plötzlich!", gab der Mann in unverschämter Weise zurück.

„Meine Tante ist nicht da. Worum geht es denn überhaupt?", wollte Lucas wissen.

„Das geht dich nichts an, ich habe mit deiner Tante etwas Geschäftliches zu regeln. Wenn sie jetzt nicht da ist, dann richte ihr aus, dass ich sehr bald wiederkomme", sagte er in schroffem Ton.

Zum Glück kamen in diesem Moment gerade Marie und Paul zur Tür herein, die noch immer halb offen stand. Mit einem fiesen Lächeln auf den Lippen trat der Fremde nun den Rückzug an und stieß die beiden beim Hinausgehen rücksichtslos zur Seite.

„Hey, was war denn das für 'ne unangenehme Type?", fragte Marie entrüstet.

„Keine Manieren, diese Erwachsenen von heute!", bekräftigte Paul mit einem leichten Anflug von Ironie.

„Gut, dass ihr gekommen seid!", sagte Lucas erleichtert. „Mir war gerade ganz schön mulmig zumute. Ich hatte gedacht, ihr hättet geklingelt, mache auf und dann steht plötzlich dieser fiese Kerl vor mir."

„Und was wollte der?", fragte Paul.

„Angeblich irgendwas Geschäftliches mit Lilo, aber ich traue der Sache nicht. Wartet mal bitte einen Augenblick, ich rufe Lilo kurz an."

Lilo fiel aus allen Wolken, als Lucas ihr am Telefon von dem Vorfall erzählte. Sie hatte weder einen Termin, noch wusste sie von irgendeiner geschäftlichen Angelegenheit. Als Lucas den Mann beschrieb und die Narbe auf seiner Wange erwähnte, war schnell klar, dass es niemand anderer als Hartmut Haucke, der Brandsachverständige, sein konnte. Lucas war alarmiert!

„Du darfst dem auf keinen Fall die Tür öffnen!", rief er ins Telefon. „So, wie ich den eben hier erlebt habe, traue ich dem alles zu."

„Ja, du hast recht", sagte Lilo. „Ich finde es auch ziemlich merkwürdig, dass der einfach so bei mir vorbeikommt, ohne sich vorher anzumelden. Der muss ziemlich viel Ärger am Hals haben, dass er sich zu so einem Schritt hinreißen lässt. Aber mach dir keine Sorgen, Lucas, ich kann schon auf mich aufpassen."

„Versprochen?", hakte Lucas nach.

„Ja, versprochen!", beruhigte ihn Lilo. „Und jetzt viel Spaß bei eurer Tour." Damit legte sie auf.

Lucas war noch immer sehr besorgt, doch die beiden anderen drängten jetzt zum Aufbruch.

„Keine Sorge, wir können gleich losfahren, aber wir sollten zuerst planen, wo wir heute mit der Suche anfangen", bremste Lucas den Tatendrang der beiden noch mal aus.

„Wenn das in dem Tempo weitergeht, können wir die Suche für heute auch gleich sein lassen!", meckerte Paul ungeduldig.

„Ich habe gestern Abend in Valerians Lebensbeschreibung noch ein paar Hinweise gefunden, die uns bei der Suche nützlich sein könnten", verteidigte sich Lucas.

Er zeigte ihnen seine Notizen und schlug vor, die Suche auf Burg Hohenfels zu beginnen.

„Wenn es dort tatsächlich einen Brunnenschacht gibt, wäre das ein ganz neuer Ansatzpunkt für unsere Suche", erläuterte Lucas.

„Du meinst doch nicht etwa, dass wir in so 'nen ollen Brunnenschacht runtersteigen?", fragte Marie mit leicht angewidertem Gesichtsausdruck.

„Jetzt mach dir darüber mal keine Gedanken!", erwiderte Paul. „Noch haben wir den Brunnenschacht nicht gefunden. Wer weiß, ob der Schacht nicht längst zugeschüttet ist. Da liegen doch Hunderte von Jahren dazwischen. Trotzdem bin ich dafür, dass wir uns dort wenigstens mal umschauen. Hast du schon nachgeschaut, wie wir zu dieser Burgruine kommen, Lucas?"

„Ja, ganz einfach, die Burg liegt am höchsten Punkt des ‚Eisenweges', der hier auf der kleinen Karte eingezeichnet ist. Wir können mit unseren Fahrrädern bis zum sogenannten ‚Eisernen Tor' fahren, das ist ein alter Stolleneingang. Dort am Waldparkplatz können wir unsere Räder abstellen und dem Weg ins Langenthal folgen. Erst später geht's dann steil bergauf zur Burg."

„Gut, dann kann's jetzt ja endlich losgehen", sagte Marie und setzte ihren Rucksack auf.

„Aber Moment mal, wo hast du denn die Drohne, Paul?", fragte Lucas.

„Alles schön verpackt", antwortete Paul und deutete auf den Rucksack auf seinem Rücken.

„Super!", sagte Lucas. „Dann bin ich jetzt auch so weit."

Er verschloss sorgfältig die Haustür, holte sein Fahrrad aus der Garage und los ging's. Den Weg nach Imsbach fanden sie diesmal auch ohne Pauls GPS-Gerät, und auch den Waldparkplatz am ‚Eisernen Tor' erreichten sie mühelos. Dort stellten sie ihre Fahrräder ab und orientierten sich anschließend an den aufgestellten Wegweisern, welche Richtung sie einschlagen mussten.

„Verdammt, seht ihr das da drüben?", fragte Lucas plötzlich und deutete auf die parkenden Autos. „Der verdreckte Geländewagen da drüben gehört Gerwald. Den Wagen habe ich gesehen, als ich das Gespräch zwischen Kressler und Gerwald belauscht habe."

Marie pfiff leise durch die Zähne und meinte:

„Sieht ganz so aus, als ob wir nicht die einzigen wären, die nach Valerians Bergwerk suchen."

„Ja, ein Zufall ist das wohl kaum, dass der sich hier herumtreibt", bekräftigte Paul.

Der Eisenweg war hier gut ausgeschildert und führte sie an einer Wiese entlang ins Langenthal hinein. Er blieb zunächst unten im Tal und stieg nur langsam bergauf. Nach einiger Zeit waren dann auch wieder riesige Abraumhalden zu sehen, die auf die längst vergangenen Zeiten des Erzabbaus in dieser Gegend hinwiesen. Etwa nach einer halben Stunde verengte sich der Weg zu einem schmalen Pfad, der steil anstieg. So erreichten sie schließlich die „Kronenbuchhütte", ein Ausflugsziel für Wanderer.

Am Rande des Hüttengeländes fanden sie einen Wegweiser zur Burg Hohenfels. Schon nach einer knappen Viertelstunde sahen sie erste Mauerreste der Burgruine vor sich.

„He, da vorne schleicht jemand im Gebüsch herum!", raunte Marie den beiden anderen plötzlich zu und blieb stehen. „Wir sollten vorsichtig sein", erklärte sie. „Ich möchte nur ungern dem Gerwald in die Arme laufen."

„Ja stimmt, der muss nicht unbedingt Wind davon bekommen, dass wir auch nach Valerians Bergwerk suchen", bekräftigte Lucas.

Sie verließen den Wanderpfad und näherten sich durch das dichte Waldgelände der Burgruine, indem sie immer wieder hinter Bäumen in Deckung gingen.

Plötzlich machte Marie, die sich gerade hinter einen umgestürzten Baum geduckt hatte, den beiden anderen aufgeregt Zeichen, sie sollten zu ihr kommen.

Kaum zehn Meter entfernt saß ein Mann mit dem Rücken zu ihnen auf einem Mauerrest der Ruine. Es war Gerwald. Er redete mit einer anderen Person, die anscheinend seitlich von ihm im Gras saß, jedoch von dem Mauerrest vollständig verdeckt wurde.

„Ein Brunnenschacht ist hier weit und breit nicht zu finden, Armin", hörten die drei Gerwald gerade sagen.

„Einen Versuch war's auf jeden Fall wert", antwortete Armin. „Wäre halt zu schön gewesen, wenn wir auf diese Weise den Eingang gefunden hätten."

„Hast du das mit dem Brunnenschacht denn auch richtig übersetzt? Darauf muss ich mich ja schon verlassen können!", sagte Gerwald.

„Klar hab ich das!", antwortete Armin aufgebracht.

„Du wirst ja wohl kaum meine Lateinkenntnisse bezweifeln. Die Übersetzung war übrigens 'ne ganz schöne Plackerei, das weißt du hoffentlich!"

„Ja, geb' ich ja zu, jetzt reg dich nicht auf", versuchte Gerwald zu beschwichtigen.

„Ich hatte mir übrigens sowieso wenig Hoffnung gemacht, dass wir diesen Brunnenschacht hier finden", meinte Armin. „Mach dir doch einfach mal klar, was sich in den sechzehnhundert Jahren hier alles abgespielt hat. Die römische Festung, die hier einmal gestanden hat, war vermutlich schon zu Zeiten Valerians völlig verfallen. Im Mittelalter, hunderte Jahre nach Valerian, wurde diese Burg hier gebaut und noch ein paar Jahrhunderte später wieder zerstört. Also wäre es doch reiner Zufall gewesen, wenn wir diesen Schacht hier noch gefunden hätten. Der ist wahrscheinlich längst zugeschüttet."

„Klar, du hast ja recht", gab Gerwald zu. „Jetzt wissen wir aber immerhin, dass wir diesen Weg ins Bergwerk abhaken können."

„Tja, leider", sagte Armin. „Die Suche nach dem eigentlichen Bergwerkseingang wird mit Sicherheit viel zeitaufwendiger werden. Mit den paar Hinweisen, die dieser Valerian gegeben hat, kann man nicht viel anfangen."

„Okay, das war's dann erstmal", sagte Gerwald enttäuscht und stand auf.

Wie es schien, machten sich beide auf den Rückweg. Paul gab Marie und Lucas ein Zeichen, sicherheitshalber noch in Deckung zu bleiben, und schlich vorsichtig bis zu der Stelle, wo Gerwald gesessen hatte, indem er immer wieder Deckung suchte. Hier sah er sich kurz um und winkte dann die anderen zu sich. Von Gerwald und seinem Begleiter war nichts mehr zu sehen.

„Wer war denn dieser Armin, mit dem Gerwald da gerade gesprochen hat?", fragte Marie.

„Das muss der Typ vom Denkmalschutzamt sein", sagte Lucas. „Als Gerwald von Kressler die Pergamentrollen gekauft hat, hat er von einem Kumpel namens Armin vom Denkmalschutz gesprochen, der ihm den lateinischen Text übersetzt."

„Ist ja 'n Ding! Mein Opa vermutet doch schon lange, dass jemand vom Denkmalschutz mit Gerwald unter einer Decke steckt", sagte Paul.

„Und was machen wir jetzt?", wollte Marie wissen. „Sollen wir hier überhaupt noch nach dem Schacht suchen? Das hat ja wohl wenig Sinn, ihr habt doch gehört, was die beiden gesagt haben."

„Ich würde sagen, wir suchen uns hier erst mal einen schönen Platz für ein Picknick und beraten, wie es weitergeht", schlug Lucas vor.

„Du denkst aber auch immer nur ans Essen!", meckerte Marie.

„Also, ich finde, Lucas hat recht", sagte Paul. „Wenn mein Magen knurrt, kann ich sowieso keinen klaren Gedanken fassen."

„Okay, schon überredet", gab Marie klein bei.

Sie gingen noch bis zum höchsten Punkt der Burgruine und machten es sich dort auf einer kleinen Lichtung bequem. Eine ganze Weile saßen sie schweigend in der Sonne, ließen die Stille des Waldes auf sich wirken und genossen ihre mitgebrachten Köstlichkeiten.

„Klappt's bei euch schon wieder mit dem Denken?", fragte Marie plötzlich mit einem frechen Lachen.

„Äh, Hilfe …, oh nein, ich glaub, ich merk schon was", antwortete Paul und hielt sich den Kopf.

„Armer Kerl, dass Denken bei dir aber auch immer solche Schmerzen verursacht", sagte Marie mit gespieltem Mitleid.

„Jetzt hört mal auf mit dem Quatsch", rief Lucas, der sich gerade den letzten Rest seines Brötchens in den Mund schob.

Er nahm einen kleinen verdorrten Ast, der neben ihm auf dem Boden lag, malte damit seltsame Zeichen in den sandigen Boden und begann dann zu erklären.

„Also, das Kreuz da in der Mitte, das ist unser jetziger Standort, die Burg Hohenfels. Der Kreis drum herum ist das Gebiet, das ich jetzt mal „Hoher Felsen" nenne, so wie es auch Valerian genannt hat. Wo das römische Lager war, von dem Valerian berichtet hat, das wissen wir nicht so genau. Das könnte direkt hier gewesen sein, wo wir heute die Burgruine haben, oder aber auch im Umfeld der Burg.

Gerwald und sein Kumpel haben die Ruine und das nähere Umfeld schon durchsucht und nichts gefunden. Ich halte deshalb nicht viel davon, wenn wir uns verzetteln und das Gleiche noch mal machen. Dabei verlieren wir nur unnötig Zeit.

Aber jetzt schaut her! Da, wo ich den kleinen Kreis eingezeichnet habe, liegt Imsbach, also von der Burg aus etwa in Richtung Südsüdwest. Irgendwo auf dieser Strecke müsste eigentlich der Eingang zu Valerians Bergwerk gelegen haben."

„Ist ja alles schön und gut, aber was bringt uns das jetzt?", wollte Paul wissen.

„Na, jetzt kommt deine Drohne ins Spiel", erklärte Lucas. „Wir suchen nicht mehr den ganzen Südwesthang des Donnersberges ab, sondern genau diesen engen Bereich."

Damit nahm Lucas noch einmal den dürren Ast und zeichnete ein Rechteck zwischen Burg und Imsbach ein. „Dieses Gebiet müssen wir mit deiner Drohne genauer unter die Lupe nehmen."

„Das Gebiet ist aber immer noch ziemlich riesig, die Reichweite meiner Drohne hat Grenzen, wie ihr wisst", gab Paul zu bedenken.

„Augenblick mal", sagte Marie. „Ich glaube, wir können das Suchgebiet noch etwas enger fassen." Sie nahm Lucas den dürren Ast aus der Hand und markierte damit in Lucas' Zeichnung die Mitte zwischen Imsbach und Burg Hohenfels mit einem dicken Punkt.

„Schaut her!", sagte sie. „Valerians Bergwerk lag auf jeden Fall oberhalb von Imsbach im Wald, das ist klar. Andererseits aber lag es sicher unterhalb der Burg, das wissen wir auch. Wenn wir also um diesen Punkt, also etwa hier, einen Kreis ziehen, dann ist genau das unser Suchgebiet."

„Das leuchtet mir ein. Und dieses Gebiet mit der Drohne abzusuchen, scheint mir auch eher machbar", meinte Paul. „Aber mal ehrlich, eure Überlegungen sind mir viel zu theoretisch. Für meine Drohne brauche ich einen Platz, von dem aus ich sie gut starten und außerdem ihren Flug überwachen kann, sonst klappt das nicht."

„Moment mal!", sagte Lucas und kramte das Faltblatt, das sie von dem älteren Herrn bekommen hatten, aus seinem Rucksack. „Wenn ich mich richtig erinnere, dann führt der ‚Eisenweg' an einem Aussichtspunkt vorbei. Vielleicht eignet sich der ja als Startplatz für die Drohne", murmelte er vor sich hin, während er die Karte studierte. Einen Augenblick später hatte er gefunden, wonach er gesucht hatte.

„Da, schaut her, der Beutelfels, der ist höchstens eine Viertelstunde von hier entfernt! Der könnte von der Lage her ganz gut zu unserem Suchgebiet passen!", rief Lucas begeistert und wedelte den beiden anderen aufgeregt mit der Karte vor der Nase herum.

„Jetzt krieg dich mal wieder ein!", nölte Marie. „Spar dir das Rumgehüpfe auf, bis wir den Schatz gefunden haben."

Paul drängte nun aber zum Aufbruch, und so packten sie schleunigst die Reste ihres Proviants wieder in die Rucksäcke und trabten los. Sie brauchten nicht einmal zehn Minuten, bis sie an einen Wegweiser kamen, der sie auf einen kurzen Seitenpfad zum Beutelfels führte.

„Wow", entfuhr es allen dreien fast gleichzeitig, als sie den steil aufragenden Felsen erreichten. Der Aussichtspunkt bot einen fantastischen Panoramablick über den südlichen Hang des Donnersberges und das gesamte Umland.

„Boah! Das ist der ideale Platz, um meine Drohne zu starten. Macht euch auf atemberaubende Bilder gefasst!", rief Paul begeistert.

„Ja, aber verkünstle dich nicht mit schönen Naturaufnahmen, Paul", mahnte Marie. „Wir sind schließlich nicht hierhergekommen, um einen Film zu drehen."

„Genau!", unterstützte sie Lucas. „Bei der begrenzten Flugdauer deiner Drohne müssen wir uns die Flugroute genau überlegen."

„Ja, klar doch", erwiderte Paul etwas genervt. „Ich würde vorschlagen, ich lasse die Drohne in mehreren Bahnen nach Westen fliegen, etwa bis zum Talgrund, und von dort aus auf einer parallelen Bahn wieder zum Beutelfels zurück. Ich schätze, dass ich es mit einer Akkuladung maximal dreimal hin und zurück schaffe."

„Super Vorschlag!", sagte Lucas. „Ich denke es wäre am besten, du fängst mit den Flügen im unteren Bereich des Berghanges an und fliegst dann nach und nach immer mehr in Richtung Burg Hohenfels."

„Okay, Chef, wird erledigt", sagte Paul, der bereits dabei war, die Drohne für den ersten Flug startklar zu machen. „Aber versuch bitte, mit der Drohne möglichst nahe über den Baumwipfeln zu bleiben, damit wir bei der Auswertung des Filmmaterials möglichst viele Einzelheiten am Boden erkennen können", sagte Marie.

„Hey, sonst noch Wünsche?", jaulte Paul verärgert auf, denn die ständigen Ratschläge der beiden gingen ihm so langsam tierisch auf die Nerven.

„Nö, fürs Erste wär's das. Aber mir fällt bestimmt noch was ein", sagte Marie schnippisch.

Paul suchte auf dem Felsen einen Platz, auf dem die Drohne einigermaßen waagrecht stehen konnte, und machte die Fernbedienung bereit. Sein Smartphone steckte er auf die dafür vorgesehene Halterung an der Fernbedienung und überprüfte anschließend alle Einstellungen für die Videoaufzeichnung des Fluges.

„Jetzt kann's losgehen", sagte er zu den beiden anderen, die seine Vorbereitungen voller Spannung beobachtet hatten. Das Fluggerät begann leise zu surren und hob sanft von seinem Startpunkt ab. Marie und Lucas stellten sich neben Paul, um den Flug der Drohne mitverfolgen zu können, vor allem aber, um die Videoaufnahme der Bordkamera im Blick zu haben.

Die Kamera lieferte erstklassige Bilder. Wenn man den Flug der Drohne auf dem Display von Pauls Smartphone mitverfolgte, hatte man den Eindruck, in einem Gleitschirm über den Baumwipfeln zu schweben.

Paul war voll und ganz damit beschäftigt, den Flug der Drohne zu kontrollieren. Es erforderte seine ganze Konzentration, um zu verhindern, dass sie den Baumwipfeln zu nahe kam. Marie und Lucas hingegen hofften, auf der Videoaufnahme irgendeinen Anhaltspunkt erkennen zu können, der auf Valerians Bergwerk hinweisen könnte. Paul steuerte die Drohne so geschickt über die Baumwipfel, dass man zwischen den Bäumen viele Einzelheiten erkennen konnte. Dann gab es allerdings immer wieder auch Abschnitte, die so dicht bewaldet waren, dass man nur das Grün von Büschen und Baumwipfeln sehen konnte. Als sich die Drohne dem Talgrund näherte, sah man den Wanderweg und sogar eine kleine Gruppe von Wanderern, die verwundert nach oben blickten, als die Drohne über sie hinweg summte.

„Das System zeigt mir an, dass sich die Drohne im Grenzbereich der Reichweite befindet. Ich dreh jetzt um", erklärte Paul nach einiger Zeit. Er ließ das Fluggerät einen eleganten Bogen fliegen und brachte es auf Kurs zurück zum Beutelfels. Für Marie und Lucas bot sich auf dem Display etwa das gleiche Bild wie beim Hinflug: Baumwipfel, Büsche, hin und wieder eine kleine grasbewachsene Lichtung, manchmal auch kleine Flächen mit Geröll und kleinen Felsformationen, aber keine davon hatte Ähnlichkeit mit der Beschreibung von Valerian.

„Für einmal hin und zurück reicht der Akku noch!", rief Paul und drehte, kurz bevor die Drohne den Beutelfelsen erreicht hatte, noch mal Richtung Talgrund. Kurz vor dem Talgrund schaltete sich jedoch bereits die Return-to-Home-Funktion ein, und die Drohne flog nun automatisch zum Ausgangspunkt Beutelfels zurück, wo Paul eine mustergültige Landung gelang.

„Hey, hat richtig Laune gemacht!", rief Paul gut gelaunt.

„Das Video der Bordkamera ist auch echt super geworden", lobte Marie. „Nur leider habe ich nichts gesehen, was auch nur annähernd der Umgebung des Bergwerkseinganges ähnelt, so wie sie Valerian beschrieben hat."

„Tja, die drei Felsblöcke und das Plateau habe ich auch nirgends entdecken können", bestätigte Lucas.

Gemeinsam sahen sie sich das Video noch mal in voller Länge an, kamen aber zum gleichen Ergebnis: keine Spur von Valerians Bergwerkseingang.

„Na, macht nichts", versuchte Lucas seine Enttäuschung zu überspielen. „Wir haben ja noch einen Versuch. Außerdem vermute ich sowieso, dass Valerians Klause weiter oben am Berg stand."

„Okay, neues Spiel, neues Glück!", rief Paul und begann damit, den Akku der Drohne zu wechseln.

Wenige Minuten später waren alle Vorbereitungen für den zweiten Flug abgeschlossen. Sie berieten sich noch mal kurz, welche Strecke die Drohne diesmal abfliegen sollte, und schon ging's los. Die Drohne hob ab und schwebte surrend davon, diesmal auf einer Route, die sie etwas näher in Richtung der Burg Hohenfels brachte. Die Bilder, die die Bordkamera einfing, unterschieden sich kaum von dem, was sie beim ersten Flug gesehen hatten, nur dass diesmal häufiger Felsformationen zu erkennen waren.

„Hey, schaut mal da unten, ich glaube, das sind Wildschweine!", rief Lucas plötzlich.

Tatsächlich trabte da eine ganze Rotte Wildschweine durch den Wald. Paul ließ sich durch Lucas' Zuruf jedoch nicht ablenken, denn bei der Steuerung der Drohne durfte er sich keinen Fehler erlauben. Nachdem die Drohne den Wendepunkt erreicht hatte, steuerte Paul sie in einem weiten Bogen wieder in Richtung Beutelfelsen.

„Ich glaube, der Akku schafft diesmal keine volle zweite Runde!", rief Paul den anderen zu.

„Dann lass sie doch einfach da oben kurz noch zwei, drei Kreise drehen, und hol sie dann zurück!", schlug Marie vor.

„Okay, wird gemacht!", rief Paul zurück und setzte mit der Drohne zum ersten Kreis an.

„Oh, Mist!", schrie Paul plötzlich. „Ich hab sie verloren!"

Fassungslos sahen die drei, wie die Drohne für einen Moment ins Trudeln kam und dann kurz vor einem steilen Berghang zwischen den Bäumen abtauchte. Auf dem Display von Pauls Smartphone war nur noch ein Standbild mit Grasbüscheln und ein paar vertrockneten Blättern zu sehen.

„Wie ist das denn passiert? War der Akku doch schon am Ende?", fragte Lucas.

„Nein, die Funkverbindung ist abgebrochen, damit muss man leider immer rechnen", erklärte Paul.

„Ist die Drohne denn jetzt richtig abgestürzt?", fragte Marie besorgt.

„Na ja, das kann man nicht so genau sagen. Im optimalen Fall landet die Drohne selbständig, wenn der Funkkontakt abreißt", sagte Paul. „Ob das dann eine Bruchlandung wird, hängt ganz vom Gelände ab. Immerhin sieht es hier auf dem Standbild so aus, als ob sie im Gras gelandet ist."

„Aber wie sollen wir die jetzt wiederfinden?", fragte Lucas. „Das stelle ich mir in dem bergigen Waldgelände da drüben nicht ganz einfach vor." "Tja, ich fürchte, da hast du recht", meinte Paul und tippte dabei eifrig auf seinem Smartphone herum. Schließlich sagte er:

„Immerhin habe ich hier die letzten Geopositionsdaten der Drohne, bevor der Funkkontakt abgebrochen ist. Das wird uns sicher helfen, die Drohne zu bergen."

„Heißt das, du kannst mit diesen Daten genau die Stelle bestimmen, wo die Drohne liegt?", fragte Marie erstaunt.

„Eigentlich schon", antwortete Paul. „Die Frage wird nur sein, ob die Stelle für uns so einfach zugänglich ist. Auf den letzten Videobildern sieht der Abhang dort ziemlich steil aus."

„Ich würde sagen, wir sollten erst mal ein Stück auf dem Wanderweg in Richtung Burg Hohenfels zurückgehen", schlug Lucas vor und setzte seinen Rucksack auf.

„Warte mal noch, bis ich unsern Standort und die GPS-Koordinaten der Drohne auf der Online-Karte eingegeben habe", sagte Paul und bearbeitete sein Smartphone. „Okay, von mir aus kann's jetzt losgehen", erklärte Paul schließlich. „Also erst mal in Richtung Burg Hohenfels, wie du schon gesagt hast, Lucas."

Paul ging voraus und blieb nach etwa zweihundert Metern stehen. „So, jetzt ist es vorbei mit dem bequemen Wanderweg", sagte Paul und schaute auf sein Smartphone. „Die Drohne müsste irgendwo da drüben liegen." Damit deutete er in den Wald seitlich des Weges.

„Also dann, ab in die Wildnis!", rief Marie. „Worauf wartet ihr?"

„Okay, bleibt uns ja wohl nichts anderes übrig", antwortete Lucas, dem nicht ganz wohl in seiner Haut zu sein schien.

Paul ging voran und kontrollierte mit seinem Smartphone, ob sie sich der gesuchten Stelle auch tatsächlich näherten. Zunächst ging es etwa sechzig Meter leicht bergab durch eine recht offene Waldlandschaft, doch dann standen sie vor einem Dickicht aus niedrigen Fichtenstämmen, zwischen denen ein undurchdringliches Dornengestrüpp wucherte.

„Ist ja schlimmer als bei Dornröschens Schloss, da kommen wir nicht durch", sagt Marie.

„Nee, das hat keinen Zweck, wir müssen versuchen, das Gebiet zu umgehen", stimmte ihr Lucas zu.

Schritt für Schritt stiegen sie wieder etwas bergauf, seitlich an dem Dornengestrüpp vorbei, bis sie nach einigen Minuten einen alten Forstweg erreichten, der offensichtlich schon sehr lange nicht mehr benutzt worden war, denn er war von hohem Gras überwuchert. Wie es schien, führte er aber wieder in die gewünschte Richtung.

„So langsam kommen wir dem Zielpunkt wieder etwas näher", sagte Paul mit Blick auf sein Smartphone, nachdem sie dem Weg kurze Zeit gefolgt waren.

Schließlich blieb er stehen und deutete in den Wald seitlich des alten Forstweges.

„Da drüben, etwa achtzig Meter von hier, müsste die Drohne gelandet sein", sagte er. Nun ging es also wieder querfeldein durch dichten Wald, bis sie zu einer kleinen von Büschen gesäumten Lichtung kamen.

„Hey, da drüben steht ja das gute Stück!", jubelte Marie.

„Super!", rief Paul erleichtert. „Das ist ja noch mal glimpflich abgegangen."

Während Paul und Marie noch ganz mit ihrer Freude über die wiedergefundene Drohne beschäftigt waren, sah sich Lucas nachdenklich auf der kleinen Lichtung um.

„So ähnlich muss die Lichtung ausgesehen haben, auf die Valerian die Maultiere und Hagens Streitross gebracht hat, nachdem er die Ladung der Maultiere im Bergwerk verstaut hatte", murmelte er halblaut vor sich hin.

„Hey, was ist los mit dir?", fragte Marie verständnislos. „Was brabbelst du denn da vor dich hin?"

„Die Lichtung! Das könnte sie sein, versteht ihr nicht?", rief Lucas.

„Was für 'ne Lichtung? Sag mal, bist du jetzt völlig übergeschnappt?", rief Paul.

„Okay, das muss ich kurz erklären, denn das ist mir gerade eben erst wieder eingefallen", begann Lucas.

„Valerian hat Hagens Streitross und die Maultiere, die den Schatz getragen haben, auf eine kleine Lichtung in der Nähe seiner Klause geführt, um sie dort weiden zu lassen. Das hier könnte vielleicht diese Lichtung sein. Wenn ich mich richtig erinnere, hat er geschrieben, dass die Lichtung von Büschen und Dornengestrüpp umgeben war. Und jetzt schaut euch mal um, sieht doch genau so aus."

„Ja gut, aber solche Lichtungen gibt es bestimmt einige. Und außerdem, siehst du etwa hier irgendwo drei Felsen vor einem Abhang? Ich jedenfalls nicht", sagt Paul skeptisch.

„Hey!", rief Marie aufgeregt. „Aber ich sehe so was! Dreht euch mal um! Da drüben am Berghang zwischen den Bäumen, da sind Felsen zu sehen. Und vor den Felsen scheint es steil nach unten zu gehen. Ich schätze, wir sollten uns das mal genauer ansehen."

Marie hatte recht. Die Felsen waren zwar von den Bäumen größtenteils verdeckt, aber ihre Lage entsprach sehr genau der Beschreibung Valerians. Paul hatte in der Zwischenzeit seine Drohne bereits sicher in seinem Rucksack verstaut, so dass sie sofort starten konnten, um sich Maries Entdeckung aus der Nähe anzuschauen.

Sie gingen zunächst wieder bis zum Forstweg zurück und stiegen dann schräg zum Hang ein kurzes Stück bergauf. Hier sahen sie nun die Felsen direkt vor sich. Es waren tatsächlich drei Felsen. Unter den hohen Kiefern der Umgebung wuchsen sogar hier und da einige Brombeerhecken. Die Natur schien sich seit Valerians Tagen kaum verändert zu haben. Je näher sie den Felsen kamen, desto steiler wurde der Abhang. Zwischen den Felsen und dem Abhang gelangte man jedoch bequem auf einem leicht ansteigenden, knapp vier Meter breiten Durchgang bis zu einem kleinen, fast ebenen Areal.

„Das ist es, Leute! Hier hat mal Valerians Klause gestanden", sagte Lucas in fast feierlichem Ton.

„Schaut mal! Hier in dem großen Felsen ist sogar die Vertiefung zu sehen, die wie ein Becken geformt ist. Bloß Regenwasser ist keins drin."

„Und wo soll der Eingang zum Bergwerk sein?", fragte Paul. „Ich kann hier jedenfalls nichts entdecken."

„Was hat denn Valerian darüber geschrieben?", wollte Marie wissen. „Schau doch mal auf deinem Zettel nach, Lucas."

Lucas kramte in seiner Hosentasche, aber der Zettel war weg.

„Mist! Der muss mir irgendwo rausgefallen sein!", fluchte er. „Aber ich weiß auch so noch, was auf dem Zettel stand. Der Eingang muss neben dem größten Felsen, also neben dem hier mit dem steinernen Becken, gewesen sein. Nachdem Valerian seine Hütte hier abgebaut hatte, um in sein neu errichtetes Kranken- und Armenhaus im Dorf zu ziehen, hat er den Eingang mit Felsbrocken, Geröll und Erde verschlossen."

„Also, Geröll und Erde sehe ich hier zwar nicht, aber neben dem Felsen wächst eine ganze Menge Efeu und anderes Gestrüpp hoch, vielleicht ist einfach nur alles zugewachsen", meinte Marie.

„Genau, das könnte gut sein", sagte Paul. „Wenn wir uns Klarheit verschaffen wollen, müssen wir auf jeden Fall einen Teil davon entfernen. Das wird 'ne Menge Arbeit werden."

„Das vermute ich auch", sagte Lucas. „Dafür benötigen wir allerdings Zeit und vor allem brauchbares Werkzeug." „Und was machen wir jetzt?", fragte Marie. „Schaut mal, wie spät es ist. Also, viel Zeit bleibt uns heute jedenfalls nicht mehr, und Werkzeug haben wir ja schließlich auch nicht dabei."

„Na, mir juckt es schon in den Fingern", sagte Paul. „Am liebsten würde ich gleich anfangen, wenn's sein muss, mit bloßen Händen."

„Das hat doch keinen Sinn!", motzte Lucas Paul an.

„Wir müssen das professioneller angehen. Ich schlage vor, wir kommen morgen mit dem nötigen Werkzeug wieder und schaffen das ganze Gestrüpp hier weg, dann werden wir ja sehen, ob sich dahinter tatsächlich der Eingang zum Bergwerk verbirgt."

„Aber finden wir den Platz morgen auch wieder?", wollte Marie wissen.

„Kein Problem!", antwortete Paul. „Ich speichere unseren Standort einfach auf meinem Smartphone, dann finden wir morgen leicht wieder hierher."

Lucas machte noch ein paar Fotos von den Felsen und der Landschaft drum herum, dann machten sich die drei auf den Rückweg.

Lucas ging der verlorene Zettel nicht aus dem Kopf. Wie hatte das nur passieren können. Vor allem aber fürchtete er, seine Notizen könnten in falsche Hände geraten. Als er darüber nachdachte, beruhigte er sich jedoch bald damit, dass die Notizen für jemanden, der nicht in die Sache eingeweiht war, ziemlich unverständlich und deshalb wertlos sein mussten. Auch Marie und Paul waren auf dem Rückweg ungewöhnlich schweigsam geworden. Die Vorstellung, möglicherweise unmittelbar vor der Entdeckung eines Jahrhundertfundes zu stehen, konnten alle drei noch nicht ganz fassen.

Die Heimfahrt mit den Fahrrädern war inzwischen schon zur Routine geworden. Selbst Lucas beschwerte sich nicht mehr über die Steigungen, die zu bewältigen waren. Bevor sie sich in Eisenberg trennten, verabredeten sie sich für den nächsten Tag.

„Wir kommen wieder um die gleiche Zeit zu dir, Lucas, ist das in Ordnung?", fragte Marie.

„Ja klar, aber wie sieht es mit Werkzeug aus? Was nehmen wir denn mit?", wollte Lucas wissen.

„Also, ich könnte so einen Klappspaten mitbringen, wir haben so einen immer beim Camping dabei. Den kann ich an meinen Rucksack hängen", sagte Paul.

„Genau, wir haben auch so was. Das Teil hat sogar mehrere Funktionen", erklärte Marie. „Man kann da verschiedene Aufsätze draufstecken, einen Spaten, einen Pickel und so 'ne Metallspitze, wenn der Boden besonders hart ist. Das kann man alles schön zusammenklappen, und es ist klein und handlich in einem Säckchen verpackt."

„Okay, das klingt ja schon mal super", sagte Lucas. „Ich muss erst mal nachschauen, was Lilo in ihrer Garage so alles zu bieten hat. Ich bringe aber auf jeden Fall eine Gartenschere für den Efeu mit, so was hat sie bestimmt."

„Na dann, ciao! Bis morgen!"

Paul und Marie wollten schon losfahren, als sie von Lucas noch mal gestoppt wurden.

„Bringt bitte unbedingt Taschenlampen mit!", rief er den beiden zu. „Die Lampen unserer Handys sind vielleicht zu schwach und vergeuden außerdem zu viel Akkuladung."

„Geht klar!", rief Paul zurück, und beide radelten davon.

Als Lucas sein Fahrrad in der Garage abstellte, schaute er sich gleich nach geeignetem Werkzeug um. Eine Gartenschere war schnell gefunden, und auch eine Blumenkelle, die Lilo für das Einpflanzen von Blumenzwiebeln verwendete, schien ihm geeignet. Beides verstaute er schon mal in seinem Rucksack. Eine kleine, leistungsstarke LED-Taschenlampe, die er von seinem Vater zum Geburtstag geschenkt bekommen hatte, hatte er sowieso immer in einem Fach seines Rucksacks stecken. Die Ausrüstung für den nächsten Tag hatte er also schon beisammen.

Auf dem Weg durch den Garten ins Haus fiel ihm plötzlich der Vorfall mit dem unangenehmen Besucher vom Vormittag wieder ein. Im nächsten Moment hörte er aus der Küche die Stimme eines Mannes und Lilos Stimme. Die beiden befanden sich anscheinend in einem lebhaften Gespräch. Etwas verunsichert blieb er für einen Augenblick vor der Küchentür stehen. Doch als er gleich darauf Lilo lachen hörte, war er schon einmal beruhigt. Da die beiden ihn offensichtlich nicht hatten kommen hören, klopfte er vorsichtshalber an die Tür.

„Komm nur herein, Lucas!", rief ihm Lilo zu.

Am Küchentisch saß ein dunkelhaariger, großer und ziemlich kräftiger Herr in Jeans und kariertem Hemd.

„Das ist Fritz, unser Feuerwehrkommandant, und das hier ist Lucas, mein Neffe", machte sie die beiden miteinander bekannt.

„Lucas hat mich heute Vormittag glücklicherweise angerufen und hat mich vor dem Haucke gewarnt", erklärte sie Fritz.

„War der denn noch mal da?", wollte Lucas wissen.

„Allerdings", sagte Lilo und lachte dabei. „Aber wenn Fritz nicht gewesen wäre, dann wäre mir jetzt bestimmt nicht zum Lachen zumute."

„Ja, erzähl mal, was wollte der denn?", wollte Lucas wissen.

„Na, das kannst du dir doch denken. Einschüchtern wollte der mich natürlich. Hat rumgebrüllt, was ich mir einbilden würde, sein Gutachten anzuzweifeln. Gedroht hat er mir, es würde mir noch mal leidtun. Er hätte Freunde, die ziemlich unangenehm werden könnten, falls ich mich weiter einmischen würde."

„Ja, und wie hast du darauf reagiert?", fragte Lucas.

„Ich habe ein bisschen auf ängstlich und eingeschüchtert gemacht und hab ihn einfach brüllen lassen, denn ich wusste ja, dass Fritz nebenan im Wohnzimmer alles genau mitbekommt. Und was das Beste ist: Fritz hatte hier in der Küche vorher so einen kleinen Mini-Spion installiert, so 'ne winzige Kamera, und hat nebenan den ganzen üblen Auftritt von dem Herrn in bester Qualität aufgezeichnet. Nur, das weiß der Typ nicht, davon hat er natürlich nichts mitbekommen."

„Ja, und dann ist er einfach so gegangen? Hast du keine Angst gehabt, dass der auf dich losgeht?", fragte Lucas.

„Na ja, einfach so gegangen kann man jetzt nicht gerade sagen", lachte Lilo. „Nachdem Fritz genug Material aufgenommen hatte, ist er aus dem Wohnzimmer gekommen, hat sich in voller Größe vor dem Haucke aufgebaut und hat ihm ziemlich unmissverständlich klargemacht, dass es besser für ihn wäre, schleunigst den Rückzug anzutreten. Du hättest dem sein Gesicht sehen sollen, ich könnte mich jetzt noch kaputtfreuen, wenn ich dran denke. Ist ganz schön blass geworden, der Junge, das kann ich dir sagen."

„Ganz schön krass!", sagte Lucas. „Und wie geht's jetzt weiter?"

„Nachdem wir gestern unsere Anzeige bei der Polizei gemacht haben, liegt die Sache jetzt bei der Staatsanwaltschaft", sagte Fritz. „Das heißt, es wird neue Untersuchungen geben. Wie es aussieht, wurden die Abrissarbeiten ja bereits eingestellt."

„Ach, deshalb war es heute Morgen so ruhig da drüben, das hat mich doch gleich gewundert", sagte Lucas. „Habt ihr denn noch etwas über die Drohbriefe herausgefunden? Stammen die vielleicht von dem Haucke?"

„Also, Frau Binder aus der Nachbarschaft hat mir erzählt, sie hätte an dem Morgen den Landstreicher, diesen Eddie, wieder hier herumschleichen sehen und sie hätte beobachtet, wie der etwas bei mir in den Briefkasten geworfen hat", antwortete Lilo. „Ich nehme an, der hat das im Auftrag von Kressler gemacht."

„Genau!", unterbrach Fritz. „Und die Information über unsere Nachforschungen hatte Kressler sicherlich von Haucke bekommen."

„So, für heute möchte ich jetzt aber nichts mehr hören von Haucke, Kressler und Konsorten!", rief Lilo. „Zur Feier des Tages lade ich euch zum Essen ein. Kommt mit! Im ‚Mandelgarten' gibt's die beste Pfälzer Küche weit und breit, und da kann man wunderbar draußen sitzen."

Schon eine halbe Stunde später saßen sie auf der Gartenterrasse des Lokals und schwelgten in deftigen Pfälzer Spezialitäten, die das Restaurant zu bieten hatte. Lucas genoss den wunderbar lauen Sommerabend. Nach dem Essen wurde er aber immer schweigsamer, denn die Anstrengungen des Tages waren nicht spurlos an ihm vorübergegangen. Als sie nach dem Abendessen wieder nach Hause kamen, beeilte er sich, ins Bett zu kommen.

„Was hast du denn für morgen geplant?", fragte ihn Lilo noch, bevor er sich in sein Zimmer verdrückte. „Bist du mit deinen Freunden immer noch hinter diesem heiligen Valerian her?"

„Ja, morgen geht's noch mal zum Donnersberg", antwortete Lucas verschlafen.

„Ist 'ne spannende Geschichte. Morgen Abend erzähl ich dir mehr davon, gute Nacht!"

„Gute Nacht! Ich muss morgen wieder früh los, bin aber am Nachmittag zu Hause", rief ihm Lilo noch zu, aber da hatte sich Lucas schon in sein Bett verkrochen.

7

Lucas fühlte sich fit und ausgeruht, als er am nächsten Morgen aufwachte. Er hatte gut geschlafen und kam voller Tatendrang in die Küche in der Hoffnung, wieder einen gedeckten Frühstückstisch und eine gut gefüllte Brötchentüte vorzufinden. Stattdessen lag ein Zettel und daneben ein Geldschein auf dem Tisch. Auf dem Zettel stand:

Lieber Lucas,
ich habe heute Morgen leider verschlafen und konnte dir keine Brötchen mehr besorgen. Du musst heute also selbst zum Bäcker gehen und dir dein Frühstück machen. Nimm dir auch ausreichend Proviant für unterwegs mit, du weißt ja, wo du alles findest.

Liebe Grüße, Lilo

Lucas machte sich gleich auf den Weg zum Bäcker, denn viel Zeit blieb ihm nicht mehr, bis die anderen kommen würden. Draußen war es sehr warm. Nach den vergangenen strahlenden Sommertagen war es heute bereits am Morgen schwül und drückend. Lucas schaute zum Himmel und sah von Westen her verdächtige Schleierwolken aufziehen. Er nahm sich vor, seine Regenjacke einzupacken, denn alles deutete auf einen Wetterumschwung hin.

Nachdem er sich beim Bäcker mit lecker duftenden Brötchen eingedeckt hatte, machte er sich zu Hause Kakao und frühstückte gemütlich. Pünktlich um halb zehn klingelte es, und Marie und Paul standen vor der Tür.

„Kommt noch kurz rein, ich bin gleich soweit!", rief er ihnen zu und verschwand wieder in der Küche, um seinen Proviant im Rucksack zu verstauen.

„Du solltest vorsichtshalber eine Regenjacke einpacken", riet ihm Paul. „Mein Opa hat gesagt, heute Nachmittag müssten wir mit Regen rechnen."

„Ist schon im Rucksack!", antwortete Lucas. „Habt ihr an das Werkzeug gedacht?"

„Klar doch! Haben wir alles auf den Rädern verstaut", antwortete Marie ungeduldig.

„Aber jetzt beeil dich mal, wir haben heute schließlich noch einiges vor!"

„Ja doch, ich bin ja schon fertig!", sagte Lucas, ging in die Garage und holte Lilos Fahrrad. Beim Rausgehen entdeckte er auf einem Regal noch ein ganzes Bündel mit Arbeitshandschuhen, die er für alle Fälle einsteckte.

Die Fahrt nach Imsbach empfanden sie als deutlich mühsamer als an den beiden letzten Tagen, denn die schwüle Luft machte sich unangenehm bemerkbar. Sie brauchten eine gute Stunde, bis sie schließlich schweißgebadet am Parkplatz beim ‚Eisernen Tor' ankamen. Dort stellten sie ihre Räder wieder am gleichen Platz ab. Nach der anstrengenden Fahrt war zunächst einmal eine kleine Verschnaufpause und ein kräftiger Schluck aus ihren Trinkflaschen angesagt.

„Was tippst du denn schon wieder auf dem Ding herum, musst du schon wieder zocken?", krittelte Marie an Paul herum, der sich gleich nach ihrer Ankunft mit seinem Handy beschäftigt hatte.

„Von wegen ‚zocken'!", gab Paul ärgerlich zurück. „Ich hab nach dem kürzesten Weg zu den drei Felsen gesucht und hab auch 'ne coole Abkürzung gefunden. Schaut her, wir gehen zuerst ein Stück auf dem gleichen Weg wie gestern und können dann nach einer kurzen Strecke in Richtung Beutelfels abbiegen. Unterhalb vom Beutelfels kommen wir wieder auf den Weg in Richtung Burg Hohenfels. Von dort aus geht's dann auf dem gleichen Weg wie gestern querfeldein bis zu dem alten Forstweg."

„Sieht auf jeden Fall kürzer aus", bestätigte Lucas. „Gut, dann probieren wir das. Vielleicht können wir ja noch mal kurz zum Beutelfels hochsteigen, ich glaube, da ist mir gestern der Zettel mit meinen Notizen aus der Tasche gefallen. Der liegt da bestimmt noch herum."

„Was willst du denn mit dem ollen Zettel? Den brauchen wir doch nicht mehr", wandte Marie ein.

„Ich schätze, Marie hat recht", stimmte ihr Paul zu. „Wir sollten nicht unnötig Zeit verschwenden, und außerdem kann mit den paar Notizen sowieso keiner was anfangen."

Pauls Abkürzung war zwar teilweise recht steil und führte in engen Windungen über abenteuerliche Felsenpfade nach oben, aber schon nach einer halben

Stunde erreichten sie die Stelle, wo der Weg zum Beutelfelsen abzweigte.

Lucas verzichtete darauf, nach dem verlorenen Notizzettel zu suchen, denn auch ihn drängte es jetzt, so bald wie möglich zu den drei Felsen zu kommen. Von hier aus folgten sie dem gleichen Weg wie am Vortag, kamen an dem undurchdringlichen Dickicht vorbei bis zum alten Forstweg und erreichten schließlich die drei Felsen.

Dort packten sie ihr mitgebrachtes Werkzeug aus und begannen sofort mit der Arbeit. Die Arbeitshandschuhe, die Lucas im letzten Augenblick noch eingepackt hatte, erwiesen sich als Glücksfall, denn zwischen dem Efeu, den sie entfernen mussten, wuchs auch eine ganze Menge dorniges Gestrüpp. Lucas schnitt die dicksten Ranken, soweit er mit den Armen heranreichte, mit der Gartenschere ab, und Marie und Paul zogen sie von dem steil aufsteigenden Hügel weg und schichteten sie an der Seite auf. Schon nach einer knappen halben Stunde hatten sie den Erdhügel neben dem Felsen weitgehend freigelegt.

„Boah, da kommt man ja ganz schön ins Schwitzen", stöhnte Paul und setzte sich auf den Waldboden.

„Stimmt! Ich brauch jetzt auch 'ne kleine Pause", sagte Lucas und packte seinen Proviant aus. Marie setzt sich dazu und sah etwas skeptisch auf das, was sie bisher geschafft hatten.

„Wenn ich mir den Erdhügel anschaue, dann wird das noch ein schönes Stück Arbeit, bis wir uns da durchgearbeitet haben", sagte sie. „Im Übrigen sieht es meiner Meinung nach nicht so aus, als ob dieser Hügel künstlich aufgeschüttet worden wäre."

„Aber es kann nur diese Stelle gemeint gewesen sein", wandte Lucas ein. „Alles stimmt ganz genau mit Valerians Beschreibung überein. Außerdem hat er geschrieben, dass er sich viel Mühe gegeben hat, den Eingang zu verbergen. Über die Jahrhunderte hat sich dann durch Pflanzen und Wettereinflüsse alles genau in die Landschaft eingefügt."

„Wir werden jetzt doch nicht vor dem bisschen Erde und den paar Steinen kapitulieren!", sagte Paul. „Stellt euch bloß mal vor, wie die Bergarbeiter früher schuften mussten, wenn sie sich hier in den Berg hineingearbeitet haben. Da ist das, was wir hier machen, nur ein Klacks!"

„Da hast du allerdings recht!", stimmte ihm Marie zu. „Ich war mal mit meinen Eltern in einem Bergwerksmuseum, da konnte man sehen, mit welchen Maschinen die Bergarbeiter früher Steinkohle gefördert haben. Das war Schwerstarbeit, und gefährlich war's auch."

„Aber in den uralten Stollen hier hatten die ja nicht mal Maschinen, sondern nur ganz einfaches Werkzeug", sagte Paul. „Das stelle ich mir furchtbar mühsam vor!"

„Die Nibelungen übrigens, die angeblich den riesigen Schatz angehäuft haben, waren der Sage nach Zwerge, die in den Bergen nach Erzen gegraben haben", erzählte Lucas.

„Und die Zwerge bei Schneewittchen waren auch Bergleute", lachte Paul.

„Okay Jungs, dann seid ihr ja wohl die Zwerge, und ich bin Schneewittchen", freute sich Marie und machte es sich im Gras bequem.

„Dann mal hopp, hopp an die Arbeit, ihr Kleinen!", kommandierte sie streng.

„Das könnte dir so passen, uns hier alleine schuften zu lassen!", beschwerte sich Lucas lachend.

„Ich glaube, wir sollten jetzt aber wirklich weitermachen", sagte Paul besorgt. „Schaut mal nach oben, da ballen sich schon dicke Gewitterwolken. Würde mich nicht wundern, wenn es bald zu regnen anfängt."

Frisch gestärkt gingen die drei wieder an die Arbeit. Sie entfernten mit den Klappspaten und der Blumenkelle eine etwa fünfzehn Zentimeter dicke Schicht Erde. Darunter stießen sie auf größere Steine und Felsbrocken, die von Erde und einem Wurzelgeflecht zusammengehalten wurden. Nachdem sie eine erste Lage Steine abgetragen hatten, wurden die Felsbrocken etwas größer.

„Wir müssen jetzt sehr vorsichtig vorgehen!", rief Paul. „Sonst kracht uns das Ganze zusammen. Dabei könnte man sich übel verletzen!"

„Hast recht!", sagte Lucas. „Wir sollten immer die oberen Brocken zuerst wegnehmen, damit nichts ins Rutschen kommt."

Mit größter Vorsicht entfernten sie die Gesteinsbrocken Schicht um Schicht. Bald bemerkten sie, dass sich hinter diesen aufgeschichteten Felsbrocken eine massive Felswand befand. Je weiter sie vorankamen, desto größer wurden die Steine. Es wurde immer mühsamer, die Steine aus dem Verbund herauszulösen. Als sie einen dieser großen Brocken mit Hilfe eines Spatenstieles, den sie als Hebel benutzten, herunterkippten, tat sich plötzlich dahinter ein dunkler Spalt auf.

„Hey, da ist was!", rief Paul aufgeregt. Sofort holte Marie ihre Taschenlampe und leuchtete hinein. Der Strahl der Lampe erhellte hinter den Steinen einen dunklen Gang.

„Ich glaub's nicht", murmelte Marie fassungslos. „Da ist wirklich der Bergwerkseingang!"

Lucas sagte zunächst gar nichts, er schien wirklich sprachlos zu sein.

„Ich hab's gewusst!", jubelte er schließlich. „Hab ich's euch nicht gesagt, dass wir den Eingang finden? Hey, wir haben's geschafft!"

Die drei arbeiteten konzentriert weiter. Stein um Stein hebelten sie aus dem dichten Verbund heraus und schichteten sie an der Seite auf. Bald war die Öffnung groß genug, dass man hätte hineinschlüpfen können, aber Lucas bestand darauf, den Eingang vollständig freizulegen. Schließlich war es soweit, der Bergwerkseingang war offen.

Während sich am Berghang in der Mittagshitze immer mehr drückend schwüle Luft gestaut hatte, wehte ihnen aus dem Eingang ein kühler Lufthauch entgegen.

„Ganz schön kühl da drinnen. Ich zieh mir lieber meine Regenjacke über, wenn wir da reingehen", sagte Marie. Lucas und Paul folgten ihrem Beispiel.

„Was machen wir mit unserem Werkzeug und den Rucksäcken? Lassen wir einfach alles hier draußen liegen?", fragte Paul.

„Valerian hat den Eingang zu dem Raum, in dem er den Schatz deponiert hat, mit Steinen verschlossen. Ich schlage vor, wir nehmen alles mit, vielleicht brauchen wir das da drinnen noch", sagte Lucas.

„Hast recht", meinte Paul. „Außerdem sieht es verdammt nach einem Gewitter aus. Ich schätze, es kann jeden Augenblick losgehen. Das Zeug ist nachher pitschnass, wenn wir es hier draußen liegen lassen." Mit wenigen Handgriffen hatten sie alles zusammengeräumt.

„Und was ist mit der Gartenschere, die da drüben beim Efeugestrüpp liegt? Würde Lilo sicher nicht gefallen, wenn du die hier herumliegen lässt", gab Marie zu bedenken.

„Okay, dann schleppe ich die halt auch noch mit", stöhnte Lucas, holte die Schere und steckte sie in die Tasche seiner Regenjacke.

Sie klappten die Spaten zusammen, setzten ihre Rucksäcke auf und schalteten ihre Taschenlampen ein. Die Expedition konnte beginnen. Lucas ging voraus, dann folgte Marie, und Paul bildete den Schluss. Hinter dem schmalen Bergwerkseingang weitete sich der Gang nach ein paar Schritten zu einer breiten Höhle.

„Das muss wohl die Höhle sein, in der Valerian seine Vorräte gelagert hat", erklärte Lucas.

Ein Stollen, der so groß war, dass sogar zwei Personen nebeneinander gehen konnten, führte anschließend weiter in den Berg hinein. Doch gleich darauf wurde es enger, und auch die Durchgangshöhe wurde geringer.

„Da könnte man ja Platzangst kriegen", hörte Lucas Marie hinter sich sagen.

Obwohl alle drei mit lichtstarken Taschenlampen ausgerüstet waren, mussten sie sich mit größter Vorsicht vorwärts tasten, denn der Boden des Ganges war uneben, und von der Decke ragten immer wieder scharfkantige Felszacken in den Gang herein. Lucas warnte Marie und Paul ab und zu vor besonders gefährlichen Stolperfallen. Schließlich gelangten sie in einen größeren höhlenartigen Raum, der eine beachtliche Höhe von gut drei Metern hatte. Von hier aus führten drei Gänge weiter.

„Na super, für jeden einen, wer geht links, wer nimmt die Mitte, und wer geht rechts?", fragte Lucas.

„Du meinst doch nicht allen Ernstes, dass ich alleine in so einen Gang reingehe!", empörte sich Marie.

„Marie hat recht", meinte Paul. „Wir sollten auf jeden Fall zusammenbleiben, auch wenn's länger dauert. Es ist viel zu gefährlich, getrennt weiterzugehen."

„Okay, ist vielleicht besser so", gab Lucas zu. „Aber welchen Gang nehmen wir zuerst?"

Sie entschieden sich für den Gang auf der linken Seite, der jedoch schon nach etwa zehn Metern in einer Art Seitenkammer endete.

„Ist ja wie in einem Labyrinth", bemerkte Paul, als sie in den großen Raum zurückkamen.

„Sieht nicht so aus, als ob die Bergleute diese Stollen nach irgendeinem Plan in den Berg gehauen hätten", meinte Marie.

„Tja, ich vermute, die sind einfach den Gesteinsadern gefolgt, die einen hohen Metallanteil hatten. Und wenn sie kein verwertbares Erz mehr gefunden haben, haben sie die Stollen an dieser Stelle logischerweise nicht mehr weitergeführt", versuchte Lucas zu erklären.

„Aber einen Hauptgang, auf dem sie das Erz abtransportiert haben, muss es doch gegeben haben", wandte Paul ein.

„Ja, versuchen wir es mal mit dem hier in der Mitte", schlug Lucas vor. Nach wenigen Metern weitete sich der Stollen zunächst, aber kurz darauf hatten sie auch hier schon wieder das Ende erreicht.

„Na, hoffentlich ist der letzte Gang nicht noch mal so 'ne Pleite", brummte Paul ungeduldig.

Der Gang führte in einer leichten Biegung weiter. Hier hatte man sich mit dem Ausbau etwas größere Mühe gegeben. Der Stollen war ziemlich gleichmäßig etwa mannshoch aus dem Gestein herausgearbeitet worden und führte leicht bergauf. Nach ungefähr dreißig Metern mündete er in einen großen Raum. In der Mitte hatten die Bergleute mehrere Stützpfeiler des Natursteines stehen lassen, so dass der Raum den unterirdischen Katakomben einer Kathedrale ähnelte. Von diesem Raum führten zwei Stollen weiter in den Berg hinein. Auf der rechten Seite befand sich ein kurzer Verbindungsstollen, der in eine kleine Seitenkammer führte und dort endete. Auf der linken Seite des großen Raumes lagerten Steine, die an der Wand hoch aufgeschichtet waren, vermutlich Abraum, den man in der Endphase der Erzgewinnung nicht mehr aus dem Bergwerk herausgeschafft hatte.

„Welchen Stollen nehmen wir diesmal?", fragte Marie.

„Wir können ja eine Münze werfen", schlug Paul vor. Als Lucas nicht reagierte, deutete Paul auf den Gang links und sagte: „Also gut, ich bin für den hier."

„Wartet mal!", rief Lucas plötzlich ganz aufgeregt. „Valerian hat doch geschrieben, dass er den Raum, in dem er den Schatz gelagert hat, von außen mit Steinen verschlossen hat. Schaut mal da rüber! Könnte doch gut sein, dass sich hinter der Steinhalde dort an der Wand der Eingang zu diesem Raum befindet."

„Ja, schon, könnte sein", zögerte Paul, „aber …"

„Na, was gibt's da noch zu überlegen?", unterbrach ihn Marie ungeduldig. „Auf geht's, Jungs! Worauf wartet ihr? So versessen aufs Steineschleppen war ich schon lange nicht mehr!"

„Also gut, machen wir uns an die Arbeit", seufzte Paul nicht so ganz überzeugt und zog schon mal die Arbeitshandschuhe an.

Die Taschenlampen legten sie auf den Boden und richteten sie mit Hilfe von Steinen, die sie unterlegten, so auf die Steinhalde aus, dass sie genug Licht zum Arbeiten hatten. Paul stieg auf den Abraumhügel und reichte von oben her die Steinbrocken abwechselnd Marie und Lucas, die das Material an der Seite aufschichteten. Nachdem die obere Schicht abgetragen war, stiegen auch Marie und Lucas auf den Hügel und warfen die dort lagernden Gesteinsbrocken auf die Steinhaufen, die sie links und rechts aufgetürmt hatten. Alle drei arbeiteten mit Hochdruck, und so machte die Arbeit schnell Fortschritte.

„Halt! Ich glaube, da ist was!", rief Paul plötzlich. „Da sind gerade 'ne Menge Steine nach hinten weggerutscht!"

Tatsächlich hatte sich durch das Abrutschen des Gerölls in der Felswand hinter der Halde ein breiter Spalt aufgetan. Alle drei bemühten sich nun fieberhaft, den Spalt nach unten zu erweitern. Schnell hatten sie die Steine an dieser Stelle so weit abgetragen, dass man durch die Öffnung hindurchschauen konnte.

Paul holte seine Taschenlampe und leuchtete in den Raum hinter der Öffnung hinein. Für einen Augenblick schien es Marie, Lucas und Paul die Sprache verschlagen zu haben. Pauls Taschenlampe erleuchtete einen Raum, in dessen Mitte eine große Anzahl von Säcken lagerte.

„Kann mich mal jemand zwicken, damit ich weiß, dass ich nicht träume!", murmelte Marie, die als erste wieder die Sprache gefunden hatte.

„Ich hab's gewusst, dass wir den Schatz finden!", jubelte Lucas.

„Und du meinst wirklich, dass in den Säcken der Nibelungenschatz ist?", zweifelte Paul noch immer. „Vielleicht ist da ja nur irgendein oller Plunder drin."

„Aber alles ist genau so, wie es Valerian beschrieben hat. Die drei Felsen, das Bergwerk, die Gänge und Kammern und jetzt auch noch der Raum mit den Säcken! Was gibt's da noch zu bezweifeln?", fragte Lucas.

„Hört auf damit! Wir machen den Eingang frei, dann werden wir ja sehen, was in den Säcken ist!", sagte Marie mit Nachdruck und begann wieder, Steine wegzuräumen.

Paul und Lucas folgten wortlos ihrem Beispiel. Alle drei arbeiteten wie besessen, und bereits nach einer Viertelstunde hatten sie den Durchgang fast vollständig freigelegt, so dass man mühelos in den Raum gehen konnte.

„Das reicht jetzt! Da kannst du ja mit 'nem LKW reinfahren", übertrieb Paul. „Ich will jetzt endlich sehen, was da drinnen ist!"

Sie nahmen ihre Taschenlampen und gingen in den Raum. Lucas kam sofort wieder ins Schwärmen, als er die Säcke aus der Nähe betrachtete.

„Seht euch das an!", sagte er und fuhr mit dem Finger leicht über einen der Ledersäcke. „Die sind perfekt erhalten, als ob die Zeit stillgestanden hätte. Ich vermute, dass das Leder durch die kühle Temperatur hier unten optimal konserviert worden ist."

„Schaut mal, auf dem Lederbeutel ist ein Drachenwappen zu erkennen", stellte Marie fest.

„Ja, genau, ich erinnere mich wieder. Valerian hat geschrieben, dass das Wappen der Burgunderkönige aus Worms auf den Säcken war", erklärte Lucas.

„Also, ihr spannt mich ganz schön auf die Folter! Wollt ihr denn gar nicht wissen, was in den Säcken ist?", fragte Paul ungeduldig. „Ich platze gleich vor Neugier!"

„Moment noch!", rief Lucas und trieb damit Pauls Anspannung auf die Spitze. „Valerian hat geschrieben, dass die Verschlüsse der Säcke versiegelt waren, seht ihr da etwas?"

„Nein, an den Lederbändern ist nichts zu sehen", sagte Marie.

„Schaut mal, da liegt so etwas auf dem Boden", sagte Paul. „Das könnte so ein Siegel sein. Anscheinend hat sich das im Laufe der Zeit von dem Lederband gelöst und ist abgefallen."

„Dann versuche ich jetzt, die Bänder aufzumachen, okay?", sagte Marie und begann vorsichtig, die Bänder an einem der Säcke zu lösen.

Die Lederbänder waren durch die lange Lagerzeit hart geworden, aber nach einiger Zeit gelang es Marie, die Verknotung zu lösen, ohne die Bänder zu zerstören. Genauso vorsichtig zog sie nun die Verschnürung des Ledersackes auseinander.

„So, jetzt kommt der entscheidende Augenblick", sagte Lucas mit einem feierlichen Ausdruck in der Stimme und leuchtete in den Ledersack hinein.

„Wow", raunten alle drei gleichzeitig und verfielen dann in ein andächtiges Schweigen. Was sie sahen, war einfach überwältigend. Ganz obenauf lag ein goldener, mit Juwelen besetzter Armreif, daneben eine kunstvoll gearbeitete goldene Kette mit einem goldgefassten Edelstein als Anhänger. Darunter war ein goldener Pokal zu sehen, der ebenfalls mit Edelsteinen verziert war. Gold und Edelsteine, wo man nur hinsah! Marie nahm den Armreif aus dem Ledersack heraus und streifte ihn über ihr Handgelenk.

„Stellt euch vor, diesen Schmuck hat vielleicht einmal Kriemhild von Burgund getragen", flüsterte sie halblaut. „Ich kann's immer noch kaum fassen!"

Als Lucas sein Handy aus der Tasche zog, um Marie mit dem Armreif zu fotografieren, nahm sie noch ein juwelenbesetztes Diadem aus dem offenen Ledersack heraus und setzte es auf.

„Spot on! Aaaaand action!", rief Paul ausgelassen und richtete den hellen Scheinwerfer seiner Taschenlampe auf Marie. Die ließ sich nicht zweimal bitten und posierte wie eine Diva mit dem kostbaren Schmuck, während Lucas den Modefotografen spielte und Foto um Foto von ihrem Auftritt schoss. Schließlich beendete Marie ihre Vorstellung und legte das Diadem wieder zurück an seinen Platz.

Lucas begann nun damit, eine Kostbarkeit nach der anderen aus dem Ledersack herauszunehmen und zu fotografieren.

„Oh Mann!", seufzte Paul schließlich, der Lucas eine ganze Weile zugeschaut hatte. „Wenn du alles, was hier in den Ledersäcken steckt, fotografieren willst, sind wir übermorgen noch hier."

„Aber ein paar Bilder müssen wir doch haben! Wenn wir unseren Fund nicht beweisen können, glaubt uns das doch kein Mensch!", gab Lucas zurück und machte eifrig weiter Bilder. Er fotografierte den Raum mit den Ledersäcken in der Mitte, einen einzelnen Ledersack mit dem Wappen und machte schließlich ein Selfie von sich, Marie und Paul vor den Säcken. Als sie sich die Bilder ansahen, sagte Marie plötzlich:

„Schaut mal, da auf dem Bild sieht man im Hintergrund an der Wand etwas leuchten. Was kann das denn sein?"

„Augenblick!", rief Paul, „das muss da hinten sein."

Paul leuchtete mit seiner Taschenlampe die hintere Wand ab und fand in einer Felsnische einen kleinen goldschimmernden Gegenstand. Aus der Nähe sahen sie, dass es sich um einen goldenen, ansonsten aber eher unscheinbaren Ring handelte.

„Was hat das zu bedeuten? Warum hat Valerian diesen Ring abseits vom Schatz aufbewahrt?", fragte Marie und wollte den Ring aus der Wandnische herausnehmen. Sofort hielt Lucas ihren Arm fest und hinderte sie daran.

„Das ist der Ring ‚Andvaranaut'", sagte er. „Der Sage nach verleiht er dem Träger große Macht, aber auf ihm lastet auch ein Fluch. Er bringt den Tod!"

„Wie gut, dass ich nicht abergläubisch bin und an so einen esoterischen Humbug nicht glaube", lachte Marie und griff erneut nach dem Ring.

Im selben Moment blitzten von hinten zwei grelle Lichtkegel auf. Zwei große Gestalten drängten sich blitzschnell in den Raum. Lucas und Paul gelang es noch, zur Seite zu springen, Marie jedoch wurde von der einen Gestalt brutal gepackt und festgehalten.

Es waren Gerwald und sein Freund Armin. Gerwald stellte sich vor den Ausgang, so dass ein Entkommen nicht möglich war. Marie versuchte sich verzweifelt aus den Händen Armins zu winden, doch ihre Versuche blieben völlig chancenlos.

„Gute Arbeit, wirklich gute Arbeit, ihr drei, das muss man euch lassen", sagte Gerwald und fuhr mit spöttischem Unterton fort: „War wirklich sehr nett, extra für uns so viele Spuren zu hinterlassen."

„Ja, vor allem der Notizzettel vom Beutelfels war sehr nützlich. Alle Achtung, da hat jemand richtig gründlich gearbeitet", fügte Armin mit fiesem Gelächter hinzu.

„Und dann die Spuren im Wald, als ob 'ne Rinderherde durchgetrieben worden wäre. Ihr hättet vielleicht noch ein paar Schilder mit der Aufschrift ‚da geht's zum Schatz' aufstellen können, wäre noch netter gewesen." Gerwald wollte sich beinahe ausschütten vor Lachen über seinen dämlichen Witz, doch plötzlich wurde er ganz ernst und stellte sich neben Marie, die noch immer versuchte, sich aus dem festen Griff von Armin zu befreien.

„So, Schluss der Vorstellung!", brüllte er plötzlich, umklammerte Marie von hinten und ließ ein Springmesser aufblitzen, das er Marie an den Hals setzte.

„Ihr zwei da drüben dreht euch jetzt mal schön brav zur Wand und legt die Hände auf den Rücken!", kommandierte er und bekräftigte seine Forderung mit dem Zusatz: „Ihr wollt doch nicht, dass ich eurer kleinen Freundin wehtue."

Zu Armin sagte er: „Nimm die Kabelbinder, und binde den Jungs die Hände auf den Rücken, sonst machen die uns nur unnötig Ärger."

Paul und Lucas sahen sich einen Moment verzweifelt an, wagten aber nicht, sich der Aufforderung zu widersetzen, und drehten sich langsam zur Wand. Armin band ihnen mit wenigen Handgriffen die Hände auf den Rücken.

„So, jetzt gefallt ihr mir schon besser!", rief Gerwald. „Jetzt dreht ihr euch wieder um, und jeder von euch setzt sich schön brav in eine Ecke."

Armin dirigierte Paul in die rechte und Lucas in die linke Ecke, befahl ihnen, sich hinzusetzen, und schnürte auch ihre Fußgelenke mit einem Kabelbinder zusammen.

„So, nun kommen wir zu dir, Fräulein", sagte er zu Marie, die sich nicht mehr zu rühren gewagt hatte, seit er ihr das Messer an die Kehle gesetzt hatte.

„Wir gehen jetzt gemeinsam ganz, ganz langsam da rüber." Damit schob er Marie vor sich her bis zu der Ecke, wo Paul auf dem Boden saß.

„So, und jetzt schön die Hände auf den Rücken." Marie blieb nichts anderes übrig, als seinen Anweisungen zu folgen, denn sie spürte noch immer die Klinge an ihrem Hals.

„Ach schau mal an!", rief Gerwald Armin zu. „Die Dame hat sich schon etwas Schönes ausgesucht." Gerwald deutete auf den Armreif, den Marie immer noch trug.

„Schade, aber der Armreif würde jetzt leider ein bisschen stören, wenn Armin dir die Hände bindet", spottete Gerwald und riss Marie den Reif vom Handgelenk. Armin band Marie die Hände auf den Rücken, drückte sie auf den Boden neben Paul und schnürte ihr ebenfalls die Beine zusammen.

Keiner von den dreien hatte bisher einen Laut von sich gegeben. Sie standen noch immer vollkommen unter Schock. Auch jetzt wagten sie nicht zu sprechen, sondern sahen einander nur entsetzt an.

„Dieser Dreckskerl hätte mich glatt umgebracht!", flüsterte Marie Paul zu.

„Ja, die Typen sind zu allem fähig!", flüsterte Paul zurück. „Keine Ahnung, was die mit uns vorhaben."

Sie mussten nun zusehen, wie Gerwald und Armin den Schatz genau untersuchten. Die beiden öffneten noch einige weitere Ledersäcke und stießen bei jedem erneut Jubelschreie aus.

„Da..., d...das ist unglaublich, nicht zu fassen", lallte Armin wie im Rausch. „Das…, d...das übertrifft alles, was ich mir in meinen kühnsten Träumen ausgemalt habe!"

Währenddessen wühlte Gerwald wie im Wahn in den goldenen Kostbarkeiten. Er gebärdete sich wie ein Verrückter, packte Armin bei den Schultern, schüttelte ihn und lachte wie irre auf.

„Das ist unfassbar, allein der reine Goldwert und der Wert der Edelsteine ist gigantisch, der künstlerische Wert und die archäologische Bedeutung sind unermesslich. Armin, ist dir überhaupt klar, was wir hier in der Hand haben? Wir sind reich, unvorstellbar reich!"

Die beiden durchsuchten noch eine ganze Weile die Ledersäcke und führten sich dabei auf wie Verrückte. Plötzlich blieb Gerwald wie erstarrt stehen und rief:

„Der Ring! Wo zum Teufel ist der Ring?" Sofort begann er wie wild mit seiner grell leuchtenden Taschenlampe den ganzen Raum abzusuchen, bis er die Nische mit dem Ring gefunden hatte.

„Andvaranaut", sagte er in ehrfürchtigem Ton. „Da ist er, ein schlichter, goldener Ring, und doch so mächtig. Seit ich zum ersten Mal von diesem Ring gehört habe, hat mich der Gedanke, ihn zu besitzen, nie mehr losgelassen."

Er nahm den Ring aus der Nische und steckte ihn sich mit einer feierlichen Handbewegung an den Ringfinger seiner rechten Hand.

Armin, der langsam wieder zur Besinnung gekommen zu sein schien, riss Gerwald aus seiner Träumerei.

„Hast du eigentlich einen Plan, wie wir das ganze Zeug hier wegschaffen können?", fragte er.

„Mach dir keine Sorgen, ich hab das alles im Griff!", erwiderte Gerwald. „Also, pass auf, ich gehe runter zum Parkplatz und fahre mit dem Jeep auf dem alten Forstweg wieder hoch. Das letzte Stück bis zum

Bergwerkseingang wird vielleicht schwierig, aber mit dem Jeep müsste ich es schaffen können. Du passt in der Zwischenzeit auf die Rotznasen auf. Wenn ich wiederkomme, laden wir den ersten Teil des Schatzes in den Jeep und bringen ihn auf mein Motorboot im Wormser Rheinhafen. In den Jeep kriegen wir einiges rein. Ich denke, mit drei Fuhren haben wir alles im Boot, und dann ab nach Rotterdam. Im Hafen von Rotterdam kommt erst mal alles in einen dieser großen Schiffscontainer. Den Rest überlass mir, ich habe beste Verbindungen in alle Welt."

„Und was machen wir mit den Gören?", wollte Armin wissen.

„Für die denke ich mir auch noch was Schönes aus", sagte Gerwald und fügte im Flüsterton hinzu:

„Auf dem Weg nach Rotterdam kann viel passieren. Der Rhein ist ein gefährlicher Fluss, da ist schon mancher nachts über Bord gegangen und nie wieder aufgetaucht."

„Du willst die doch nicht etwa mitnehmen!", zischte Armin zurück.

„Weißt du was Besseres?", entgegnete Gerwald unwirsch. „Hier lassen können wir die auf keinen Fall, sonst kommt man uns schneller auf die Spur, als uns lieb sein kann. Denk mal drüber nach! Ich muss mich jetzt beeilen, sonst schaffen wir das heute nicht mehr vor Einbruch der Dunkelheit. Hier, nimm mein Messer, und wenn die nicht spuren, machst du kurzen Prozess mit ihnen!"

„Das brauch ich nicht, ich bin selbst gut ausgerüstet!", entgegnete Armin und zog eine Kleinkaliber-Pistole aus einem Pistolenhalfter, das er verdeckt unter seinem weiten Hemd trug. Gerwald ließ einen leisen Pfiff durch die Zähne hören.

„Nicht übel!", sagte er und klopfte Armin anerkennend auf die Schulter. „Okay, wenn alles gut läuft, bin ich in einer halben Stunde mit dem Jeep wieder da!"

Nachdem Gerwald gegangen war, sammelte Armin die Taschenlampen ein, die kreuz und quer durch den Raum leuchteten, und richtete eine auf Lucas und eine auf die Ecke, in der Paul und Marie saßen. Seine eigene richtete er gegen die Decke, so dass der Raum insgesamt in ein dämmriges Licht getaucht war.

„So gefällt mir das. Jetzt hab ich euch schön im Blick. Ihr verhaltet euch ruhig und macht mir keine Dummheiten, sonst wird mein kleiner Freund hier ganz schön ungemütlich!", sagte Armin und zeigte auf seine Pistole.

Diese Aufforderung von Armin war kaum erforderlich, denn die drei saßen noch immer geschockt und niedergeschlagen auf dem Boden. Marie und Paul grübelten verzweifelt darüber nach, ob es irgendeine Möglichkeit gab, sich aus dieser aussichtslosen Lage zu befreien.

„Die verdammten Kabelbinder sitzen so fest, ich spüre meine Hände schon fast nicht mehr", flüsterte Paul.

„Ist bei mir genauso", raunte Marie zurück. „Ich hab schon probiert, ob ich da irgendwie mit einer Hand rausschlüpfen kann, aber das ist völlig unmöglich. Die Dinger sitzen bombenfest."

„Ruhe, da drüben! Hier wird nicht geflüstert!", brüllte Armin sofort, der sich inzwischen neben den Eingang zur Kammer gesetzt hatte und sich anscheinend mit einem Spiel auf seinem Handy die Zeit vertrieb.

Lucas saß völlig in sich zusammengesunken und deprimiert in seiner Ecke. Noch immer zitterte er vor Aufregung über die Ereignisse der letzten Minuten am ganzen Körper. Dazu kam die Kälte im Bergwerk, die er zuvor gar nicht wahrgenommen hatte. Langsam aber stetig begann sie, in ihm hochzukriechen. Ihm war furchtbar elend zumute. So sehr er sich auch bemühte, seine aufgewühlten Gefühle wieder unter Kontrolle zu bringen, es gelang ihm nicht. Viel schlimmer als seine Angst und die Kälte aber war, dass er sich die größten Vorwürfe machte, seit Gerwald und Armin plötzlich aufgetauchte waren. Alles war seine Schuld. Seinetwegen befanden sie sich nun in dieser ausweglosen Situation und mussten um ihr Leben fürchten. Wie hatte er nur so leichtsinnig sein können, diesen Notizzettel am Beutelfelsen aus der Tasche fallen zu lassen. Er allein war dafür verantwortlich, dass Gerwald und dieser Armin auf ihre Spur gekommen waren. Lucas konnte keinen klaren Gedanken mehr fassen, so sehr lasteten die Schuldgefühle auf ihm. In seine Verzweiflung mischte sich aber mehr und mehr auch Wut über die beiden Gangster, die nun von ihren Vorarbeiten profitierten, ohne selbst einen Finger gerührt zu haben. Wie viel Mühe hatte es gekostet, bis sie den Nibelungenschatz gefunden hatten! Er dachte an die Suche mit der Drohne, an den Zufall, dass die Drohne ausgerechnet in der Nähe der drei Felsen außer Kontrolle geraten war, und an die Arbeit, die sie heute geleistet hatten. „Die Arbeiten … heute … ja, genau!", dachte er plötzlich. „Oh Mann, dass ich das vergessen konnte! ... Lilos Gartenschere!" Mit Lilos Gartenschere hatte er den Efeu abgeschnitten, und bevor sie ins Bergwerk gegangen waren, hatte Marie darauf bestanden, dass er die Schere mitnahm. Die Schere musste noch in der Tasche seiner Regenjacke stecken.

„War es möglich, damit die Fesseln zu zerschneiden?", fragte er sich. Aber wie sollte er mit gefesselten Händen an die Schere herankommen? Er erinnerte sich, dass die Schere in der rechten Tasche seiner Jacke stecken musste.

Zum Glück hatte er den Reißverschluss nicht zugemacht. So konnte er nun versuchen, die rechte Seite der Jacke unauffällig mit dem Unterarm in Richtung seiner gefesselten Hände zu drehen. Zentimeter um Zentimeter schob er die Jackenseite, in der sich die Schere befinden musste, nach hinten. Nach einiger Zeit konnte er mit dem Unterarm die Schere in der Tasche ertasten. Sie war tatsächlich da, wo er sie vermutet hatte.

Das war immerhin ein erster kleiner Hoffnungsschimmer in dieser schlimmen Lage. Weitaus schwieriger würde es sein, die Gartenschere mit gefesselten Händen aus der Tasche herauszubekommen, ohne dass Armin etwas davon mitbekam.

Er überlegte krampfhaft, wie er das anstellen sollte. Wenn die Schere dabei auf den Boden fallen würde, würde Armin sicher misstrauisch werden und nachschauen. Das wäre das Aus. Aber wie sollte er sonst an die Schere herankommen, er musste sie aus der Tasche herausschütteln, anders würde es nicht gehen.

Da hatte er einen gewagten Einfall. Er erinnere sich daran, dass ein Schulkamerad einmal währen einer Prüfung einen Hustenanfall vorgetäuscht hatte, um zu vertuschen, dass er ein Lösungsheft aus seiner Schultasche holte. Das könnte doch vielleicht auch hier funktionieren.

Er arbeitete noch eine Weile daran, die Jackentasche in eine günstige Position zu bringen, und atmete vor seinem Hustenschauspiel zuerst noch einmal ruhig durch. Nun begann er mit scheinbar unterdrücktem Husten und steigerte sich nach und nach in einen beängstigenden Hustenanfall hinein. Dabei schüttelte und bog er sich, bis die Schere aus der Tasche herausfiel und neben ihm auf dem Boden landete. Blitzschnell rutschte er ein wenig zur Seite, so dass die Schere nicht mehr zu sehen war.

„Hey, was ist denn los da drüben? Nimm dich gefälligst zusammen!", brüllte Armin.

„Entschuldigung, mein Asthma, ich kann dagegen nichts machen. Dieser Husten kommt einfach so, wenn ich mich aufrege", sagte Lucas betont höflich.

Damit war Armin zum Glück zufrieden. Im nächsten Augenblick spielte er schon wieder auf seinem Handy. Lucas konnte nun die Schere mit der rechten Hand greifen und versuchen, den kleinen Feststeller zu öffnen, mit dem die Schneidklinge arretiert war. Das gelang ihm leichter, als er gedacht hatte.

Nun kam der schwierigere Teil. Er musste die schmale Klinge der Schere zwischen seinen Handgelenken und dem Kunststoffband des Kabelbinders hindurchstecken. Mit auf dem Rücken gefesselten Händen war das keine leichte Aufgabe, wie er schnell feststellen musste. Seine größte Angst war aber, dass ihm die Schere dabei aus der Hand rutschen könnte. Nach mehreren Fehlversuchen hatte er es schließlich geschafft. Die schmale Klinge steckte an der richtigen Stelle. Jetzt musste er nur noch die beiden Handgriffe zusammendrücken. Zu diesem Zweck rutschte er ganz langsam näher an die Wand und drückte dadurch den einen der beiden Griffe gegen die Wand. Sofort sprang das Kunststoffband auf, und beinahe wäre ihm dabei in letzter Sekunde die Schere aus der Hand geglitten. Seine Hände waren frei.

Er konnte sein Glück kaum fassen. Vorsichtig legte er die Gartenschere hinter sich auf den Boden. Auf keinen Fall durfte Armin bemerken, dass er seine Fessel gelöst hatte, deshalb ließ er beide Hände auf dem Rücken.

„Was war jetzt zu tun?", fragte er sich. Seine Hände waren zwar frei, aber das änderte nichts daran, dass wenige Meter von ihm entfernt Armin mit schussbereiter Pistole saß. Lucas entschloss sich, abzuwarten, bis sich irgendeine Möglichkeit bieten würde, um den Vorteil, den er sich gerade verschafft hatte, zu nutzen.

Doch die Zeit drängte. Er musste befürchten, dass Gerwald demnächst wiederkommen würde. Die halbe Stunde, von der Gerwald gesprochen hatte, war vermutlich längst um. Lucas saß auf glühenden Kohlen. Jeden Moment musste er damit rechnen, dass Gerwald wieder auftauchte. Doch Gerwald kam nicht. Auch Armin schien langsam unruhig zu werden.

„Verdammt, wo bleibt der Kerl denn bloß!", stieß er zwischen den Zähnen hervor, während er nervös auf seinem Handy herumdrückte und herumwischte.

Lucas schaute zu Marie und Paul hinüber, die sich inzwischen wieder trauten, sehr leise miteinander zu flüstern. Doch Lucas saß zu weit weg und konnte nichts davon verstehen. Zu gerne hätte er den beiden ein Zeichen gegeben, dass seine Hände frei waren, doch er wollte kein unnötiges Risiko eingehen. Als Armin sich für einen Augenblick umdrehte, weil er glaubte, etwas gehört zu haben, machte Lucas den beiden mit seiner rechten Hand ein Zeichen und verbarg sie sofort wieder hinter seinem Rücken. Die Gesichter von Marie und Paul spiegelten gleichermaßen ungläubige Überraschung wie aufkeimende Hoffnung wider. Beide hatten sich jedoch sofort wieder unter Kontrolle, denn Armin durfte um keinen Preis etwas von der veränderten Situation bemerken. Gerwald ließ noch immer auf sich warten.

Armin stieß halblaut unverständliche Verwünschungen gegen Gerwald aus und wurde zusehends nervöser. Auch Lucas war äußerst angespannt. Er musste irgendetwas unternehmen, bevor Gerwald wieder zurück war. Fragte sich bloß was.

Plötzlich riss Armin die Geduld. Er stand auf, ging mehrmals unschlüssig ein paar Schritte hin und her und sagte schließlich erregt:

„Verdammt! Irgendetwas stimmt doch da nicht!" Er warf noch einmal kurz einen Blick auf seine drei Gefangenen, schnappte sich seine Taschenlampe und ging weg, um nachzuschauen, wo Gerwald blieb.

Das war die Chance, auf die Lucas gewartet hatte. Sofort schnitt er sich mit der Gartenschere auch die Fußfessel durch, war im nächsten Augenblick bei Marie und Paul und befreite beide in Windeseile von ihren Fesseln.

„Raus hier, so schnell wie möglich!", zischte er den beiden zu, griff sich seine Taschenlampe und hastete im nächsten Moment schon aus der Kammer heraus. Die beiden anderen blieben ganz eng an ihm dran und folgten ihm wortlos.

„Wo willst du denn hin?", raunte ihm Paul schließlich etwas ratlos zu. „Zurück zum Bergwerkseingang können wir nicht, da laufen wir Armin direkt in die Hände."

„Du hast recht!", flüsterte Lucas zurück. „Wir müssen weiter in den Berg hinein. Komm mit! Wir haben keine andere Wahl."

Alle drei schnappten sich im Vorbeigehen ihre Rucksäcke, die noch immer in dem großen Raum mit den Säulen lagen. Nach ein paar Schritten standen sie vor den beiden Stollen, die weiter in den Berg hineinführten.

„Und welchen nehmen wir jetzt?", fragte Marie, als Lucas für einen Moment unschlüssig stehen blieb.

Doch Lucas reagierte überhaupt nicht auf Maries Frage, stand einfach nur da, als würde er in den Berg hineinlauschen, und rührte sich nicht.

„Was ist los mit dir, Lucas, wir müssen hier verschwinden, der Typ kann jeden Moment wieder auftauchen!", drängte Paul.

„Spürt ihr den leichten Luftzug?", fragte Lucas plötzlich. „Das kommt von da, aus dem rechten Stollen.

Der Schacht, versteht ihr, der Schacht, es muss ihn also doch geben! Kommt schnell, da geht's rein!"

Damit stürmte Lucas in den Stollen. Marie und Paul folgten ihm. Der Stollen wand sich schier endlos durch den Berg und führte zunächst nur leicht ansteigend, allmählich aber immer steiler nach oben. Nach einer gefühlten Ewigkeit sah Lucas eine Wand vor sich. Wie es schien, waren sie am Ende des Ganges angekommen.

„Mist!", zischte Lucas.

Im nächsten Augenblick strauchelte er und stieß einen unterdrückten Schrei aus. Direkt vor ihm tat sich ein tiefes Loch auf. Einen Schritt weiter und er wäre hineingestürzt. Von oben war ein krachender Donnerschlag zu hören und der Luftzug war hier sehr viel deutlicher zu spüren. Paul und Marie drängten sich an Lucas heran und alle drei schauten nach oben. Es war der Schacht, soviel war klar, aber zu ihrer Enttäuschung leider ohne Blick ins Freie. Im nächsten Moment schreckte sie wieder ein furchtbarer Donnerschlag auf.

„Da draußen scheint ein richtiges Unwetter zu toben", sagte Paul.

„Ich wäre trotzdem lieber draußen", entgegnete Lucas. „Sieht allerdings nicht so aus, als ob das so einfach wäre. Da oben ist jedenfalls kein Tageslicht zu sehen. Mir scheint, die Öffnung wurde irgendwann mal verschlossen"

„Aber schau doch mal genau hin! Da oben ist doch zumindest so ein klein wenig dämmriges Licht zu sehen", wandte Marie ein. „Und irgendwo muss doch auch der Luftzug herkommen."

„Hm, könntest schon recht haben, Marie", sagte Lucas. „Bloß, wie kommen wir da rauf? Das sind gut und gern sieben bis acht Meter." Paul leuchtete mit seiner Taschenlampe die Wände des Schachtes ab.

„Sieht nicht so aus, als ob das ein unlösbares Problem wäre", meinte er. „Der Schacht ist nicht sehr breit und die Wand des Schachtes ist sehr grob aus dem Felsen herausgearbeitet. Überall sind Vertiefungen und manchmal auch herausstehende Zacken zu erkennen. Ist nicht viel anders als an der Kletterwand in der Sporthalle unserer Schule, oder siehst du das anders, Marie?"

Marie leuchtete ebenfalls die Schachtwand ab.

„Ja, sieht machbar aus. Nur dass wir in der Schule gesichert werden, wenn wir an die Wand gehen", bestätigte Marie und leuchtete dann nach unten in die Grube.

„Uhää!", rief sie sofort angewidert. „Außerdem haben wir in der Sporthalle dicke Matten, in die wir uns fallen lassen können, und nicht so 'ne eklige Matsche."

Oben schien das Unwetter noch einmal an Stärke zugenommen zu haben. Donnerschlag folgte auf Donnerschlag und dröhnte durch den Schacht. Sturmwind heulte und sogar rauschende Regengüsse waren bis hier unten zu hören. Nun bemerkten die drei im Schein der Taschenlampen auch einzelne Regentropfen, die in den Schacht hinunterfielen.

„Okay, wer geht zuerst?", fragte Lucas, dem die Sache nicht ganz geheuer war.

„Ich probier's!", sagte Marie entschlossen. „Was bleibt mir anderes übrig. Ich hab keine Lust, noch mal in den Händen dieser Dreckskerle zu landen."

Marie krallte sich mit den Fingern in die tiefen Kerben des Gesteins und stützte sich mit den Beinen an zwei gegenüberliegenden Seiten des engen Felsschachtes ab. Schon nach kurzer Zeit hatte sie etwa die Hälfte des Schachtes geschafft und machte eine kleine Verschnaufpause.

„Das klappt besser, als ich gedacht hatte!", rief sie Paul und Lucas zu und kletterte weiter. Bald hatte sie den oberen Rand des Schachtes erreicht.

„Wie sieht's aus, da oben?", wollte Paul wissen.

„Da liegt ein Drahtgitter auf dem Schacht, und obendrauf liegen Äste und Blätter!", rief Marie hinunter.

„Kannst du es wegdrücken?", fragte Lucas.

„Ich versuch's gleich mal, aber ich muss mir zuerst hier oben einen sicheren Stand suchen. Moment noch, so, jetzt müsste es gehen."

Marie hatte auf zwei Felszacken, die aus der Schachtwand herausragten, mit den Füßen festen Halt gefunden und versuchte nun, das Drahtgitter anzuheben, indem sie sich mit dem Rücken dagegen stemmte. Das Drahtgitter bog sich zwar leicht nach oben durch, ließ sich aber nicht wegdrücken.

„Mist, die haben das Gitter an drei Stellen mit Draht befestigt, da braucht man eine Zange oder so etwas Ähnliches", rief Marie nach unten.

„Hast du noch die Gartenschere?", fragte Paul Lucas.

„Ja, ich hab sie vorhin wieder in meine Tasche gesteckt, hier ist sie."

Paul steckte die Schere ein und stieg in den Schacht.

„Warte, Marie, ich komm hoch und bringe dir die Gartenschere, vielleicht kannst du damit den Draht durchknipsen."

Paul schaffte es ziemlich schnell, bis zu Marie hochzuklettern, und reichte ihr die Schere nach oben.

„Mal sehen, das könnte vielleicht klappen, der Draht ist nicht allzu dick und außerdem ziemlich verrostet", keuchte Marie, während sie sich mühte, den Draht durchzuzwicken.

„So, einen hätten wir schon mal", sagte Marie erleichtert.

Nachdem sie auch die beiden anderen Stellen zerschnitten hatte, versuchte sie noch einmal den Drahtrost anzuheben. Diesmal mit Erfolg. Sie schob den Rost in kleinen Etappen nach und nach zur Seite, bis die Öffnung groß genug war, um herauszuklettern. Im Nu war sie draußen und atmete erstmal erleichtert durch. Paul folgte ihr sofort und rief Lucas zu, er könne jetzt nachkommen. Lucas nahm all seinen Mut zusammen und stieg in den Schacht. Vorsichtig tastete er sich in kleinen Schritten nach oben.

„Nicht nach unten schauen!", rief ihm Paul von oben zu.

„Ja, ja, geht schon", gab Lucas von unten etwas kläglich zurück.

Paul legte sich flach neben die Schachtöffnung und streckte Lucas die Hand entgegen. Fast am Ziel, griff Lucas nach Pauls Hand, rutschte aber im gleichen Augenblick mit dem linken Fuß von der Wand ab, die durch den Regen inzwischen etwas glitschig geworden war. Sofort packte Paul seine Hand und hielt sie fest, bis Lucas mit dem Fuß wieder Halt gefunden hatte.

„Verdammt, das war ganz schön knapp!", sagte Lucas noch sichtlich geschockt, als er aus dem Schacht draußen war, und klopfte Paul dankbar auf die Schulter.

Alle drei hatten sofort die Kapuzen ihrer Regenjacken aufgesetzt, denn es regnete noch immer in Strömen, obwohl der Höhepunkt des Unwetters bereits abgezogen war.

„Ich würde sagen, wir verziehen uns jetzt schleunigst, mein Bedarf an Abenteuer ist für die nächste Zeit gedeckt!", sagte Marie und zog das Drahtgitter wieder über den Schacht.

„Augenblick! Ich speichere gerade noch die Positionsdaten auf meinem Handy, sonst finden wir den Schacht nie mehr. Von mir aus können wir dann abhauen", sagte Paul.

„Ich hab da unten völlig die Orientierung verloren. Kannst du mal schauen, in welcher Richtung sich der Bergwerkseingang befindet?", fragte Lucas. „Du müsstest doch die Positionsdaten noch gespeichert haben."

„Okay, kleinen Moment, das haben wir gleich. Also, wir sind hier in der Nähe der Burg Hohenfels, der Bergwerkseingang müsste etwa dort sein", erklärte Paul und zeigte die Richtung mit dem Arm an. „Da drüben am Hang müsste es sein!"

Paul hatte kaum ausgesprochen, als genau aus dieser Richtung das Aufjaulen eines Motors zu hören war. Das Aufjaulen wiederholte sich noch mehrmals, hielt jedes Mal etwas länger an und hörte dann auf.

„Hört sich ganz so an, als ob sich Gerwald mit seinem Jeep festgefahren hat", freute sich Lucas.

„Kommt mit! Das müssen wir uns anschauen!", sagte Paul und wollte schon losstürmen.

„Du bist wohl nicht ganz bei Trost!", schimpfte Marie. „Hast du schon vergessen, dass wir vor 'ner knappen halben Stunde noch gefesselt da unten gesessen haben? Die Typen sind brandgefährlich, das hast du doch wohl auch schon mitgekriegt! Was denkst du, was die mit uns machen, wenn sie uns erwischen?"

„Wir müssen sowieso da runter", wandte Paul ein. „Und außerdem schleichen wir uns ganz vorsichtig ran. Wir müssen denen ja nicht gerade ‚Hallo' sagen!"

„Ich wüsste auch ganz gerne, was die da unten treiben", schloss sich Lucas Pauls Meinung an.

„Oh Mann! Ich muss ganz schön bekloppt sein, dass ich mich mit solchen Verrückten wie euch eingelassen habe!", stöhnte Marie und gab ihren Widerstand auf. Paul ging voraus.

„Wir müssen hier schräg zum Hang runtergehen und versuchen, dass wir oberhalb der drei Felsen rauskommen. Von dort müsste man ganz gut beobachten können, was die vor dem Bergwerkseingang treiben!", erklärte er, während sie durch ein dichtes Kiefernwäldchen der Richtung folgten, die Paul angegeben hatte. Es dauerte nicht lange, bis ihnen die Gegend wieder vertrauter wurde.

„Schaut mal, da unten ist schon die Stelle, an der die Drohne notgelandet ist", raunte Paul den beiden anderen zu.

„Dann sollten wir jetzt besser nicht mehr weiter runtergehen, da unten sehe ich schon den alten Forstweg!", gab Marie leise zurück.

Um kein Risiko einzugehen, stiegen sie wieder ein wenig den Berg hinauf und versuchten, immer hinter Bäumen und Büschen in Deckung zu bleiben.

„Schhh!", zischte Lucas leise und blieb hinter einem Baum stehen. „Ich kann sie schon reden hören!" Mit größter Vorsicht näherten sie sich von oben den drei Felsen und kauerten sich hinter die dichten Ginsterbüsche, die dort wuchsen.

„Das geht so nicht, Karl! So kriegen wir die Karre niemals flott! Durch den Gewitterregen ist der Waldboden triefend nass, bis tief runter völlig aufgeweicht. Das ist der reinste Morast!", hörten sie Armin aufgeregt rufen.

„Ach was, die verfluchte Kiste hat doch Allradantrieb, das muss einfach gehen", erwiderte Gerwald und ließ erneut den Motor aufheulen. Die Räder drehten sich wie verrückt auf der Stelle, spritzten den matschigen Waldboden durch die Gegend, und der Jeep begann sich leicht zu drehen.

„Jetzt hör halt auf damit, sonst kommen wir mit dem Jeep hier überhaupt nicht mehr weg!", schimpfte Armin und stieg aus dem Auto. „Schau dir das an! Die Räder haben sich schon zur Hälfte in den Boden gegraben. Mit deiner Ungeduld machst du alles nur noch schlimmer, Karl."

„Halt's Maul, und erzähl mir nichts von Ungeduld!", brüllte Gerwald aus dem Wagen heraus. „Hättest du die verdammten Gören nicht entkommen lassen, dann wären wir jetzt nicht so unter Zeitdruck!"

„Deine ewigen Vorwürfe helfen uns auch nicht weiter!", schrie Armin verärgert zurück. „Ich hole jetzt ein paar Äste aus dem Wald und lege sie unter die Räder, damit die in der Pampe besser greifen."

Armin sammelte ein paar herumliegende dürre Äste ein und legte sie vor die Räder. Inzwischen war auch Gerwald ausgestiegen, sah sich die Bescherung an und trat wütend gegen die Reifen.

„Jetzt hör mit dem Schwachsinn auf, Armin!", schrie er völlig außer sich, „lass den Quatsch mit den Zweigen, und steig ein! Ich krieg die Mistkarre da schon raus!"

Gerwald stieg wieder ein und knallte wütend die Autotür zu. Armin zuckte mit den Achseln und stieg ebenfalls ein. Wieder ließ Gerwald den Motor aufheulen.

„Du musst die Kupplung langsam kommen lassen!", hörte man Armin voller Angst brüllen.

In dem aufgewühlten Morast drehten die Räder diesmal noch schlimmer durch als beim vorherigen Versuch, und der schwere Wagen begann sich dabei bedenklich in Richtung Abhang zu drehen. Der Jeep stand jetzt mit den Hinterrädern nur noch knapp einen Meter vom Abgrund entfernt.

„Was ist bloß los mit dem?", zischte Paul den beiden anderen zu. „Wenn der weiter so rumspinnt, rauscht die Kiste noch den Abhang runter!"

Kaum hatte Paul das ausgesprochen, als der Wagen an der Hinterachse einbrach. Am Rand des Plateaus war der Boden unter der Last des schweren Fahrzeugs einfach weggebrochen. Der Jeep hing am Abgrund. Statt sich nun ruhig zu verhalten, machte Gerwald einen weiteren schweren Fehler. Er trat aufs Gaspedal, um den Jeep mit Gewalt aus der Gefahrenzone herauszumanövrieren. Die Räder des Jeeps fraßen sich in das lockere Geröll des Untergrundes, das Fahrzeug sackte hinten weiter ab, bäumte sich mit der Vorderachse auf und stürzte in den Abgrund, wobei es sich mehrfach überschlug.

„Oh, mein Gott, wie furchtbar!", schrie Marie auf.

Alle drei waren völlig geschockt und für einen Moment wie gelähmt.

Paul fand als erster seine Fassung wieder.

„Kommt mit, wir müssen nachschauen, was mit denen los ist! Und dann müssen wir so schnell wie möglich einen Notruf absetzen!", rief er den anderen zu.

Sofort kletterten sie zwischen den Felsen herunter, liefen bis zum Abhang und schauten nach unten. Das Wrack des Jeeps hatte sich etwa dreißig Meter unterhalb des Plateaus zwischen zwei Bäumen verkeilt. Nichts rührte sich.

„Ich versuche, da runter zu kommen", sagte Lucas entschlossen. „Vielleicht kann man den beiden helfen."

„Ich komme mit!", rief Marie.

„Okay, dann setze ich inzwischen den Notruf ab", sagte Paul und zückte sein Handy.

Marie und Lucas versuchten, in einem großen Bogen nach unten zum Wrack zu kommen, der direkte Weg wäre viel zu steil gewesen. Es dauerte einige Minuten, bis sie in die Nähe des Wracks kamen.

„Riechst du das?", fragte Marie alarmiert. „Das riecht nach Öl und Benzin!"

„Ja, ich fürchte, das Ding kann jeden Moment in die Luft gehen!", sagte Lucas. Mit größter Vorsicht gingen beide näher an den Jeep heran, der mit der Vorderachse nach oben schräg zwischen den beiden Bäumen hing. Nun konnten sie auch Armin und Gerwald sehen, die beide reglos in dem Wrack saßen.

Der Kopf von Gerwald lehnte blutüberströmt an der Fensterscheibe der Fahrertür. Seine Augen waren weit aufgerissen und starrten ins Leere, er war tot. Mit der rechten Hand hielt er noch immer das Lenkrad krampfhaft umschlossen und an seinem Ringfinger glänzte der Ring ‚Andvaranaut'. Marie und Lucas überlief bei dem Anblick ein eiskalter Schauer.

Wie es Armin ging, war nicht genau zu erkennen. Er hatte eine Platzwunde an der Stirn, seine Augen waren geschlossen. Ob er bei Bewusstsein war, konnte man nicht erkennen.

Lucas versuchte die Beifahrertür zu öffnen, um Armin aus dem Jeep herauszubekommen. Doch obwohl er mit aller Kraft an der Tür zerrte, blieben seine Versuche ohne Erfolg, denn der Rahmen des Fahrzeugs war völlig verzogen.

„Die Tür kriegt man ohne schweres Werkzeug nicht auf, da muss die Feuerwehr mit der Rettungsschere ran", vermutete er.

Inzwischen war auch Paul nach unten gekommen.

„Ich hab der Notrufzentrale geschildert, was passiert ist", sagte er. „Rettungshubschrauber, Feuerwehr und Polizei sind unterwegs."

„Und wie finden die uns hier?", wollte Lucas wissen.

„Ich habe der Rettungsleitstelle die Geopositionsdaten durchgegeben", erklärte Paul. „Für den Rettungshubschrauber habe ich die Daten der kleinen Lichtung da drüben angegeben, denn hier kann er nirgends landen."

„Dann sollten wir jetzt rüber zur Lichtung gehen, damit wir dem Rettungsteam den Weg hierher zeigen können!", schlug Marie vor. „Hier können wir im Augenblick nichts mehr tun."

„Okay, dann nichts wie weg! Der Benzingestank wird hier immer schlimmer, der Jeep kann jede Sekunde in die Luft fliegen", sagte Lucas.

Von der Unglücksstelle mussten sie nur noch wenige Schritte steil abwärts gehen, bis sie den alten Forstweg erreichten, der unterhalb des Abhanges verlief. Sie folgten ihm bis zur Lichtung und warteten hier auf das Eintreffen des Rettungshubschraubers.

Inzwischen hatte es aufgehört zu regnen, und es war sogar wieder aufgeklart. Die Abendsonne tauchte die Landschaft in ein goldenes Licht. Die drei zogen ihre Regenjacken aus, legten sie ins nasse Gras und setzten sich darauf. Sie waren völlig erschöpft von den Strapazen der letzten Stunden. Es tat gut, die wärmenden Sonnenstrahlen zu spüren. Niemand sprach ein Wort. In Gedanken waren alle drei dabei, die schrecklichen Geschehnisse zu verarbeiten. Nach einiger Zeit brach Marie als Erste das Schweigen.

„Glaubt ihr, es war der Fluch des Ringes, der diese Katastrophe ausgelöst hat?", fragte sie leise.

„Ich bin nicht abergläubisch", sagte Paul nach einigem Nachdenken. „Ich glaube, Menschen suchen gerne nach einer magischen Erklärung für ihr eigenes Versagen."

„Ich finde, Paul hat recht", stimmte Lucas zu. „Nicht der Ring, sondern die Gier nach dem Gold hat die beiden ins Verderben gestürzt."

Rotorengeräusche unterbrachen ihre Überlegungen. Der Rettungshubschrauber näherte sich und blieb mit ohrenbetäubendem Lärm über der Lichtung stehen. Die drei standen auf, winkten ihm mit ihren Regenjacken zu und zogen sich, als der Hubschrauber zur Landung ansetzte, sicherheitshalber unter die angrenzenden Bäume zurück.

Nach der Landung informierten sie das Rettungsteam, das aus einer Notärztin, einem Rettungssanitäter und dem Piloten bestand, über die Situation, die sie an der Unfallstelle vorgefunden hatte. Sie machten die Crew auch darauf aufmerksam, dass die Türen des Jeeps sich nicht öffnen ließen. Mit Notfallkoffer, einem Rettungstragetuch und Werkzeug zum Öffnen der Türen machten sie sich auf den Weg zur Unfallstelle. Dort gelang es dem Piloten, die Beifahrertür des Jeeps aufzubrechen. Mit routinierten Handgriffen wurde Armin aus dem Wrack geborgen. Die Notärztin und der Rettungssanitäter kümmerten sich um seine Erstversorgung und bestätigten den Tod von Gerwald. In der Zwischenzeit erreichten auch Einsatzfahrzeuge der Feuerwehr und der Polizei über den alten Forstweg den Unfallort. Während die Feuerwehr sich um die Bergung des Toten und des Jeeps kümmerte, berichteten Marie, Lucas und Paul den Polizisten, wie es zu dem Unfall gekommen war. Als sie von dem Nibelungenschatz im Bergwerk erzählten, reagierten die Polizisten zunächst mit ungläubigem Staunen. Erst nachdem man auf der Ladefläche des Jeeps die Ledersäcke fand, die bis zum Rand mit antikem Goldschmuck und Kostbarkeiten aller Art gefüllt waren, schenkten die Beamten der Erzählung der drei Glauben.

Der Zugang zum Bergwerk wurde gesperrt, und der Einsatzleiter organisierte eine Bewachung rund um die Uhr. Alle weiteren Untersuchungen des Bergwerkes und des Schatzes sollten von der Denkmalbehörde durchgeführt werden. Der Teil des Schatzes, der sich auf der Ladefläche befand, wurde mitsamt dem Jeep von der Feuerwehr abtransportiert und sichergestellt.

Mitten in dem ganzen Trubel schaute Lucas plötzlich auf sein Handy. Er hatte am Nachmittag den Klingelton abgeschaltet und sah nun, dass Lilo bereits unzählige Male versucht hatte, ihn zu erreichen. Sofort rief er sie an.

„Wo steckst du denn um Himmels Willen, ich mache mir hier die größten Sorgen!", sagte sie vorwurfsvoll.

„Wir sind noch am Donnersberg oberhalb von Imsbach. Leider sind wir hier etwas aufgehalten worden!", versuchte Lucas sich etwas nebulös herauszureden.

„Etwas aufgehalten worden? Aber sonst geht's dir gut? Schau mal auf die Uhr, wie spät es ist!", entgegnete Lilo empört.

Lucas erzählte Lilo, dass sie Zeugen eines schweren Unfalls geworden waren. Ihr Abenteuer im Bergwerk ließ er jedoch erst einmal unerwähnt, um Lilo nicht noch mehr zu beunruhigen. Immerhin erreichte er, dass Lilo schon wieder beschwichtigt war und sogar anbot, ihn und die beiden anderen mit dem Auto am Parkplatz ‚Eisernes Tor' abzuholen. Die Fahrräder sollten sie dort stehen lassen und am nächsten Tag abholen.

„Das wäre einfach super von dir!", sagte Lucas erleichtert. „Wir sind nämlich ziemlich geschafft. Du bist einfach die Beste!"

Die drei waren fix und fertig, als Lilo sie am Parkplatz abholte. Auf dem Heimweg waren alle ziemlich schweigsam. Marie und Paul hatten zu Hause angerufen, damit sich ihre Eltern wegen der Verspätung keine Sorgen machten. Zurück in Eisenberg verabredeten sie sich für den nächsten Tag, um gemeinsam ihre Fahrräder abzuholen, die sie am Parkplatz hatten stehen lassen. Lilo hatte sich angeboten, sie nachmittags mit dem Auto wieder hinzubringen.

Für alle drei wurde es trotz ihrer Müdigkeit noch ein langer Abend, denn sie hatten jede Menge zu erzählen.

Am nächsten Morgen war der Teufel los. Presse und Rundfunk hatten von ihrem Sensationsfund gehört und wollte Interviews mit ihnen machen. Das Fernsehen meldete sich und vereinbarte für den Nachmittag mit ihnen einen Drehtermin direkt am Fundort. Über

Nacht waren die drei Schatzsucher berühmt geworden. Der Presserummel hielt sie noch bis Samstagabend auf Trab. Dann wurde es endlich etwas ruhiger, und alle drei freuten sich auf den Sonntag, denn Lilo hatte Marie und Paul mit ihren Familien sowie Fritz, den Feuerwehrkommandanten, und Opa Dennerlein zum Brunch eingeladen. Was sie Lucas jedoch verschwiegen hatte, war, dass auch seine Eltern aus Nürnberg kommen würden. Umso größer war Lucas' Freude, als seine Mutter und sein Vater am späten Samstagabend bei Lilo eintrafen.

„Ich bin sehr stolz auf dich, aber das hätte auch ganz schön schiefgehen können!", sagte seine Mutter leise und drückte ihn überglücklich an sich.

„Kaum lässt man dich mal für ein paar Tage aus den Augen, da stellst du auch schon die gesamte Geschichtsforschung komplett auf den Kopf!", schimpfte sein Vater mit scherzhaft gespieltem Ärger und wuschelte ihm anerkennend durch die Haare.

„Das sind halt die Archäologen-Gene in meinem Blut, dafür kann ich nichts", gab Lucas lachend zurück.

Der Sonntag wurde für alle zu einem wunderschönen Fest. Lilo hatte den halben Samstag in der Küche verbracht und für den Brunch ein wunderbares Büfett vorbereitet, das sie morgens in ihrem kleinen Garten aufbaute. Maries und Pauls Eltern brachten dazu noch kleine Köstlichkeiten fürs Dessert mit, die das Büfett abrundeten. An der Hauswand hatte Lilo sämtliche Bilder und Berichte über den „Sensationsfund des Jahrhunderts" aus allen Zeitungen, die sie hatte auftreiben können, aufgehängt, und im Wohnzimmer lief in Endlosschleife die Aufzeichnung eines Fernsehberichtes über die Entdeckung des Nibelungenschatzes mit Marie, Paul und Lucas als Helden des Tages.

Nachdem sich alle am Büfett gestärkt hatten und Marie, Paul und Lucas zum x-ten Mal ihre Erlebnisse geschildert hatten, bat Lilo noch in eigener Sache um Aufmerksamkeit. Sie las folgenden Bericht aus der Sonntagszeitung vor:

Verdacht auf Brandstiftung

Neue Erkenntnisse im Fall der abgebrannten Villa Falkenstein in Eisenberg erhärten den Verdacht auf Brandstiftung.

Bereits am späten Donnerstagabend wurden auf Burg Neuleiningen zwei Verdächtige in einem Fall von Brandstiftung festgenommen. Nach Hinweisen aus der Bevölkerung observierten zwei Polizeibeamte in Zivil das Treffen zweier Verdächtiger auf der Burg. Der Wohnsitzlose Eddie P. verlangte von dem Bauunternehmer und Immobilienmakler Eugen K. die Herausgabe eines Geldbetrages in Höhe von 2000 Euro, die ihm der Bauunternehmer angeblich schuldete. Darüber gerieten die beiden in einen heftigen Streit, bei dem es schließlich auch zu Handgreiflichkeiten kam. Die zwei Polizeibeamten trennten die beiden Kontrahenten voneinander und nahmen sie in Gewahrsam. Bei der anschließenden Vernehmung gab der Wohnsitzlose an, er sei von K. beauftragt worden, die Villa Falkenstein in Eisenberg in Brand zu stecken. Dafür habe er von K. bereits einen Vorschuss in Höhe von 500 Euro erhalten. Nun habe er den vereinbarten Restbetrag in Höhe von 2000 Euro gefordert, den ihm K. nach Erledigung des Auftrages zugesagt hatte. Zu den gegen ihn erhobenen Vorwürfen verweigerte der Bauunternehmer Eugen K. jede Aussage. Das Untersuchungsergebnis der Brandursache durch den Brandsachverständigen Hartmut H., der einen technischen Defekt als Brandursache ausgemacht hatte, war bereits durch die an der Brandbekämpfung beteiligte Freiwillige Feuerwehr in Zweifel gezogen worden. Deshalb hatte die Freiwillige Feuerwehr das Untersuchungslabor Friedrich aus Grünstadt mit der Untersuchung von Materialproben aus der abgebrannten Villa beauftragt. Laut dem Untersuchungsbericht des Labors Friedrich konnten in den Materialproben deutliche Spuren von Brandbeschleuniger nachgewiesen werden. Der Abriss der ehemals unter Denkmalschutz stehenden Villa Falkenstein wurde daraufhin vorläufig gestoppt, da der Fall wegen der veränderten Beweislage komplett neu aufgerollt werden muss.

Einige Wochen später begann das Deutsche Museum in Nürnberg unter der Leitung von Lucas' Vater mit der Vorbereitung einer aufwendigen Präsentation des Nibelungenschatzes in den Räumen des Museums. In einem eigenen Raum sollten auch die näheren Umstände der Entdeckung des Schatzes gezeigt werden.

Dazu fuhr Lucas in den Herbstferien noch einmal nach Eisenberg, um zusammen mit Marie, Paul und einem Fotografen des Museums eine Fotodokumentation zu erarbeiten. Wie im Zeitraffer durchlebten sie gemeinsam noch einmal ihre Erlebnisse in der Ruine der Villa Falkenstein, auf der Burg Stauf, der Burg Hohenfels und natürlich in Valerians Bergwerk. Alle drei genossen zusammen eine wundervolle Zeit.

Die Originale der Pergamentrollen waren in der Zwischenzeit von der Polizei sichergestellt und an das Museum weitergegeben worden.

Anhang

Die Nibelungensage (Kurzfassung)

In Xanten am Niederrhein herrschte einst König Siegmund aus dem Geschlecht der Wälsungen. Siegmunds Frau, Sieglinde, gebar ihm einen Sohn, den sie Siegfried nannte.

Bereits in jungen Jahren war Siegfried im ganzen Land für seine übermenschlichen Kräfte bekannt. Er erhielt die beste Ausbildung als Kämpfer, und bald galt er als unbesiegbar.

Am Hofe seines Vaters hörte Siegfried viel von den Abenteuern großer Helden. Deshalb beschloss er, selbst in die Welt hinauszuziehen, um Abenteuer zu bestehen und sich durch große Heldentaten Ruhm zu erwerben. So machte er sich als junger, noch unerfahrener Mann auf die Reise.

Bald hörte er von dem Zwerg Mime, der als Schmied die besten Waffen im ganzen Land anfertigte. Diesen Schmied suchte Siegfried auf und bat ihn, dass er ihn das Schmiedehandwerk lehren möge. Widerwillig nahm ihn Mime als Lehrling bei sich auf, denn Siegfried war ihm wegen seiner übergroßen Kräfte nicht ganz geheuer. Doch schon bald erwies sich Siegfried beim Erlernen der Schmiedekunst als sehr geschickt, ja, er war geschickter als alle anderen Gesellen, die in Mimes Werkstatt arbeiteten.

Eines Tages fertigte Siegfried für sich selbst aus dem härtesten Stahl ein Schwert, das er unter gewaltigen Schlägen seines Hammers zu einem Meisterstück formte.

Die anderen Gesellen begannen nun, sich vor Siegfried zu fürchten und verlangten von Mime, er solle Siegfried aus der Schmiede verjagen. Mime überlegte sich daraufhin eine kluge List, wie er Siegfried loswerden konnte. Er erzählte ihm von dem Feuer speienden Drachen Fafnir, der in einer Höhle bei der Gnithaheide haust und dort den gewaltigen Schatz der Nibelungen bewacht. Weil er Siegfrieds Abenteuerlust kannte, warnte er ihn eindringlich vor dem gefährlichen Drachen. Er hoffte, dass Siegfried die Gefahr umso mehr suchen würde, je mehr er ihn davor warnte. Seine List hatte Erfolg. Siegfried brach schon am nächsten Tag auf, um den Drachen zum Kampf herauszufordern. Mime rieb sich die Hände, denn er hatte erreicht, was er wollte. Er war sich sicher, dass Siegfried im Kampf mit dem Drachen umkommen würde.

Voller Tatendrang näherte sich Siegfried der Gnithaheide und sah schon bald erste Spuren der Verwüstung, die der Drache dort angerichtet hatte. Wald und Heide hatte der Drache in Schutt und Asche gelegt. An einem Steilhang schließlich erblickte der junge Held den Eingang zur Drachenhöhle. Unerschrocken drang er in die Höhle ein und rief nach dem Drachen.

Wie sehr erschrak er aber, als schon im nächsten Augenblick das Untier laut brüllend aus dem Innern der Höhle hervorschnellte und Feuer speiend seine Pranke zum Schlag gegen ihn erhob. Geschickt wich Siegfried dem furchtbaren Schlag aus und hieb dem Drachen mit seinem Schwert zwei Klauen ab. Wütend brüllte der Drache und bäumte sich auf, um erneut zu einem schrecklichen Schlag gegen den Eindringling auszuholen. Doch Siegfried duckte sich hinter einen Felsvorsprung, sprang im entscheidenden Augenblick, als der Drache seinen Angriff ausführte, hervor und stieß ihm sein Schwert mitten ins Herz. In breitem Strahl schoss das Blut des Drachen aus der klaffenden Wunde. Sein markerschütternder Todesschrei ließ die Höhle erbeben. Doch dann brach der Drache zusammen und war tot. Der Drache war besiegt.

Während des Kampfes war Blut des Drachen auf Siegfrieds Arme und Beine gespritzt. An diesen Stellen war seine Haut hart wie Horn und damit unverwundbar geworden. Siegfried beschloss deshalb, im Blut des Drachen zu baden, damit er am ganzen Körper unverwundbar würde. Doch als er sich in das Bad aus Drachenblut setzte, fiel ein Lindenblatt genau zwischen seine Schulterblätter. An dieser Stelle wurde Siegfrieds Haut nicht vom Drachenblut benetzt, und deshalb blieb er dort verwundbar.

Im Innern der Drachenhöhle fand Siegfried den unermesslichen Schatz des Zwergenvolkes der Nibelungen. Kaum hatte er den Schatz gefunden, da wurde er plötzlich wie aus dem Nichts heraus angegriffen. Ein unsichtbarer Krieger schien mit einem Schwert auf ihn einzuschlagen. Nur mit größter Mühe konnte er die Hiebe abwehren. Durch Zufall gelang es Siegfried jedoch, den unsichtbaren Kämpfer zu ergreifen und ihm die Kappe, die ihn unsichtbar machte, vom Kopf zu reißen. Der Kämpfer war Alberich, der starke Fürst der Nibelungen. Er stand nun jammernd vor Siegfried und flehte um sein Leben. Siegfried ließ Alberich Treue schwören und schenkte ihm dafür sein

Leben. Die Tarnkappe, die ihren Träger unsichtbar macht, behielt Siegfried aber für sich. Alberich machte er zum Hüter des Schatzes. Den Schatz ließ er unter der Obhut des Zwerges in dem Versteck in der Höhle.

Nur einen goldenen Ring, der ihm besonders aufgefallen war, nahm er aus dem Schatz und steckte ihn sich an den Finger. Alberich warnte Siegfried vor dem Ring. „Das ist der Ring Andvaranaut", sprach er. „Nimm diesen Ring nicht, denn auf ihm lastet ein Fluch. Er verleiht zwar demjenigen, der ihn trägt, große Macht und Reichtum, aber er bringt ihm auch großes Unheil." Siegfried hörte jedoch nicht auf Alberich und behielt den Ring. Bald darauf verließ er das Nibelungenreich und zog nach Norden, um neue Abenteuer zu suchen.

Auf seiner Reise war er für einige Zeit Gast am Hofe des Königs von Dänemark. Dort hörte er von einem fahrenden Sänger die Geschichte der Walküre Brunhild, die als Königin über Island herrscht. Sie war dort von Wotan in einen tiefen Schlaf versetzt worden, und ihre Burg war durch Wotans Zauberbann von einem undurchdringlichen Feuerwall umgeben. Ihr Schlaf sollte so lange dauern, bis ein unerschrockener Held den Feuerwall überwinden könne und sie wecken würde.

Kaum hatte Siegfried die Geschichte gehört, da drängte es ihn, nach Island zu reisen, um Brunhild aus dem Feuerwall zu befreien. Der dänische König stellte Siegfried für seine Fahrt nach Island ein Drachenboot zur Verfügung und schenkte ihm seinen besten Hengst, Grani.

Als Siegfried nach Wochen im fernen Island ankam, sah er schon von weitem Brunhildes Burg und den Feuerwall, der sie umgab. In Windeseile galoppierte er mit seinem Hengst Grani bis zum Feuerwall. Er durchdrang den Wall, denn die Feuersglut konnte ihm dank seiner gehörnten Haut nichts anhaben. Unverletzt kam er bei der Burg an und fand im Thronsaal einen Ritter, der dort in voller Rüstung schlief.

Als er dem Ritter den Helm abnahm, sah er, dass es eine wunderschöne Frau war. Es war Brunhild. Siegfried küsste sie, und im gleichen Augenblick erwachte sie aus ihrem tiefen Schlaf. Brunhild war überglücklich, ihrem schweren Schicksal entkommen zu sein. Die beiden fassten eine tiefe Zuneigung zueinander und schworen sich ewige Treue. Doch bald schon zog es Siegfried wieder fort. Seine Abenteuerlust war wieder in ihm wach geworden. Tieftraurig ließ er Brunhild in Island zurück. Er gelobte ihr, zurückzukommen, und steckte ihr zum Abschied den Ring aus dem Nibelungenhort an den Finger.

In Worms am Rhein herrschten die Brüder Gunther, Gernot und Giselher über das Burgunderreich. Ihre Schwester Kriemhild war im ganzen Land für ihre Schönheit bekannt. Auch Siegfried, der sich für einige Zeit am Hofe seines Vaters in Xanten aufhielt, hörte von der strahlenden Schönheit von Kriemhild und machte sich in Begleitung von zwölf Rittern auf den Weg nach Worms.

Als Siegfried mit seinen Rittern am Königshof in Worms ankam, erkannte Hagen von Tronje, der Berater des Königs, den Drachentöter und riet zur Vorsicht. Er empfahl Gunther, den jungen Ritter in voller Rüstung zu empfangen. Und wie befürchtet, forderte Siegfried König Gunther zum Zweikampf heraus. Dem Sieger im Kampf sollte jeweils das ganze Reich des Verlierers gehören. Doch mit diplomatischem Geschick gelang es, Siegfried zu besänftigen.

Bei den Ritterspielen, die nun zu Ehren der Gäste am Hofe ausgetragen wurden, zeigte sich Siegfried als gewandter Kämpfer und war im Wettkampf stets der Beste. Auch Kriemhild sah bei den Ritterspielen zu, und Siegfried erwiderte ihre verliebten Blicke.

Bald schon hielt Siegfried bei König Gunther um Kriemhilds Hand an. Erfreut willigte König Gunter in Siegfrieds Heiratsantrag ein, wies Siegfried allerdings darauf hin, dass er Kriemhild erst heiraten könne, wenn er selbst, König Gunther, verheiratet sei. Er erklärte Siegfried, dass er Königin Brunhild von Island heiraten wolle. Diese Heirat sei aber mit großen Gefahren verbunden, denn die Walküre besitze einen Gürtel von Wotan, der ihr übermenschliche Kräfte verleihe. Sie wolle nur denjenigen zum Mann nehmen, der sie im ritterlichen Dreikampf besiege.

Siegfried schlug König Gunther vor, ihn nach Island zu begleiten und ihn bei der Brautwerbung zu unterstützen. Schon wenige Tage später brach König Gunther mit Siegfried, Hagen von Tronje und einigen seiner engsten Vertrauten nach Island auf.

Als sie einige Wochen später in Island an Land gingen, wurden sie von Königin Brunhild empfangen. Sie glaubte, Siegfried habe sein Versprechen wahr gemacht und sei zu ihr zurückgekommen. Als sie jedoch hörte, dass er als Gefolgsmann von König Gunther gekommen war, um für ihn um sie zu werben, war sie beleidigt und wurde sehr zornig. Sie befahl, alle Vorbereitungen für den Dreikampf zwischen ihr und König Gunther zu treffen. Würde sie im Kampf unterliegen, dann würde sie als Gunthers Frau mit nach Worms kommen. Würde aber Gunther unterliegen, so würde er mit seinem Leben bezahlen.

Voller Angst sah Gunther dem Kampf entgegen, denn Wotans Gürtel verlieh Brunhild übermenschliche Kräfte, denen er nicht gewachsen war. Siegfried aber hatte seine Tarnkappe aufgesetzt, trat unsichtbar an Gunther heran und flüsterte ihm zu, er werde für ihn kämpfen. Gunter solle nur so tun, als würde er den Speer im Speerweitwurf schleudern und den schweren Stein werfen. Und so geschah es. Zwar schleudert Brunhild den Speer und den gewaltigen Stein unglaublich weit und überholte den geworfenen Stein noch mit einem riesigen Sprung, doch König Gunther überbot sie mit Siegfrieds Hilfe in allen drei Disziplinen. Sie musste sich Gunther geschlagen geben, obwohl sie ahnte, dass bei diesem Kampf nicht alles mit rechten Dingen zugegangen war. Sie musste Gunther nach Worms folgen und seine Frau werden. Ihre große Liebe zu Siegfried aber, der sie einst aus dem Feuerwall befreit hatte, wandelte sich mehr und mehr in Hass und Verachtung.

Als sie nach Worms zurückkamen, wurde eine große Doppelhochzeit gefeiert. Gunther heiratete Brunhild, und auch der Heirat von Siegfried und Kriemhild stand nun nichts mehr im Wege. Doch Brunhilds Herz blieb aufs Äußerste verletzt. In der Hochzeitsnacht ließ sie Gunther nicht zu sich ins Bett. Sie verhöhnte

Gunther, weil dessen Kraft, die er beim Wettkampf in Island gezeigt hatte, plötzlich nicht mehr da war.

Am nächsten Morgen erzählte Gunther Siegfried, was geschehen war, und bat ihn erneut um Hilfe. In der folgenden Nacht kam Siegfried, der sich mit der Tarnkappe unsichtbar gemacht hatte, mit in Gunthers Schlafgemach. So konnte Gunther erneut zum Schein die Kräfte Brunhilds bändigen. Bei diesem Kampf nahm Siegfried Brunhild den Ring ‚Andvaranaut' und auch den Gürtel Wotans ab, so dass ihre übermenschlichen Kräfte für immer gebannt waren.

Doch als Siegfried in Kriemhilds Gemach zurückkam, stellte diese ihn zur Rede, wo er gewesen war. So blieb dem Helden nichts anderes übrig, als Kriemhild zu gestehen, was in der Nacht geschehen war. Er gab ihr den Ring und den Gürtel, verlangte aber dafür von ihr, über alles, was er ihr erzählt hatte, zu schweigen.

Brunhild konnte es nicht ertragen, Kriemhild als Gemahlin an der Seite Siegfrieds zu sehen. Sie nutzte jede Gelegenheit, um Kriemhild deutlich zu machen, dass sie als Königin an Gunthers Seite vornehmer sei als Kriemhild. So kam es eines Morgens beim Kirchgang der beiden Frauen zum offenen Streit.

Als Kriemhild vor Brunhild als Erste den Dom betreten wollte, wies Brunhild sie zurück. Sie sagte, es stehe Kriemhild als Frau eines Vasallen ihres Mannes nicht zu, vor der Königin den Dom zu betreten. Kriemhild geriet nun außer sich vor Zorn, beschimpfte Brunhild als Buhlerin. Nicht Gunther habe sie im Kampf besiegt, sondern Siegfried. „Du Lügnerin! Wie kannst du es wagen, deine Königin so zu beleidigen!", rief Brunhild. Daraufhin zeigte ihr Kriemhild zum Beweis den Gürtel und den Ring, den sie von Siegfried erhalten hatte.

Zutiefst verletzt stürmte Brunhild zu Gunther und stellte ihn zur Rede. „Sag mir, dass Kriemhild gelogen hat!", rief sie empört. Doch der König schwieg. Brunhild verlangte Rache für die Schande, die durch Siegfried und Kriemhild über sie und das Königshaus gebracht worden war.

Hagen von Tronje gab König Gunther den Rat, dass Siegfried sterben müsse, nur so könne die Schande gesühnt werden. König Gunther widersprach Hagen zunächst und erinnerte an all die Wohltaten, die Siegfried ihm und dem Burgunderreich erwiesen hatte, doch zuletzt stimmte er Hagen zu. Hagen selbst bot sich an, den Mord bei einer gemeinsamen Jagd im Odenwald zu verüben.

Um zu erfahren, an welcher Stelle Siegfried verwundbar war, erdachte Hagen eine List. Er ging zu Kriemhild und erzählte ihr, dass er sich Sorgen mache. Siegfried könne bei der Jagd etwas zustoßen, weil Krieger der Sachsen sich dort in der Nähe herumtrieben. Er bot sich an, Siegfried besonders zu schützen, wenn er nur wüsste, wo sich dessen verwundbare Stelle befände. Kriemhild dankte Hagen für seine Fürsorglichkeit und versprach, die verwundbare Stelle auf dem Jagdanzug Siegfrieds durch ein Kreuz zu kennzeichnen.

Früh am Morgen des nächsten Tages brach die Jagdgesellschaft zur Jagd im Odenwald auf. Siegfried tat sich wie gewohnt bei der Jagd besonders hervor und erlegte so manches Wild, bis man sich zu einer Rast am vereinbarten Platz wieder traf. Dort rief er den anderen zu, dass er zu einer nahen Quelle laufen wolle, um seinen Durst zu stillen. Hagen folgte ihm unbemerkt. Kaum hatte Siegfried sich zur Quelle herabgebeugt, um sich mit dem kühlen Wasser zu erfrischen, da schlich Hagen an ihn heran, erspähte das aufgenähte Zeichen, zielte und schleuderte seinen Speer auf Siegfried. Schwer getroffen bäumte sich Siegfried noch einmal auf und wollte auf seinen Mörder losgehen. Doch seine Kräfte verließen ihn, er sank ins Gras und starb.

Entsetzen packte die Teilnehmer der Jagdgesellschaft, als sie die furchtbare Tat sahen. Siegfried wurde auf eine Bahre gelegt und im Trauerzug nach Worms geschafft. Dort befahl Hagen, den Leichnam vor den Gemächern Kriemhilds abzulegen.

Als Kriemhild am nächsten Morgen ihren geliebten Mann tot vor ihrer Tür aufgebahrt fand, kannte ihr Schmerz keine Grenzen. Sie erkannte, dass er hinterrücks getötet worden war. Die tödliche Verletzung befand sich genau an der Stelle, die sie durch ein Kreuz gekennzeichnet hatte. Kein anderer als Hagen konnte der Mörder sein. Aber auch ihre Brüder hielt sie für mitschuldig an Siegfrieds Tod.

Kriemhild schwor allen, die für Siegfrieds Tod verantwortlich waren, ewige Rache. Schon bald nach Siegfrieds Begräbnis begann sie damit, Verbündete für ihren Rachefeldzug anzuwerben. Der unermessliche Schatz der Nibelungen, der in ihren Besitz übergegangen war, sollte ihr dabei gute Dienste leisten. Hagen fürchtete, dass es Kriemhild mit Hilfe des Schatzes gelingen könnte, so viele Krieger anzuwerben, dass sie zur Bedrohung für Burgund werden könnten. Er riet König Gunther, etwas gegen Kriemhilds Anwerbungen zu unternehmen und ihr den Schatz wegzunehmen. Doch Gunther wollte seiner Schwester nicht noch ein weiteres Unrecht antun und weigerte sich, auf Hagens Rat einzugehen.

Als aber Gunther, Gernot und Giselher eines Nachts nicht am Königshof in Worms waren, ließ Hagen den Schatz wegbringen und im Rhein an einem geheimen Ort versenken.

So wurde Kriemhild erneut großes Unrecht zugefügt. Ihr Rachedurst aber wurde umso größer. Schon bald kamen Brautwerber des mächtigen Hunnenkönigs Etzel an den Wormser Hof. Sie warben für ihren König um Kriemhilds Hand. Kriemhild folgte ihnen ins Hunnenland an der Donau und wurde Etzels Frau. Kriemhild war nun zwar weit von Worms entfernt, aber ihr Hass gegen die Mörder Siegfrieds loderte in ihrer Seele weiter. ...

Viele Jahre später kamen Boten von Etzel nach Worms und luden die Brüder Kriemhilds zu einem Fest ins Hunnenland an der Donau ein. Gunther war froh darüber, denn er glaubte, Kriemhild habe ihren Hass endgültig überwunden. Trotz Hagens Warnung nahm der König die Einladung an und machte sich mit einer ganzen Streitmacht an Kämpfern auf den Weg zu Etzels Burg.

Wie von Hagen befürchtet, kam es zum Streit und schließlich zu einem erbitterten Kampf, in dessen Verlauf alle burgundischen Kämpfer getötet wurden. König Gunther und Hagen von Tronje überlebten als Einzige und wurden gefangen genommen. Kriemhild verlangte von beiden, ihr das Versteck des Nibelungenschatzes zu verraten. Als sich beide weigerten, ließ Kriemhild zunächst ihren Bruder Gunther hinrichten. Doch Hagen weigerte sich noch immer, ihr das Versteck zu nennen. Da schlug sie dem gefesselten Hagen mit seinem eigenen Schwert den Kopf ab. König Etzel wandte sich daraufhin voller Entsetzen von ihr ab. Hildebrand, der heldenhafte Gefolgsmann des Hunnenkönigs, rächte diese Tat und enthauptete Kriemhild.

So endet die Sage mit der vollkommenen Vernichtung des Burgunderreiches. Das Wissen um das Versteck des Schatzes aber hatte Hagen mit in den Tod genommen.